Diogenes Taschenbuch 22887

de
te
be

Patrick Quentin

Fatal Woman

Roman

Aus dem Amerikanischen von
Jobst-Christian Rojahn

Diogenes

Titel der 1953 bei
Victor Gollancz, London,
erschienenen Originalausgabe:
›Fatal Woman‹

Die deutsche Erstausgabe erschien
1954 bei Müller, Rüschlikon, unter dem Titel
›Die Spinne‹
Umschlagzeichnung von
Tomi Ungerer

Neuübersetzung

80/96/43/1
ISBN 3 257 22887 2

I

Ich lernte Nanny Ordway auf einer von Lottie Marins Partys kennen. Es war der sehr gewöhnliche Anfang einer Geschichte, die sich für uns alle zu einer Katastrophe auswachsen sollte. Meine Frau war mit ihrer Mutter, die sich von einer Gallenblasenoperation erholen wollte, nach Jamaica gereist, und ich hatte viel zuviel zu tun gehabt, um die beiden begleiten zu können. Am Tag der Abreise rief mich Lottie Marin nach der Show – es war so gegen Mitternacht – aus ihrer Wohnung oben im Haus an.

»Komm rauf, Peter, hier ist eine Party im Gange.«

Ich wollte weder zu einer Party gehen noch Lottie Marin in ihrer offenkundigen Entschlossenheit bestärken, mein Leben als Strohwitwer in die Hand zu nehmen. Aber ich vermißte Iris, und die Wohnung, die mich auf Schritt und Tritt an sie erinnerte, war auch kein Trost. Deshalb dachte ich, ich könnte ja mal kurz hinaufschauen.

Also ging ich nach oben.

Lotties Wohnung, die genau über der unseren lag, war voll ausgewählter Gäste, wie dies an Samstagabenden regelmäßig der Fall war. Nanny Ordway bemerkte ich ziemlich lange nicht. Sie war durchaus keine auffallende Erscheinung.

»Peter, mein Lieber!« Lottie selbst öffnete mir. »Ich wußte doch, du würdest dich einsam fühlen. Ich wußte, du würdest nur da unten rumhängen, Trübsal blasen und an Iris denken.«

Lottie und ich kannten uns schon seit Jahren vom Theater her. Aber erst kürzlich, nämlich seit sie und ihr Mann unsere Nachbarn geworden waren und ich als Produzent und Regisseur »Star Rising«, ihre neue Show, betreute, hatte sie Iris und mir gegenüber einen ihrer ebenso plötzlichen wie berühmten Anfälle schwärmerischer Vernarrtheit gekriegt. Die meisten Leute vom Theater vermieden einen engeren Kontakt mit Lottie, da sie zwar ein großer Star und weltberühmt war, zugleich aber auch neugierig, herrschsüchtig und unerträglich anspruchsvoll. Iris und ich hatten uns jedoch mit ihrer tyrannischen Schwärmerei abgefunden – nicht nur, weil ich schließlich mit ihr zusammenarbeiten mußte, sondern auch, weil wir sie irgendwie durchaus mochten. Sie war ein Luder und eine Nervensäge, aber nicht mit Absicht. Sie wünschte sich nur sehnlichst, daß man sie mochte, hatte aber nie sich so zu verhalten gelernt, daß sie auch gemocht wurde. Das war ihr Problem.

An jenem Abend trug sie ein sehr stilvolles weißes Abendkleid, in dem sie aussah, als sollte sie sogleich am englischen Hof präsentiert werden – beziehungsweise eher so, als sollte der englische Hof ihr vorgestellt werden. Sie wählte nie das richtige Kleid zum richtigen Anlaß. Vielleicht war das ein Überbleibsel von Oatfields, Wisconsin. Obwohl sie stets bemüht war, es zu verheimlichen – dort hatte ihre Wiege gestanden.

»Liebling, Alec Ryder ist gerade aus London gekommen. Er hat heute abend »Star Rising« gesehen und ist voller Bewunderung für mich. Er brennt darauf, mit dir zu reden. Komm doch mal mit. Brian wird dir was zu trinken machen.« Sie hängte sich bei mir ein, wobei sie mir ihr einprägsames Gesicht, das so wirkungsvoll in der *Sunday Herald Tribune* karikiert zu werden pflegte, zuwandte. »Jedenfalls, wenn ... ich nehme doch an, du trinkst heute abend etwas, oder nicht?«

Das war eine dieser irritierenden Bemerkungen, für die Lottie eine ausgesprochene Begabung hatte. Sie wußte, daß ich vor Jahren nach dem Tod meiner ersten Frau, also noch bevor ich Iris kennengelernt hatte, total aus dem Gleis geraten war. Ich hatte viel zuviel getrunken und mir am Ende einen Nervenzusammenbruch eingehandelt. Die Ärzte hatten mir geraten, nie zu trinken, wenn ich deprimiert sei. Das hatten alle anderen schon vergessen, nicht jedoch Lottie, und jetzt kam sie damit an, um zu zeigen, was für eine alte Freundin sie war, wie mitfühlend und verständnisvoll.

Ich sagte barsch: »Warum zum Teufel sollte ich nichts trinken, Lottie?«

Sie drückte meine Hand. »Du weißt es natürlich am besten, Darling. Ich hab' mir nur ein wenig Sorgen gemacht, das ist alles.«

Sie schleppte mich zur Bar, wo Brian Mullen, ihr neuester und sehr erfolgreicher Ehemann, Drinks mixte. Die Bar bestand ganz aus Chrom und hellem Holz und war Lottie von einem TV-Sponsor geschenkt worden. Brian grinste mich an.

»Hi, Peter. Eine Sekunde. Muß nur einem einsam in der Ecke hockenden Frauenzimmer eine Limonade bringen.«

Er servierte die Limonade einem jungen Mädchen, das am Fenster saß. Dieses Mädchen war Nanny Ordway, was ich aber zu diesem Zeitpunkt noch nicht wußte. Ich schenkte ihr kaum einen Blick.

Brian kam zurück und goß mir einen Drink ein. Lottie brachte Alec Ryder herbei. Alec Ryder war ein sehr erfolgreicher und gewandter englischer Stückeschreiber, der mit einer der vielversprechendsten jungen Schauspielerinnen Londons verheiratet war. Er wußte genau das Richtige über Lottie und ›Star Rising‹ zu sagen, und Lottie fing an zu schnurren wie ein Ozelot, dem man den Rücken krault.

Sie schnurrte schon weniger, als uns Alec Ryder mitteilte, warum er nach New York gekommen war. Er hatte gerade ein neues Stück beendet und wollte sich nach einer amerikanischen Schauspielerin umsehen, die in London die Hauptrolle übernehmen würde. Er äußerte die Ansicht, daß meine Frau, die ja auch Schauspielerin war, ideal für die Rolle geeignet sei, und erkundigte sich bei mir, ob sie vielleicht interessiert sein würde.

Er hatte noch nicht ganz zu Ende gesprochen, als sich Lottie schon einmischte. »Liebster, das ist völlig unmöglich. Iris hat beschlossen, für ein Jahr zu pausieren und Urlaub zu nehmen.«

Das entsprach durchaus der Wahrheit. Aber es stand Lottie nicht zu, darauf hinzuweisen. Das hätte ich tun sollen.

»Ja, mein Guter«, fuhr sie fort, »Iris will ein ganzes Jahr lang nur Mrs. Duluth sein. Sie wissen ja, wie vernarrt Peter und sie ineinander sind. Genau wie Brian und ich.«

Eine blonde Schauspielerin, die ich vage kannte, war zu uns getreten und unterhielt sich mit Brian. Wenn Lottie ein paar Drinks intus hatte, wurde sie, was ihren Mann anging, besitzergreifend. Sie schob sich jetzt geschickt zwischen ihn und die Schauspielerin und schlang ihre Arme um seinen Hals. Ich wußte schon, was kommen würde. Sie würde uns einen Vortrag darüber halten, wie ausnehmend gut sie und Brian zueinander paßten – und wie fast so gut Iris und ich. Dem unbeschwerten Brian schien das nie etwas auszumachen, aber mir stand diesmal nicht der Sinn danach. Ich tat so, als entdeckte ich einen Bekannten, und entfernte mich.

Lottie hatte es geschafft, daß ich mich ganz niedergeschlagen fühlte. Nicht nur mit ihrer unfeinen Bemerkung über das Trinken, sondern auch durch ihre schiere ›Theaterhaftigkeit‹. Manchmal – nur manchmal – geriet ich dahin, das Theater mit seinen eng begrenzten Interessen, seiner Losgelöstheit vom übrigen Leben und der versessenen Kultivierung seiner selbst zu hassen. Ich beschloß deshalb, mich wieder nach unten in meine Wohnung zu schleichen und mich mit dem Alleinsein abzufinden, wenn ich nicht sofort jemanden fand, der nicht vom Theater war und mit dem ich mich unterhalten konnte.

Ich sah eine ganze Menge Leute, die ich kannte, aber es war niemand dabei, der meiner Stimmung entsprach. Gordon Ling, dem ich eine größere Rolle in ›Star Rising‹ zugeschanzt hatte, lächelte mir zu. Aber Gordon, der mit seinen fünfundvierzig Jahren zu gutaussehend, zu fröhlich und zu entschlossen war, sein Scheitern nicht einzugestehen, gehörte zu den am heftigsten schauspielernden

Schauspielern. Ich wußte, daß er sich bei mir darüber beschweren würde, daß ich ihm bei einem der letzten Durchgänge ein paar Zeilen weggestrichen hatte, und ich hätte ihn in diesem Augenblick einfach nicht ertragen können. Ich gab vor, ihn nicht gesehen zu haben, wandte mich ab und ging zum Fenster hinüber.

So lernte ich Nanny Ordway kennen. Ich hatte keineswegs die Absicht, bei ihr stehenzubleiben und mit ihr zu sprechen, aber als ich an ihr vorbeiging, streckte sie die Hand aus und berührte überraschenderweise meinen Arm.

»Wollen Sie nicht mit mir reden?« fragte sie. »Ich glaube, daß ich nicht unbedingt dumm bin. Lassen Sie uns doch mal herausfinden, wie Sie darüber denken.«

Ich bin bei jungen Mädchen, die ich nicht kenne, immer sehr vorsichtig. Bittere Erfahrung hat mich gelehrt, daß neunzig von hundert in einem Produzenten nur etwas sehen, aus dem man was rausholen kann. Normalerweise ist der unschuldigste Gruß der erste Schritt zum Besetzungsbüro.

Ich blieb stehen und blickte auf das Mädchen hinab, das dort vor dem breiten, vorhanglosen Fenster saß, unter dem der East River glitzerte. Sie war weder hübsch noch elegant gekleidet. Das war das erste, was mir auffiel. Es entging mir auch nicht, daß sie noch sehr jung war und daß sie keinerlei Make-up zu tragen schien. Sie hielt ein halbgeleertes Limonadenglas in der Hand. Ich erinnerte mich an Brians Bemerkung: »Ich muß nur noch einem einsam in der Ecke hockenden Frauenzimmer eine Limonade bringen.«

»Mir wäre es lieber, Sie würden sich setzen.« Ihre Stimme war hell und angenehm. »Meine Mutter hat immer gesagt, daß ein Mädchen, wenn es bei einer Party nach dreißig Minuten noch keinen Mann gefunden hat, mit dem es sich unterhalten kann, genausogut wieder gehen und sich erschießen kann.«

Ich mochte ihre Stimme. Ich mochte eigentlich auch ihr Gesicht. Es war intelligent und versuchte nicht, irgend etwas zu sein, was es nicht war. Ihr dunkles Haar war als Pagenkopf frisiert. Sie sah ein wenig nach Greenwich Village aus, was sie grundlegend von Iris unterschied – und es war die Abwesenheit von Iris, die ich zu vergessen suchte.

Ich setzte mich neben sie auf das Sofa am Fenster.

»Ist Ihre halbe Stunde schon um?«

»Sie meinen die halbe Stunde, bis ich mich erschießen muß? O ja, schon lange. Mit mir hat sich noch überhaupt niemand unterhalten. Irgendwelche Leute haben mich mit hergenommen, aber sie sind, weil glamouröse Leute, schon wieder gegangen. Ich hoffe, Sie sind nicht glamourös. Ich hoffe, Sie sind kein bedeutender Mensch wie all die anderen hier.«

»Mögen Sie keine bedeutenden Menschen?«

»Ich weiß nicht. Ich nehme an, ich sollte sie mögen. Aber ich bin noch nie welchen begegnet. Ich wüßte gar nicht, was ich mit ihnen anfangen sollte.«

»Sie sagen ihnen lediglich, wie bedeutend sie sind, und schon geben sie ein zufriedenes Grunzen von sich.«

»Wirklich?« Sie wandte sich mir zu und zog die Beine unter sich. »Sagen Sie mir lieber mal, wer Sie sind. Wenn Sie bedeutend sind, würde ich Sie gern grunzen hören.«

»Ich heiße Peter Duluth«, sagte ich.

Das Blut schoß ihr in die Wangen. Sie gehörte zu den Mädchen, die es fertigbringen, charmant und verlegen gleichzeitig auszusehen.

»Mein Gott!« sagte sie.

»Wieso ›mein Gott‹?«

»Sie sind doch... Produzent oder irgendwas schrecklich Großes beim Theater, und Sie sind der Mann von Iris Duluth, nicht wahr?«

»Das ist richtig.«

»Mir war gar nicht klar... ich meine, ich hätte nie... Iris Duluth ist wunderbar. Sie ist die schönste Schauspielerin, die ich je gesehen habe.« Sie stand auf. »Tut mir leid, daß ich so frech war.«

»Mein liebes Kind, ich bin doch nicht Stalin. Sie müssen keine Parade von fahnenschwenkenden Jugendlichen auf die Beine bringen... die Arbeiter der 5. Fischverpackungsbrigade von Odessa huldigen Peter Duluth.«

Sie setzte sich wieder und lachte plötzlich.

»Worüber lachen Sie denn jetzt?«

»Über Sie. Sie sind ein Schwindler. Ich habe Ihnen gesagt, wie bedeutend Sie sind, aber Sie haben kein zufriedenes Grunzen von sich gegeben.«

»Das war ein Ungrunzen. Das bescheidene Grunzen. Der Ich-bin-wirklich-nichts-Besonderes-sondern-auch-nur-ein-Mensch-Respons. Und wer sind Sie?«

Das Lächeln, jetzt ein wenig spöttisch, war noch in ihrem Blick. »Ich bin nichts Besonderes. Nur ein Mensch.«

»Beim Theater?«

»Du liebe Güte, nein!«

»Da bin ich aber erleichtert. Was treiben Sie?«

»Ich stehe auf. Ich esse. Ich gehe ins Bett.«

»Keine erkennbaren Beiträge zum Lebensunterhalt?«

»Nicht sehr erkennbar. Eigentlich bin ich, nehme ich mal an, Schriftstellerin. Aber ich habe noch nichts veröffentlicht. Ich glaube nicht, daß ich sonderlich gut bin.«

»Wie alt sind Sie?«

»Neunzehn. Nein, das ist gelogen. Ich bin zwanzig. Ich versuche so zu tun, als hätte ich die Zwanziger noch nicht erreicht, denn bis man sie erreicht hat, soll man ja angeblich schon etwas zuwege gebracht haben.«

Ich hatte fast schon vergessen, was für ein Kind sie noch war. Aber um eine solche Bemerkung zu machen, mußte man schrecklich jung sein. Ich fühlte mich weniger deprimiert.

»Ich weiß«, erwiderte ich. »Mozart schrieb eine Oper, als er erst zwölf war.«

»Aber es stimmt doch, oder nicht?« sagte sie fast zornig. »Man kann nicht einfach nur erwachsen werden. Zumindest muß man Talent zeigen.«

»Und Sie haben noch keinerlei Talent gezeigt?«

»Ich glaube nicht. Manchmal ist das fürchterlich deprimierend.«

»Ist nicht eher diese Limonade fürchterlich deprimierend? Nehmen Sie einen Drink.«

»Nein, danke. Ich trinke nicht. Ich hab's mal getan, aber dann wieder aufgegeben. Wenn es jedoch irgendwas zu essen gäbe… ich komme um vor Hunger.«

»Lottie bietet niemals was zu essen an. Brian brät ihr

gleich nach der Vorstellung ein großes T-bone-Steak, und wenn die Gäste dann kommen, hat sie keinen Hunger mehr.«

Ich wußte nicht, warum ich das gesagt hatte. Es war nicht sehr einnehmend und auch nicht sehr loyal, Lottie vor einer Fremden bloßzustellen. Aber dieses Mädchen erschien mir nicht wie eine Fremde. Mir kam plötzlich eine Idee. Die Party langweilte mich. Ich hatte sowieso vorgehabt, wieder zu gehen. Das Mädchen hatte Hunger. Warum sollte ich nicht mit ihr ausgehen und ihr zu etwas Eßbarem verhelfen? Das Vorhaben war ein bißchen aufregend für mich. Es war etwas Neues, und es wäre mir nicht im Traum eingefallen, etwas derartiges zu tun, wenn Iris dagewesen wäre – auf jeden Fall war es ungewöhnlich genug, um sich belebend auf mein Gemüt auszuwirken. Ein unschuldiger Wechsel der Gangart schadete schließlich niemandem.

Ich fragte: »Haben Sie genug von der Party?«

»Nicht mehr als die Party von mir.«

»Müssen Sie auf die Leute warten, mit denen Sie hergekommen sind?«

»Du lieber Himmel, nein. Sie haben mich nur mitgenommen, weil sie mich gerade am Hals hatten. Wahrscheinlich sind sie schon weg.«

»Wie wär's, wenn wir loszögen und was essen gingen?«

Sie sagte schnell: »Aber was ist mit Iris Duluth ... mit Ihrer Frau?«

»Sie ist verreist.«

»Oh.«

»Sie müssen nicht ›oh‹ sagen. Ich gehöre nicht zu den

Ehemännern, die ganz plötzlich entdecken, daß ihre Frauen sie nicht verstehen.«

»Sie lieben sie sehr, nicht wahr? Man liest davon in den Klatschspalten.«

»Ja, ich liebe sie sehr.«

Da lächelte sie. »Gut, ich komme mit. Sehr gerne.«

»Wie heißen Sie?«

»Nanny«, antwortete sie. »Nanny Ordway.«

Ich wollte mir Komplikationen ersparen und mich um die Verabschiedung von Lottie drücken, aber als wir zur Tür gingen, kam sie herbeigerauscht.

»Peter, mein armer Liebling, ich habe dich vernachlässigt.« Sie blieb abrupt stehen und sah Nanny Ordway durchdringend an. »Wer ist das?«

»Das«, erwiderte ich, »ist Miss Ordway. Sie gehört zu deinen Gästen. Ich gehe jetzt mit ihr aus, damit sie was zu essen kriegt. Und dann gehe ich schlafen. Richte Brian meinen Dank aus. Wir sehen uns morgen.«

Lottie stand ganz still da in ihrem weißen Kleid, das aussah wie das Zelt eines begüterten Kreuzritters.

»Schön!« sagte sie mit ihrer Theaterstimme, die ein Dutzend Untertöne gleichzeitig anklingen lassen kann. Sie betrachtete das leere Glas in meiner Hand mit all dem Schmerz einer warmherzigen Frau, die ihren besten Freund ins Verderben rennen sieht.

Ich hätte sie umbringen können, aber ich küßte sie.

»Gute Nacht, Lottie. Und bleib schön friedlich.«

Als wir draußen auf dem Sutton Place standen, hängte sich Nanny Ordway bei mir ein.

»Sie war wütend. Charlotte Marin. Einfach wütend.«

»Lottie mag nur die Dinge, die sie selbst fördert.«

»Wenn man sich das mal vorstellt! Charlotte Marin ist wütend auf mich! Daß ich das noch erleben darf!«

Ich fragte mich, wohin ich um diese Nachtzeit zum Essen mit ihr gehen sollte, aber sie nahm mir die Entscheidung ab. Es gab einen *Hamburger Heaven* an der 55. Straße in Höhe der Madison Avenue, und wir konnten zu Fuß hingehen. Beim Theater gerät man allmählich in einen ganz bestimmten Trott. Man bekommt mit der Zeit das Gefühl, daß man nur Orte aufsuchen kann, wo es teuer ist, und man fährt grundsätzlich mit dem Taxi. Für Oktober war es noch recht warm und also ganz erfrischend, durch die noch samstagabendlich belebten Straßen zu gehen. Der *Hamburger Heaven* war sehr weiß und sauber. Wir saßen auf Barhockern, aßen Hamburger und tranken Kaffee aus dicken Porzellanbechern. In dem harten Licht und mit ihrem um die Schultern flatternden dunklen Haar sah Nanny Ordway sogar noch jünger aus. Mir mit meinen siebenunddreißig Jahren vermitteln die meisten sehr jungen Mädchen eher ein Gefühl der Hinfälligkeit, sie jedoch nicht. Ich war amüsiert und freundlich gestimmt – und belustigt über mich selbst. Mehr als zehn Jahre lang waren meine Interessen, meine Wünsche, meine Gefühle der Zuneigung ausschließlich an meine Frau gebunden gewesen. Es war unfaßbar, daß ich nur wenige Stunden nach Iris' Abreise mit einem Mädchen ausging, aber es schien die richtige Therapie zu sein.

»Geht's Ihnen jetzt besser?« erkundigte ich mich.

»Wunderbar. Ich habe schon mal sechs Monate lang nur von Hamburgern gelebt.«

»Haben Sie sie nicht überbekommen?«

»Oh, das war wieder gelogen. Manchmal habe ich auch Bratwürstchen gegessen.« Sie drehte sich auf ihrem Hokker mir zu und sah mich ernst an. »Sind Sie jemals arm gewesen?«

»Nicht sehr.«

»Das ist ein großer Spaß. Fast so, wie wenn man verliebt ist. Man wacht morgens auf und verzehrt sich nach was. Man hat dieses Gefühl: Wie lange kann ich noch warten? Man zählt die Minuten bis zum Mittag. Und man verzehrt sich nicht nach einem Mann, sondern nach einem Hamburger.«

»Sind Sie immer noch arm?«

»O ja.«

»Wohnen Sie bei Ihren Eltern?«

»Nein. Ich lebe allein. Gewissermaßen. Zusammen mit einem Mädchen aus Boston.« Sie stellte ihr leeres Milchglas ab. »Sie sind reich, reich und verliebt. Das muß auch schön sein. Vor allem das Verliebtsein. Hab' ich recht?«

»Ja, es ist schön.«

Dann sprach sie über Iris. Sie hatte von ihren neueren Stücken alle und eine ganze Menge ihrer Filme gesehen. Nanny war intelligent und von Iris begeistert. Ich fand es immer schön, wenn Iris gelobt wurde. Irgendwie überbrückte Nanny die Schlucht, die durch Iris' Abwesenheit entstanden war. Statt über die Tatsache nachzugrübeln, daß sie fort war, fing ich an zu denken: Es dauert nicht mehr lange, dann ist sie wieder da.

Als Nanny Ordway ihren Kaffee ausgetrunken hatte, stand sie auf. »Jetzt muß ich aber nach Hause.«

»Schon?«

»O ja. Ich muß um neun an meinem Schreibtisch sitzen. Jeden Tag.«

»Mozart ist schon um sechs aufgestanden.«

Sie lachte. »So ist's recht. Ziehen Sie mich nur auf, wenn ich zu große Worte mache. Das ist mein Problem: Ich bin anmaßend.«

Draußen auf der Madison Avenue wollte ich mich nach einem Taxi umsehen, aber sie ließ es nicht zu. Wer fahre schon Taxi, wollte sie wissen. Ob ich noch nie etwas von der U-Bahn gehört hätte? Ich könne sie bis zur Station an der Lexington Avenue begleiten. Wir redeten die ganze Zeit miteinander. Ich fand sie sehr unterhaltsam und wünschte, es wäre nicht alles schon so schnell wieder vorbei.

An der Treppe hinunter zum Bahnsteig gab sie mir die Hand. »Gute Nacht. Sie haben mich eins gelehrt: Ich mag bedeutende Menschen.«

»Und ich mag zwanzigjährige Mädchen, die noch nichts erreicht haben.«

»Seien Sie nicht albern. Ich bin doch bloß eine Laune. Gute Nacht.«

Sie ging die Treppe hinunter. Einem Impuls folgend, rief ich ihr nach: »Kann ich Sie mal anrufen?«

»Ich stehe nicht im Telefonbuch.«

Ich konnte hören, wie unten ein Zug donnernd in den U-Bahnhof einfuhr.

»Dann sagen Sie mir Ihre Nummer.«

Nanny Ordway antwortete mir nicht, sondern rannte die Stufen hinab und verschwand. Ich blieb noch eine

Weile oben an der Treppe stehen und wandte mich dann ab.

Als ich nach Hause ging, erschien mir New York verändert. Ich roch es, sah es, fühlte es so, als wäre es eine mir unbekannte Stadt. Ich war mir des Lebens, das mich überall umgab, bewußt – der Menschen, die sich begrüßten und sich voneinander verabschiedeten, die sich stritten und liebten. New York bestand aus vielen Nanny Ordways. Dank ihrer hatte ich für einen kurzen Augenblick aus meinem eigenen, eng begrenzten kleinen Kreis heraustreten können.

Als ich in die Wohnung zurückkam, fand ich ein Telegramm vor, das unter der Tür durchgeschoben worden war.

Gut angekommen. Mutter vermisst Gallenblase nicht. Ich vermisse dich. Lass dich nicht von Lottie verschlingen. Grüsse. Iris.

Ohne Iris erschien mir mein Lager so unpersönlich wie ein Hotelbett. War es nicht Swedenborg gewesen, der die Theorie vertreten hatte, Mann und Frau seien die zwei Hälften ein und derselben Seele? Ich glitt in den Schlaf hinüber und fühlte mich dabei sehr wie eine Hälfte.

Ich hatte Nanny Ordway schon vergessen. Jedenfalls glaubte ich das.

2

Am Morgen weckte mich so gegen halb elf das Telefon. Es war Lottie.

»Peter, bist du allein?«

»Was sollte ich wohl sonst sein?«

»Das ist gut. Dann komm rauf, das Frühstück ist fertig.«

»Frühstück?«

»Mein Lieber, du kannst doch nicht einfach da rumsitzen und alleine frühstücken. Brian macht schon alles zurecht. Komm jetzt gleich rauf.«

Lottie würde mich schon bald ganz bei sich da oben haben wollen, und ich würde mit ihnen zusammen in einem Bett schlafen.

»Ich habe keinen Hunger«, sagte ich, um meine Unabhängigkeit kämpfend.

»Dann legst du dir besser welchen zu.« Brians fröhliche Stimme erklang durch den Apparat in der Küche. »Rührei und Würstchen.«

»Aber...«

»Unsinn«, schaltete sich Lottie wieder ein. Ich konnte sie geradezu sehen, wie sie am anderen Ende der Leitung wüste Figuren auf den Schreibblock kritzelte. Das tat sie immer, wenn sie das Gefühl hatte, auf Widerstand zu stoßen.

»Solltest du in fünf Minuten nicht hier oben sein, komme ich runter und hole dich.«

Ich gähnte und war gerade wach genug, um Iris wieder zu vermissen. Iris war jemand, der mit Lottie fertig werden konnte. Wenn ich mich dagegen mit Lottie anlegte, wurde ich bloß ausfällig, und dann schmollte Lottie, wurde unerträglich und stürzte das gesamte Theater ins Chaos. Resigniert stand ich auf, zog mir einen Morgenmantel über und ging hinauf.

Lottie trug einen fürchterlichen chinesischen Hausanzug – ein tomatenrotes Oberteil mit Pagoden darauf und dazu hellgrüne Hosen. Sie war – wie immer am Morgen – kreuzfidel, als habe sie einen vollen Tag vor sich und könne es kaum abwarten, endlich loszulegen. Brian hatte alle Spuren der Party vom Vorabend beseitigt. Lottie gab mir ein Küßchen auf die Wange und schleppte mich in die Küche.

Die Hausangestellte, die sowohl für Lottie als auch für uns arbeitete, kam sonntags nicht. Lottie und Brian frühstückten dann in der Küche, denn das vermittelte Lottie ein Gefühl der Häuslichkeit. Sich häuslich zu fühlen bedeutete für sie die Lektüre der Sonntagszeitungen, die sie in großer Unordnung überall auf dem Küchentisch verstreute, während Brian das Frühstück machte. Als wir in die Küche kamen, fanden wir dort groß, liebenswürdig und gutaussehend in einem gelben Morgenmantel ihren Ehemann vor, wie er gerade Rühreier zubereitete.

Brian war das Beste, was Lottie je widerfahren war. Sie hatte ihn vor fünf Jahren in Hollywood entdeckt, als sie dort ihre bislang einzige Filmrolle gespielt hatte. Er stammte aus Montana und war im Krieg bei der Küstenwache gewesen. Er verfügte über alle Standardeigenschaften eines männlichen Wesens, einen erkennbaren Ehrgeiz ausgenommen. Er hatte in einigen von Lotties Erfolgsstücken kleinere Rollen gespielt und sich auch als Inspizient versucht. Aber im Grunde zog Lottie es vor, ihn als ihr Privatvermögen zu Hause zu halten, und er hatte nie etwas dagegen einzuwenden gehabt. Er schien vollkommen zufrieden damit zu sein, ihre Verehrerpost zu beantworten, für sie zu kochen, Besorgungen zu machen und sie immer wieder daran zu erinnern, wie wundervoll sie doch war. Obwohl er finanziell total von Lottie abhängig war, hatte dies überhaupt nichts Anstößiges an sich. Alle waren sich darin einig, daß Brian wegen seiner großen Verdienste um das Theater – die darin bestanden, daß er für Lottie Marins Zufriedenheit sorgte – von der Bühnengewerkschaft ein festes Gehalt bekommen sollte.

Die Sonntagszeitungen waren in der ganzen Küche verstreut. Auf dem Tisch zwischen den Tellern lag der Theaterteil der *Times*. Ich sah die Überschrift: CHARLOTTE MARIN ERREICHT NEUE HÖHEN! Brooks Atkinson hatte also ›Star Rising‹ ein weiteres Mal gesehen. Das war gut. Es würde die schon hohen Kasseneinnahmen noch weiter erhöhen und Lottie eine Woche lang bei guter Laune halten.

»Wieder ein begeistertes Lob von Atkinson, Liebling. Brian, nun beeil dich doch mal mit diesen Eiern!«

Wenn die Dinge gut liefen, war Lotties Appetit immer riesig. Sie setzte sich an den Tisch und betrachtete mich mit dem für sie so typischen durchdringenden Blick. Ich wußte genau, was in ihrem Oatfields-Wisconsin-Schädel vorging. Es kam heraus, als wir gerade noch mitten beim Essen waren.

»Also Peter, wer war dieses Mädchen?«

»Welches Mädchen?« fragte ich unschuldig.

»Das Mädchen, mit dem du dich gestern von der Party fortgestohlen hast.«

»Sie heißt Nanny Ordway. Das habe ich dir doch gesagt.«

»Ich habe sie nicht eingeladen. Hab' nie von ihr gehört. Du, Brian?«

»Habe ich was, Liebes?« fragte Brian hinter dem Sportteil hervor.

»Zu der Party gestern abend ein Mädchen namens Nanny Ordway eingeladen.«

»Nanny Ordway? Ich glaube nicht, daß ich sie kenne. Müßte ich?«

»Irgendwelche Leute haben sie mitgebracht«, sagte ich.

»Wer?« wollte Lottie wissen.

»Ich weiß es nicht. Sie hat es mir nicht gesagt.«

»Wirklich! Ich wünschte, die Leute würden so etwas nicht tun.« Der durchdringende Blick war wieder da, bohrte sich in mich hinein. »Was genau hast du denn eigentlich mit ihr getrieben?«

»Ich habe sie in einen *Hamburger Heaven* eingeladen, und wir haben über Iris gesprochen. Dann habe ich sie zu ihrer U-Bahn gebracht.«

»Nun ja«, sagte Lottie als ein glücklich verheiratetes Wesen zu einem anderen, »ich nehme an, das geht in Ordnung. Aber ich denke, es ist schon einigermaßen sonderbar... wo Iris doch gerade erst ein paar Stunden fort war.«

»Du telegrafierst ihr am besten«, schlug ich vor. »›Komm umgehend zurück. Peter hat sich Geliebte genommen.‹«

»Sei nicht albern. Trotzdem meine ich, daß es nicht klug war. Wenn ein Mann zehn Jahre verheiratet ist, befindet er sich in einer sehr gefährlichen Phase. Das ist eine wohlbekannte Tatsache.« Sie machte eine Pause, um ihre weisen Worte wirken zu lassen. »Wirst du sie wiedersehen?«

»Klar doch. Ich habe sie nur fortgeschickt, damit sie sich in eine Pastete einbacken läßt. Und heute abend schneide ich die Pastete auf, und sie springt heraus, mit nichts bekleidet als mit orgiastischen scharlachroten Strumpfbändern.«

Lottie wurde rot und blickte unangenehm berührt drein. »Brian, Lieber, leg mal diesen öden Sportteil weg und lies, was Brooks Atkinson über mich geschrieben hat.«

Lottie hatte sich schon zurechtgelegt, daß ich den Rest des Vormittags bei ihnen verbringen und dann eine Nachmittagsvorstellung besuchen sollte, damit ich nicht einsam wäre. Es gelang mir jedoch, mich gegen Mittag mit dem Hinweis zu verdrücken, daß ich noch Manuskripte zu lesen hätte. Das stimmte. Ich suchte für diese Saison noch ein weiteres Stück. Das war, neben einer ganz normalen Aversion gegen meine Schwiegermutter, einer der Gründe dafür gewesen, daß ich Iris nicht nach Jamaica begleitet hatte. Ich verbrachte also den Nachmittag damit, schlechte Manuskripte zu lesen und mich zu fragen, warum so viele irregeleitete Leute der Ansicht waren, sie könnten Stücke schreiben. Dann ging ich mit Alec Ryder, der erneut versuchte, mich dafür zu begeistern, daß Iris in seinem Stück in London auftrat, zum Essen. Es war ein sehr harmloser Sonntag. Die ganze Zeit über fehlte mir Iris, und ich schrieb an sie und berichtete ihr von Alecs Angebot, wobei ich schon wußte, daß sie es ablehnen würde. Ich hatte vorgehabt, in meinem Brief auch Nanny Ordway zu erwähnen, aber als ich ihn dann – nach meiner Sitzung mit Alec – schrieb, hatte ich sie schon wieder vergessen.

Ich dachte nicht mehr an Nanny Ordway, bis am Montag morgen die Post kam. Einer der Umschläge war von Hand adressiert, mit einer großen, ausladenden Schrift, die ich nicht kannte. Ich öffnete den Brief. Darin war nichts als die Zeichnung eines Mädchens in kindlicher Strichmännchenmanier, das am Telefon saß und über dessen Kopf ein Ballon schwebte, in den mit Schreibmaschine eine Telefonnummer hineingeschrieben war.

Ich lächelte, als ich den Inhalt des Briefes sah, und nahm das Werk mit ins Büro. Ich ging jeden Tag ins Büro, obwohl es meistens, wenn ich nicht gerade ein Stück vorbereitete, nicht viel zu tun gab – was allein Miss Mills zu verdanken war. Miss Mills arbeitete schon seit zehn Jahren für mich und nahm mir den größten Teil des Alltagsgeschäfts ab. Sie überwachte die Sekretärinnen, beantwortete die meiste Post, traf bei den eingesandten Manuskripten eine Vorauswahl, wimmelte die nicht geeigneten Schauspieler ab, bezauberte die geeigneten und schlichtete die meisten Streitereien der ›Star Rising‹-Truppe. Miss Mills führte zwar ein strenges Regiment, war aber gleichwohl die Mutter des gesamten Ladens.

Ich konferierte mit ihr über ein Manuskript, das sie ganz toll fand und das ich nicht mochte. Dann verbrachte ich zehn Minuten damit, Gordon Ling, der in ›Star Rising‹

mitspielte und der vor zwei Tagen bei der Party von Lottie gewesen war, zu beruhigen. Er hatte es endlich geschafft, mich wegen der Zusammenstreichung seines Textes im dritten Akt zu nageln. »Irgendwie stimmt das nicht mehr richtig, Peter. Ich kann's so nicht rüberbringen, ehrlich. Und ich habe nichts zu sagen, wenn ich zum Sofa zurückgehe.« Wenn man den Schauspielern ihren Willen ließe, wären ihre eigenen Texte so lang wie *Paradise Lost*, während ihre Mitspieler nur mit einsilbigen Antworten glänzen dürften. Es fiel mir aber nicht schwer, Gordon gegenüber hart zu bleiben. Er war lange arbeitslos gewesen, und ich hatte ihm die Rolle weitgehend aus Freundlichkeit gegeben. Das wußte er. Ich war ihn bald wieder los.

Nach seinem Abgang war ich allein und zog Nanny Ordways Zeichnung aus der Tasche. Es war ein niedliches kleines Bildchen, und ich wählte, einem Impuls folgend, die Nummer. Wenn Lottie Nannys wegen nicht so ein Theater gemacht hätte, hätte ich es wahrscheinlich nie und nimmer getan. Ich erinnerte mich aber an dieses Dogma von der »gefährlichen Phase« und wollte, nehme ich an, beweisen, wie unerschütterlich ich war.

Die Stimme eines Mädchens meldete sich. »Hallo.«

»Nanny Ordway?«

»Wer spricht da?« Die Stimme klang nach Boston und ziemlich streng. Die Zimmergenossin!

»Peter Duluth.«

»Einen Augenblick bitte.«

Wenig später kam Nanny Ordway ans Telefon. »Hallo.« Es war schön, sie zu hören. Es rief angenehme Erinnerungen wach.

»Hallo. Ich dachte, ich rufe nur mal schnell an, um zu fragen, wie's mit der Inspiration steht.«

»Ganz gut, denke ich.«

»Das war ein süßes Bildchen. Giotto war fünfzehn, als ihn Cimabue beim Zeichnen von Schafen antraf.«

»Es besteht kein Anlaß, mich zu verulken. Ich bin noch nicht anmaßend gewesen, oder doch?«

»Haben Sie schon Ihren Hamburger gegessen?«

»Was für einen Hamburger?«

»Nach dem Sie sich beim Aufwachen verzehren?«

»O nein, noch nicht. Übrigens, nach denen verzehre ich mich jetzt gar nicht mehr. Das war im vergangenen Jahr.«

Plötzlich fiel mir ein, daß ich noch gar keine Verabredung zum Mittagessen hatte. Es wäre amüsant, sie wiederzusehen, und warum sollte ich nicht? Zur Hölle mit Lottie! »Wie wär's mit einem Mittagessen?«

»Tut mir leid. Ich habe noch eine Menge zu tun.«

»Ist das eine Lüge?«

»Warum eine Lüge?«

»Sie sagen immer irgendwas und dann, es sei gelogen.«

»O nein. Diesmal stimmt's. Ich kann zu keinem Mittagessen kommen, das ginge gegen meinen Zeitplan.«

»Wäre Abendessen besser?«

Sie schwieg eine Weile. »Ist es Ihnen ernst damit?«

»Natürlich.«

»Gut, wenn Sie sich nach mir richten. Kommen Sie her. Sie haben mich bereits gefüttert, jetzt koche ich was für Sie. Sie werden schon sehen.«

»Was sehen?«

»Wie unbedeutende Menschen leben. Kennen Sie das Village?«

»Bon Soir? The Vanguard?«

»O nein! Nicht das. Das echte Village. Ich zeig's Ihnen. Kommen Sie um sieben.«

»Gut.«

Sie nannte mir die Adresse und gab mir noch eine komplizierte U-Bahn-Wegbeschreibung. Kurz darauf kam Miss Mills herein.

»Was haben Sie denn getrieben, Peter. Sie sehen so heimlichtuerisch aus.«

Sah ich wirklich heimlichtuerisch aus? Das wäre töricht. Es gab nichts, was ein heimlichtuerisches Aussehen gerechtfertigt hätte. Aber ich wünschte fast, ich hätte nicht angerufen. Ich schrieb einen Brief an Iris, der – wie immer – ein Liebesbrief wurde. Und ich schrieb:

Ich habe ganz vergessen, Dir zu berichten, daß ich Dir bereits übel untreu geworden bin. Ich habe vorgestern ein zwanzigjähriges Mädchen von Lotties Party weggeschleppt und mit Hamburgern gefüttert. Jetzt gleich werde ich im Village bei ihr zu Abend essen. Sie hat Ponyfransen und die Absicht, ein literarisches Genie zu werden, und sie findet Dich wunderbar. Lottie hat mich bereits des Ehebruchs und der Rückkehr zur Flasche bezichtigt. Paß nur auf...

Ich erreichte um sieben Uhr Nanny Ordways Apartment in der Charlton Street. Sie machte mir auf. Sie trug eine Schürze über dem Kleid, das sie schon bei Lotties Party angehabt hatte, und sah sehr häuslich aus, bis sie lächelte. Ich war froh, daß sie nicht versucht hatte, sich für mich herauszuputzen, und ich war auch froh, daß ich sie überhaupt nicht attraktiv fand. Das Mädchen, mit dem sie zusammen wohne, sei ausgegangen, sagte sie. Ich solle sie nicht in der Küche nervös, sondern es mir im Wohnzimmer bequem machen. Das Wohnzimmer war gleichzeitig das Schlafzimmer. Es standen zwei Bettcouchen darin. Die Zimmergenossin aus Boston schien Malerin zu sein. An den Wänden, die in dunklem Oxfordblau gehalten waren, hingen ziemlich düstere Stilleben in der Art Braques. Weitere Bilder standen an die Wand gelehnt, und eine Staffelei war in eine Zimmerecke geschoben worden. Überall lagen Bücher herum – anspruchsvolle Bücher: Santayana, die *Psychologie de l'Art* von Malraux, Jean Genet auf französisch und ein paar Romane von Henry James. Auf dem überfüllten Couchtisch standen neben einem Veilchenstrauß, der in einem Marmeladenglas steckte, eine Flasche Chianti und ein Glas. Es war alles deprimierend unkonventionell und ziemlich erbärmlich.

»Trinken Sie ein Glas Wein«, rief Nanny aus der Küche. »Ich habe ihn für Sie hingestellt.«

Ich fühlte mich physisch unwohl und kam mir ein bißchen albern vor. Ich wußte nicht mehr so recht, was ich eigentlich in der Wohnung eines zwanzigjährigen Mädchens verloren hatte. Ich trank von dem Wein. Schließlich kam Nanny mit einer Schüssel Spaghetti herein. Sie waren nicht besonders gut. Wir aßen sie an getrennten Ecken des Couchtisches, und Henry James geriet immer mal wieder in die Fleischsoße.

Es wäre alles ganz schrecklich gewesen, wenn es nicht durch Nannys Begeisterung aufgefangen worden wäre. Sie saß neben mir, ihr dunkles Haar fiel ihr ins Gesicht, und sie fand an der Sache den größten Gefallen. Sie revanchierte sich bei mir. Sie zeigte mir eine Lebensform, von der sie meinte, daß sie mir gänzlich unbekannt sei. Sie schwatzte in ihrer sprunghaften, unzusammenhängenden Art vor sich hin. Ich schämte mich dafür, daß ich mich langweilte, schämte mich auch für meine uneingestandene Prüderie. Für Nanny Ordway war offensichtlich ein zwangloser, asexueller Abend mit einem Mann ein akzeptiertes gesellschaftliches Phänomen. Obwohl sie dagegen war, half ich ihr in der entsetzlich kleinen Küche beim Abwasch.

Im Wohnzimmer stand auch ein Grammophon. Sie machte Kaffee und legte den Schluß von Welitschs »Salome« auf. Sie hörte mit ihrem ganzen Körper zu, als wäre die Musik speziell für sie geschrieben worden. Sie sprach nicht über sich oder ihre Schriftstellerei. Sie sprach nicht einmal über mich. Ihr schien nur meine Gesellschaft zu gefallen.

Danach gingen wir aus, in ein paar der in der Nähe gelegenen Bars – ›das echte Village‹. Keine war übermäßig aufregend. Ja, ohne Nanny wären sie mir schmuddelig und ordinär vorgekommen, voll von Leuten, die sich den Anschein gaben, ›Künstler‹ zu sein. In einer schummrigen kleinen Kneipe tanzten wir sogar zur Musik eines tollen Dreimannorchesters. Sie tanzte nicht so gut wie Iris.

»Sehen Sie?« sagte sie und lächelte zu mir herauf, so stolz, als hätte sie mir zum Kick meines Lebens verholfen.

»Man muß nicht unbedingt reich sein, um seinen Spaß zu haben.«

Ich hatte aber eigentlich keinen rechten Spaß. Ich war fast froh, als sie sagte, sie müsse jetzt nach Hause gehen. Sie bat mich nicht herein. Sie stand nur auf den Treppenstufen, oberhalb der Abfalleimer, die für die Müllabfuhr rausgestellt worden waren, und hielt mir ihre Hand hin.

»Ich werde mich immer an diesen Abend erinnern«, sagte sie.

»Ich auch.«

»O nein, Sie nicht. Warum sollten Sie auch? Aber wenigstens haben Sie's mal gesehen. Erzählen Sie's Ihrer Frau, wenn Sie ihr wieder schreiben. Es wird sie amüsieren.«

Es war das erste Mal an diesem Abend, daß sie Iris erwähnte.

»Ich habe ihr bereits von Ihnen geschrieben«, sagte ich.

Sie lächelte. Sie war entzückt. »Das freut mich.« Und dann sagte sie: »Ich finde es wunderbar, wenn ein Mädchen und ein Mann Freunde sind.«

»Gewiß.«

»Es ist möglich. Die Leute reden immer so einen Blödsinn.«

Sie stand da, den Haustürschlüssel in der Hand. Ich dachte an dieses vollgestopfte Zimmer, in das sie jetzt zurück mußte, und an ihre Zimmergenossin, die wahrscheinlich gerade im Bad Nylonstrümpfe auswusch. Ich dachte an die Millionen städtischer Existenzen auf der ganzen Welt mit ihrer Langweiligkeit, ihren Ängsten, ihren Hoffnungen, die sich nie erfüllen würden. Ich hätte nicht herkommen sollen. Es hatte keinem irgend etwas gebracht.

»Auf Wiedersehen, Peter.«

»Auf Wiedersehen, Nanny.«

3

Als ich nach Hause kam, schaute ich noch auf einen Schlaftrunk bei Lottie und Brian vorbei, damit mir Lottie nicht wieder Schwierigkeiten machte. Die Show war aber gut gelaufen, und sie war in milder Stimmung, so wie sie es manchmal war, ruhig und liebevoll. Ich fand es schön, in ihr jemanden sehen zu können, der zu meiner Art von Leben gehörte. Ich unterließ jeden Hinweis auf Nanny, und Lottie fragte nicht, wo ich gewesen war. Wir sprachen über Iris, und als ich zu Bett ging, war ich von meinem allumfassenden Mitleid mit kämpfenden jungen Mädchen geheilt.

Es vergingen ungefähr zwei Wochen, bis ich wieder mit Nanny Ordway zu tun bekam. Da betrat nämlich eines Morgens Miss Mills mein Büro und sagte: »Peter, da sitzt ein Mädchen draußen und will nicht wieder gehen. Sie sagt, Sie hätten sie gestern abend im Roseland aufgegabelt und ihr eine Rolle bei der Tourneebesetzung von ›Star Rising‹ versprochen. Sie sagt, sie sei nun hergekommen, um die Verträge zu unterschreiben.«

»Sie ist verrückt. Wie heißt sie?«

Miss Mills verzog das Gesicht. »Gloria«, antwortete sie. »Gloria O'Dream.«

»Um Gottes willen!«

»Peter, Sie haben gestern abend doch nicht etwas liebenswert Jungenhaftes getan, oder?«

»Natürlich nicht. Das soll wohl irgendeine Art von Gag sein. Tja, ich glaube, Sie lassen sie besser mal rein.«

Herein kam Nanny. Als Miss Mills aus dem Zimmer ging, trat Nanny an meinen Schreibtisch. Sie trug ein altes Tweedkostüm und keinen Hut. In der Hand hielt sie einen braunen Briefumschlag.

»Hallo. Das sollte komisch sein ... das mit dem Roseland und der Gloria O'Dream. War's aber wohl nicht, oder?«

Ich wußte nicht so genau, was ich von alldem halten sollte. Am meisten war ich wohl über Miss Mills verwundert, die im allgemeinen ganz und gar keine holde Fee war.

Nanny sah sich im Büro um. »So groß, so üppig. Wie seltsam, daß das Geschäftliche, das doch so fade ist, immer an einem schönen Ort abgewickelt werden muß. Hätte ich nicht kommen sollen? Ist es schlecht? Ich kam nur gerade vorbei und sah den Namen oben im Fenster ... Peter Duluth.«

Sie blickte so beunruhigt drein, daß ich lächeln mußte. »Es ist mir ein Vergnügen. Setzen Sie sich doch bitte, Miss O'Dream. Was ist das für ein Umschlag?«

Sie setzte sich auf einen der Stühle, die vor dem Schreibtisch standen. »Oh, das ist bloß ein Manuskript. Ich hab's gerade beim *New Yorker* wieder abgeholt. Die haben es abgelehnt.«

»So ein Pech.«

»Sie meinten, es sei okay, wenn man wie Truman Capote schreibe, und es sei auch okay, wenn man wie Somerset Maugham schreibe, aber es sei nicht gut, wie beide gleichzeitig zu schreiben. Ich muß noch viel an mir arbeiten. Das weiß ich schon. Vielleicht dauert's noch Jahre, bis ich's einigermaßen kann.«

Ich bat sie, mich das Manuskript lesen zu lassen, aber davon wollte sie nichts hören. Ich war ein wenig in Sorge gewesen, sie könnte vielleicht nur gekommen sein, um eine Einladung zum Mittagessen abzustauben. Ein verwerflicher Gedanke meinerseits. Warum zum Teufel sollte das Mädchen nicht hin und wieder mal den Versuch unternehmen, an ein kostenloses Mittagessen zu kommen? Ich hatte ihr jedoch unrecht getan. Sie gab mir nicht einmal die Chance, sie einzuladen. Sie stand nach ein paar Minuten auf und sagte, sie müsse jetzt gehen.

»Ich habe nur mal hereinschauen wollen, weil ich gerade unten vorbeigekommen bin.«

»Ich bin froh darüber.«

Sie drehte sich an der Tür noch einmal um, den braunen Briefumschlag fest an ihre kleinen Brüste gedrückt. »Ist es albern, wenn ich Sie um etwas bitte?«

»Natürlich nicht. Legen Sie los.«

»Wann immer Ihnen danach zumute ist, rufen Sie mich an. Oh, mir ist nicht daran gelegen, daß Sie mich ausführen. Nichts dergleichen. Das hat keinen Sinn. Aber unter Freunden ... ich hätte gern eine Verbindung. Werden Sie's tun? Anrufen, meine ich.«

»Klar werde ich.«

»Danke. Vielen Dank.«

Sie war aus dem Büro, ehe mir noch klargeworden war, daß ich sie gar nicht hatte gehen lassen wollen.

Miss Mills kam herein.

»Alles geregelt, Peter?«

»Das war alles bloß ein Jux.«

Miss Mills sah mich wissend an. »Tja, den Grillen scheint ein ewiges Leben beschieden zu sein. Was ist sie denn? Die gute Märchenfee von der Spitze des Weihnachtsbaums?«

Das war der Augenblick, in dem ich beschloß, Nanny Ordway nie wiederzusehen, sie nicht anzurufen, um eine ›Verbindung‹ herzustellen. Ich wußte nicht, warum ich so gern mit ihr zusammen war, aber die Tatsache als solche machte deutlich, daß dies alles ein Ende haben mußte. Es war eine Beziehung, die sich aus keinem bestimmten Grund ergeben und die keine bestimmte Zukunft hatte. Verbindungen, geschmiedet zwischen Freunden! Das war doch alles Kinderkram. Es tat mir nicht gut, mich so weit von meiner Altersklasse zu entfernen. Die ganze Geschichte brachte uns beiden nichts.

Ich sollte auch nicht mehr in Kategorien wie »uns beiden« denken!

An diesem Nachmittag sprang ich bei der ersten Vorstellung von ›Star Rising‹ ein. Lottie war großartig. Keiner der Zuschauer hätte sie sich als die strapaziöse, geschäftige Frau in einem chinesischen Hausanzug in der Wohnung über sich vorstellen können. Von da an verbrachte ich fast meine gesamte Zeit mit ihr und Brian – es war beinahe so, als brauchte ich ihre Besitzgier zu meinem Schutz.

Ich schrieb täglich an Iris, und sie antwortete mir. Ihre Mutter war schwierig, kam sich sehr viel vornehmer vor als all die anderen Frauen im Hotel. Sobald sie sich einigermaßen erholt und ein paar Freunde gewonnen hatte, wollte Iris, wie sie schrieb, die Mutter auf Jamaica zurücklassen und nach Hause fliegen. Etwa eine Woche später fand ich bei meiner Rückkehr in die Wohnung einen ihrer Briefe vor. Ich war mit Lottie und Brian auf einer Party gewesen. Ich hatte ziemlich viel getrunken und verspürte keinen Schmerz.

Ich nahm Iris' Brief mit ins Bett. Darin stand unter anderem:

Wie kommst Du mit Deinem Wunderkind zurecht? Hat es so eine Spanielfrisur wie George Eliot? Ich kann Dich mir vorstellen, wie Du in einer verräucherten Dachkammer auf einer Bettcouch sitzt und Dr. Sitwell auf einem Plattenspieler abspielst, den man noch mit der Hand aufziehen muß. Nur zu, Darling! Es wird Dir guttun, wenn Du ein bißchen weibliche Gesellschaft hast, die nicht Lottie heißt. Ich habe dafür einen herrlichen britischen Colonel mit einem weißen, bis zum Bauchnabel reichenden Schnurrbart, der immer wenn ich mal eine Rückhand übers Netz gekriegt habe, ›Gut gemacht, was?‹ schreit…

Ich bin sicher, daß ich, wenn dieser Brief nicht gekommen und ich nicht ein bißchen angetrunken gewesen wäre, Nanny Ordway niemals angerufen hätte. So aber tat ich es. Ich griff nach dem Apparat und wählte ihre Nummer, wobei mich ein Gefühl der Belustigung und der Väterlichkeit beschlich. Es war schon spät, aber sie meldete sich schnell.

»Hallo.«

»Hallo, Miss O'Dream. Ich schmiede gerade ein Verbindungsglied.«

»Oh, Mr. Du... Peter, hallo!«

»Es ist schon schandbar spät.«

»Nein, ist es nicht. Ich sitze hier und schreibe noch.«

»Truman Capote oder Somerset Maugham?«

»Ich weiß nicht. Ich glaube, wieder beide gleichzeitig. Es ist so nett, daß Sie anrufen. Das mußten Sie doch nicht.«

»Sind Sie allein?«

»Ja, bin ich. Gewissermaßen. Meine Zimmergenossin schläft.«

Ich konnte sie dort am anderen Ende der Leitung vor mir sehen, wie sie mit hochgezogenen Beinen auf einer der Schlafcouchen saß, wie das Haar ihr ins Gesicht hing und wie sie vielleicht Santayana mit einem Zeh anstieß. Plötzlich erschien mir alles so schön, so harmlos – wie Iris' weißbärtiger Colonel.

»Gut gemacht, was?« sagte ich.

»Wie bitte, Peter? Was haben Sie gesagt?«

»Nichts. Halt nur mal angerufen.«

»Das freut mich.«

Ich dachte an das öde kleine Zimmer, an die nach dem Abendessen in der Luft hängenden Küchengerüche. Plötzlich war mein allumfassendes Mitleidsgefühl wieder da, dank des Alkohols ein bißchen mit Rührseligkeit angereichert.

»Wie wäre es, wenn wir morgen abend zusammen essen gingen? Sie haben mir das Village gezeigt, jetzt zeige ich Ihnen mal, wie die Stinkreichen leben. Das wäre doch nur fair, nicht wahr?«

Sie schwieg eine Weile. Mich überkam die absurde Befürchtung, sie könnte schon verabredet sein.

Schließlich sagte sie: »Peter, ist es Ihnen ernst damit?«

»Natürlich.«

»Das glaube ich nicht. Wenn es wirklich so ist, dann rufen Sie mich morgen früh noch einmal an.«

»Nanny...«

»Gute Nacht, Peter. Angenehme Träume.«

Sie legte auf. Ich schlief ein. Sie war das erste, woran ich dachte, als ich am Morgen zu mir kam. Ich war verlegen. Ich war ein bißchen beschwipst gewesen, als ich sie angerufen hatte, und sie hatte es vermutet. Sie hatte mir meine Essenseinladung nur abnehmen wollen, wenn ich sie noch einmal anriefe. Im nüchternen Lichte des Morgens war nichts mehr von dem unehrenhaften, herablassenden Impuls des Vorabends übriggeblieben. Ich wollte überhaupt nicht mit ihr zum Abendessen ausgehen. Wenn ich aber jetzt nicht noch einmal anrief, würde sie wissen, daß ich besoffen und verantwortungslos gewesen war. Sie würde verletzt sein. Ich lag im Bett und sah das Telefon an, als sei es der Zahnarzt. Schließlich rief ich sie an und bestätigte die Verabredung. Sie sollte um sieben zu meiner Wohnung kommen.

Dann ging ich nach oben, um mit Lottie und Brian zu frühstücken. Das Frühstück war zum Ritual geworden.

Die Hausangestellte servierte es uns dreien im Schlafzimmer. Ich saß auf der Bettkante, während Lottie und Brian im Bett blieben.

Lottie warf mir einen ihrer durchbohrenden Blicke zu. »Peter, Liebling, du hast gestern abend doch nicht etwa zuviel getrunken?«

»Nein, warum?«

»Du siehst komisch aus.« Sie wandte sich an ihren verschlafen aussehenden, zerzausten Mann. »Sieht Peter nicht komisch aus, Brian?«

Ich hatte am Nachmittag einige Fragen mit dem Theaterverein zu klären. Es war schon Viertel nach sechs, als mir klarwurde, daß ich später dran war als gedacht. Ich rief bei Nanny an, aber niemand hob ab. Ich war nicht übermäßig beunruhigt deswegen. Erst um zwanzig nach sieben kam ich nach Hause. Nanny Ordway saß mit gekreuzten Beinen vor der Wohnungstür auf dem Fußboden. Sie hatte ihren alten Tweedmantel über dem Arm, trug aber ein Abendkleid – eine blaßblaue, trägerlose Angelegenheit.

»Es tut mir furchtbar leid«, sagte ich. »Ich habe Sie angerufen, um Ihnen Bescheid zu geben, daß ich mich verspäten würde, aber Sie waren schon fort.«

Sie stand lächelnd auf. »Ich dachte mir schon, daß es so was sein würde.« Sie drehte sich vor mir. »Wird's das hier tun? Ich besitze kein Abendkleid. Ich hab's mir von meiner Mitbewohnerin geliehen. Die Leute tragen doch Abendkleider, wenn sie in elegante Restaurants gehen, oder tun sie das nur im Film?«

Das Kleid war über und über mit kleinen Schleifchen besetzt – es war so ein Kleid, mit dem vor ein paar Jahren eine spießige Debütantin im ›Ritz‹ ›herausgekommen‹ wäre. Aber sie hatte einen hübschen Hals und reizende Schultern. Und irgendwie rührte mich der falsche Stil des Kleides.

»Sie sehen großartig aus«, sagte ich.

»Oh, schön, aber das ist eigentlich belanglos.«

Ich zog gerade meinen Schlüssel heraus, als Brian die Treppe heruntergelaufen kam. Als er uns sah, blieb er ruckartig stehen.

»Hallo, Peter.« Er sah zu Nanny hin. »Hallo.«

Brian blickte peinlich berührt drein, so als hätte er mich bei etwas erwischt, bei dem ich nicht erwischt werden wollte. »Lottie ist weg zum Theater. Da dachte ich nur, wir könnten zusammen ein Gläschen trinken. Das heißt, wenn du nicht irgendwas anderes vorgehabt hättest, dachte ich... aber ist schon gut.«

Er zog sich taktvoll und rückwärts gehend nach oben zurück. Ich verspürte kurz den törichten Drang, ihm nachzurufen und ihn zu bitten, Lottie nichts von Nanny zu erzählen. Aber ich gab dem nicht nach. Er würde es Lottie so oder so erzählen. Er erzählte ihr immer alles. Wenn ich ihn gebeten hätte, es nicht zu tun, wäre es für ihn nur peinlich und für mich weit kompromittierender gewesen.

Ich ließ Nanny in die Wohnung. Ich war ziemlich nervös und bot ihr – ohne daran zu denken, daß sie ja nicht trank – einen Martini an. Sie dankte und meinte, sie hätte lieber eine Limonade. Ich holte sie ihr, legte eine Platte auf und entschuldigte mich dann, um zu duschen und mich umzuziehen.

Als ich ins Wohnzimmer zurückkam, saß sie am Fenster und blickte hinaus auf den East River. Sie hörte mich nicht. Ich ging zu ihr hin und legte ihr die Hand auf die Schulter. Sie drehte sich schnell zu mir um. Ihre Augen leuchteten.

»Es ist wunderschön... dieser Raum, das Fenster. Und die Platte... es ist herrlich. Was für einen Unsinn hab' ich doch geredet... über das Armsein. Wenn ich hier wohnte, säße ich den ganzen Tag am Fenster und schriebe. Ich würde schreiben...«

»Wie Truman Capote und Somerset Maugham.«

»O nein, nicht hier! Hier könnte ich ich selbst sein. Es ist nur so, daß man manchmal da unten im Village, wenn man zu schreiben anfängt, das Gefühl hat, man müßte alles irgendwie viel bezaubernder... ganz anders darstellen... um ein Gegengewicht zu schaffen. Das wäre nicht mehr der Fall. Nicht hier.«

Ich machte mir einen Martini. Sie ging im Zimmer umher, sah sich alles an, und ihr langes blaues Kleid raschelte schwerfällig.

»Das war der Mann von Charlotte Marin, nicht wahr?«

»Ja.«

»Hatte er was dagegen?«

»Wogegen?«

»Gegen mich. Sie... Charlotte Marin... sie hat sich bei der Party daran gestoßen.«

»Es gibt doch gar nichts, woran man sich stoßen könnte.«

»Natürlich nicht. Es ist bloß, daß die Leute... Gehen wir wirklich ganz groß und teuer aus?«

»Wohin Sie mögen.«

Sie trat zu mir und streckte mir feierlich die Hand hin. »Ich glaube, dann nehme ich doch einen Cocktail, bitte.«

Wir gingen zu *Voisin*, was ich normalerweise nicht tue, weil ich's mir nicht leisten kann. Aber nun, da es zu diesem Abend gekommen war, sagte ich mir, daß wir ihn genausogut auch stilvoll verbringen könnten. Nanny schien es nicht sehr zu gefallen, obwohl sie sorgsam darauf bedacht war, alles zu loben. Ich glaube, ihr Kleid bereitete ihr zunehmend Unbehagen. Ich brachte sie dazu, ein wenig Wein zu trinken, und das wirkte Wunder. Sie bekam einen kleinen Schwips, einen ganz kleinen nur, aber doch groß genug, um ihr über ihre Schüchternheit hinwegzuhelfen. Sie war tatsächlich sehr intelligent. Nichts war ihr zu hoch. In ihrer Gesellschaft zu sein war äußerst angenehm. Wir ließen uns beim Essen Zeit und gingen anschließend ins *Ruban Bleu*. Wir blieben nicht allzu lange – bis etwa halb eins – und hatten es dann nicht weit bis zur Wohnung. Es erschien naheliegend, sie noch auf einen Schlaftrunk hereinzubitten. Sie sagte, sie komme nur herein, wenn wir Welitschs ›Salome‹ hören könnten. Ich besaß die Aufnahme, das wußte sie. Sie hatte sie im Regal stehen sehen. Das Grammophon ihrer Zimmergenossin war in der Reparatur, und sie hatte das Stück schon so sehr vermißt.

Wir spielten Welitschs ›Salome‹. Ich wollte die Musik nicht allzu laut stellen, weil es schon recht spät war. Aber die schrillen, aufrüttelnden Klänge füllten trotzdem die ganze Wohnung. Sie lauschte hingerissen, wie sie es bei sich zu Hause getan hatte. Als das Stück zu Ende war, sagte sie: »So möchte ich gern schreiben können. Genau so. In dieser Art von Stimmung.« Sie schwieg eine Weile und zitierte dann leise auf deutsch: »›Das Geheimnis der Liebe ist größer als das Geheimnis des Todes.‹ Es ist vielleicht sentimental, aber wenn man das in eine Geschichte umsetzen könnte!«

Sie entsprach meiner Bitte, das Zitat zu übersetzen. Sie sah jetzt so jung und feierlich aus, daß ich grinsen mußte. »In der Manier von Somerset Capote.«

»Nicht!« Ihre Stimme klang plötzlich böse. »Ziehen Sie mich nicht dauernd auf. Bitte nicht!«

Sie stand auf und ging zum Fenster. Sie setzte sich, den Rücken mir zugekehrt, und blickte auf den East River hinaus. Ich ging zu ihr hin und legte ihr zum zweiten Mal die Hand auf die Schulter. Sie war steif, abweisend.

»Es tut mir leid.«

»Sie lachen mich die ganze Zeit aus. Das ist nicht fair.«

»Das ist nicht meine Absicht.«

»Meine Schreiberei ist kein Witz. Eines Tages werde ich gut sein.«

»Das weiß ich.«

Ich dachte daran, wie sie zu Anfang dieses Abends gewesen war, wie sie genau da gesessen hatte, wo sie jetzt saß, und begeistert zu mir aufgeblickt hatte, ganz hingerissen von der Schönheit der Aussicht, von der Wohnung, vom Grammophon – von allem. Ich kam mir so richtig vor wie ein Mistkerl, weil ich eine solche Wohnung hatte und sie kaum zu etwas anderem nutzte, als darin zu schlafen, während sie mit ihrer Entschlossenheit, eine große Schriftstellerin zu werden, eingepfercht mit einem anderen Mädchen in einem einzigen Zimmer arbeiten mußte.

Ich kam mir auch noch aus anderen Gründen wie ein Mistkerl vor. Ich hatte sie doch nur zum Essen ausgeführt, weil ich mich selbst in die Einladung reinmanövriert hatte. Jetzt hatte ich mich über sie lustig gemacht, und sie war noch jung genug, um empfindlich darauf zu reagieren. Ich wollte es wiedergutmachen. Zumindest dachte ich, daß ich so etwas wollte.

Ich sagte: »Warum kommen Sie nicht vormittags zum Arbeiten her? Mich würden Sie nicht stören. Ich bin immer schon um zehn Uhr weg.«

Sie fuhr herum. »Nein«, sagte sie. »Nein.«

»Warum nicht?« Ich ging zum Schreibtisch und holte ein Doppel des Wohnungsschlüssels heraus. »Hier. Damit kommen Sie herein. Ich werde dem Dienstmädchen Bescheid sagen. Es arbeitet bei Lottie und kommt jeden Vormittag gegen halb elf oder elf herunter.«

Sie sah auf den Schlüssel, als handelte es sich dabei um einen Edelstein. Sie streckte die Hand danach aus, zog sie zurück, streckte sie erneut aus und nahm den Schlüssel. Tränen traten ihr in die Augen.

»Ich hätte nie gedacht... ich hätte mir nie und nimmer träumen lassen...«

»Schon gut. Hören Sie Platten, tun Sie alles, was Sie in die richtige Stimmung bringt.«

Sie stand auf, den Schlüssel fest umklammert. »Ich werde nie in der Lage sein...« Ihre Worte erstickten in einem Aufschluchzen. Sie lief aus der Wohnung und zog die Tür hinter sich zu. Ich folgte ihr nicht, um ihr noch gute Nacht zu sagen.

Ich wußte, sie wollte nicht, daß ich sie weinen sah.

4

Nachdem sie gegangen war, fühlte ich mich entspannt und zufrieden, wie ein wahnsinnig großzügiger Kerl. Schon bald saß ich am Schreibtisch und schrieb meinen nächtlichen Brief an Iris. Ich hatte die Absicht gehabt, ihr ausführlich von Nanny und von dem Schlüssel zu berichten, aber irgendwie wollte sich das alles nicht in die richtigen Worte bringen lassen. Schließlich ging ich überhaupt nicht darauf ein.

Lottie hüllte sich beim Frühstück am folgenden Morgen in finsteres Schweigen. Ich vermutete, daß Brian ihr davon erzählt hatte, wie er Nanny und mir vor meiner Wohnungstür begegnet war, und die Tatsache, daß sie mich nicht auf der Stelle der moralischen Verworfenheit zieh, ließ erkennen, daß sie es sich sehr zu Herzen genommen hatte und nur auf den ›richtigen Augenblick‹ wartete. Es war offenkundig, daß ich mich früher oder später mit ihr darüber aussprechen mußte, aber auch ich beschloß, auf den richtigen Augenblick zu warten. Ich stahl mich in die Küche und sagte Lucia, der Hausangestellten, wegen Nanny Bescheid. Lucia mochte mich und hatte Lottie durchschaut. Ich gab ihr zehn Dollar für die Extraarbeit, die ihr Nanny eventuell machen würde, und bat sie, Lottie nichts von alldem zu sagen. Sie verstand mich sofort und grinste.

Um Viertel vor zehn machte ich mich auf ins Büro. Als ich am Abend wieder nach Hause kam, war alles blitzsauber aufgeräumt, aber gegen den Stapel von Iris' Briefen aus Jamaica, der auf meinem Schreibtisch am Fenster lag, fand ich eine mit Tinte angefertigte Kinderzeichnung gelehnt. Diesmal war es ein Mädchen, dem das Haar ins Gesicht hing und das tippend an einem Schreibtisch saß. Darunter stand, mit Maschine geschrieben:

> Truman Capote dankt;
> Somerset Maugham dankt;
> ich danke.

Am nächsten Tag brachte mir Miss Mills ein Manuskript, das uns ein Anglistikprofessor der Universität von Ann Arbor zugeschickt hatte. Ich hatte es kaum gelesen, da wußte ich auch schon, daß es genau das war, was ich suchte. Das Stück trug den Titel ›Let Live‹. Es war amüsant, professionell und vor allem preiswert zu produzieren, denn es waren nur sechs Rollen zu besetzen und man kam mit einem einzigen Bühnenbild aus. Das Büro wurde sofort für eine Produktion auf Touren gebracht. Ich arbeitete wie ein Pferd und kam immer erst spätabends nach Hause. Von Nanny sah ich eine Woche oder zehn Tage lang nichts mehr, aber jeden Abend fand ich bei meiner Heimkehr ein kleines Bildchen vor. Einmal war es ein kleines Mädchen, das vor einem Grammophon saß, aus dem Noten herauskamen, dann ein Mädchen mit einem Kopf, über dem T. C. stand, und einem zweiten mit S. M. darüber, ein andermal ein verzweifelt niedergebeugtes Mädchen (»Heute ermattetes Genie«) und einmal nur eine gezackte Flamme, unter der »Es brennt, rein weiß!« zu lesen stand.

Diese kleinen Zeichnungen bereiteten mir jedesmal

großes Vergnügen. Sie sorgten dafür, daß Nanny in meinem Kopf lebendig blieb, obwohl sie die Wohnung immer schon verlassen hatte, wenn ich nach Hause kam.

Lottie war, was ›Let Live‹ anging, verständlicherweise höchst neugierig und begeistert und unterbreitete mit störendem Eifer Besetzungsvorschläge, Ideen zur Gestaltung des Bühnenbildes und allgemeine Anregungen. Ja, ich bekam einiges zu tun, um sie davon abzuhalten, das Stück selbst zu produzieren, die Regie zu führen, die Kostüme zu schneidern und alle Rollen zu übernehmen. Sie schien die Sache mit Nanny vergessen zu haben, und ich meinerseits vergaß, daß ich ihr hatte erklären wollen, was für eine unschuldige Beziehung das war.

Eines Abends, als ich gegen halb sieben aus dem Büro nach Hause kam, traf ich Lottie und Brian unten im Hausflur. Ohne groß nachzudenken, lud ich sie auf einen Drink zu mir ein. Als ich die Wohnungstür aufschloß, schoß mir plötzlich durch den Kopf: Nanny! Aber es war alles in Ordnung und sie nicht mehr da.

Es kam jedoch zu einem einigermaßen unangenehmen Augenblick, als Lottie, die immer neugierig umherschlich, am Schreibtisch stehenblieb und etwas in die Hand nahm.

»Was soll das denn sein?«

Ich brachte ihr ihren Drink. Sie betrachtete Nannys tägliche Zeichnung. Diesmal war es ein hingebungsvoll tanzendes Mädchen. Darunter stand: »Siegestanz des weiblichen Genies«.

Ich sagte, wahrscheinlich mit einem Übermaß an Nonchalance: »Oh, eine unserer Sekretärinnen war heute nachmittag hier, um die fälligen Schecks für den Haushalt auszustellen. Wahrscheinlich ist sie darüber in Verzükkung geraten.«

Als Lottie die Zeichnung auf den Schreibtisch zurücklegte, bohrte sich ihr durchdringender Blick in mich hinein.

»Hm«, sagte sie.

Aber dabei ließ sie es bewenden.

Iris schrieb ganz aufgeregt, sie freue sich, daß ich ein Stück gefunden hätte. Ihre Mutter sei vollkommen wiederhergestellt und habe eine Witwe aus Kalifornien kennengelernt, die ihren Ansprüchen fast genüge. Bei einigem Glück, schrieb Iris, könne sie die Mutter schon bald sich selbst überlassen. Was mich betraf, so hatte ich meinen Spaß – wie immer während der ersten Phase einer Produktion.

Und dann, es war ungefähr eine Woche später, ging ich eines Abends früher als sonst nach Hause, und zwar so gegen sechs Uhr. Es gab eine Premiere, für die ich zwei Karten hatte. Eigentlich hatte ich vorgehabt, mit Alec Ryder hinzugehen, aber Alec war nach Chicago geflogen, um nach dem Tourneetheater zu sehen, das mit einem seiner Stücke unterwegs war. Als ich die Wohnung betrat, hörte ich das Grammophon. Ich ging ins Wohnzimmer, und dort saß Nanny am Schreibtisch vor dem Fenster und klapperte auf einer ramponierten alten Schreibmaschine herum, die sie mitgebracht haben mußte.

Als sie mich bemerkte, stand sie fast schuldbewußt auf.

»Himmel auch! Ich habe die Zeit total vergessen. Es tut mir leid. Ich...«

Ich freute mich, sie zu sehen. »Hi«, sagte ich, »wie wäre es, wenn wir heute abend zusammen ins Theater gingen? Ich habe eine zweite Karte.«

Sie hatte wegen ihres Aufzuges Bedenken. Sie trug ein altes Dirndl und dazu eine Bluse mit einem scharlachroten, am Hals geknoteten Tuch. Für eine Premiere war das alles natürlich denkbar unpassend. In diesem Moment wurde mir bewußt, daß sie diesselbe Größe hatte wie Iris. Ich ging ins Schlafzimmer und wählte eines der Abendkleider meiner Frau für Nanny aus. Es war eines, das Iris nie so recht gemocht hatte, das Nanny jedoch, wie ich meinte, gut stehen mußte. Ich gab es ihr. Sie blieb ziemlich lange im Schlafzimmer. Dann rief sie mich herein.

Sie stand unter dem ein bißchen zu großartigen Kronleuchter, an den Iris und ich vor Jahren in Italien unser Herz verloren und den wir von dort heimgeschleppt hatten. In seinem funkelnden Licht sah Nanny wie verwandelt aus. Sie hatte sich geschminkt. Es war das erste Mal, daß ich sie mit Make-up sah, und der Unterschied war bemerkenswert. Nach wie vor war sie nicht hübsch, aber eine gewisse unterdrückte Sinnlichkeit, die so viele Männer ganz verrückt macht, verlieh ihr eine große Anziehungskraft. Es war nicht die Art von Verlockung, auf die ich ansprang, aber ich war mir ihrer doch sehr bewußt, jedenfalls allem Anschein nach sehr viel mehr als Nanny selbst. Sie verhielt sich ganz so, als hätte sich an ihrer Erscheinung nicht das geringste verändert.

»Es war herrlich, hier arbeiten zu können, das muß ich sagen.«

»Das freut mich.«

»Ich habe meine neue Geschichte angefangen. Nach ›Salome‹: ›Das Geheimnis der Liebe‹.«

»Ist es größer als das des Todes?«

»Davon soll sie ja handeln. Ich habe doch nicht gestört, oder?«

»Ganz im Gegenteil, Sie sind mir ein Trost gewesen.«

»Das ist doch Schmonzes.«

»Nein. Diese Zeichnungen ... sie sind für einen sehr beschäftigten, unbeweibten Burschen wie mich überaus tröstlich.«

»Oh, ich hab' halt einfach Spaß daran, sie zu machen, das ist alles. Haben Charlotte Marin und ihr Mann Anstoß genommen... ich meine, beim letzten Mal?«

»Um Himmels willen, reiten Sie doch nicht immer darauf herum! Nein, natürlich nicht.«

An diesem Abend sah Bill, der Mann, der nachts den Fahrstuhl bediente, Nanny zum ersten Mal interessiert an und zwinkerte mir sogar zu.

Wir gingen zum Abendessen zu Sardi, weil ich mir dachte, daß ihr Magen vielleicht nicht wie der der Theaterleute daran gewöhnt war, erst nach der Vorstellung etwas zu bekommen. Dann gingen wir ins Theater. Es war nichts Großes – eine dieser Komödien, in denen es um die kluge Frau geht, die allen Widerständen zum Trotz an ihrem zügellosen Ehemann festhält. Danach gab es eine Party für das Ensemble, aber ich hatte keine Lust hinzugehen. Da sich Nanny wieder umziehen mußte, kehrten wir in meine Wohnung zurück.

Die Tatsache, daß sie dort gearbeitet hatte, hatte eine merkwürdige Wirkung auf mich gehabt. Obwohl ich sie bis zu diesem Abend nie an dem Schreibtisch hatte sitzen sehen, war sie durch ihre kleinen Zeichnungen doch so etwas wie eine Familienangehörige geworden. Ohne viel zu fragen, machte ich ihr eine Limonade zurecht und mir einen Drink. Wir setzten uns zusammen auf das Sofa, zwanglos und vertraut wie Leute, die zusammen leben.

Aus irgendeinem Grunde erschien es mir völlig belanglos, daß ich nur so wenig von ihr wußte. Sie war einfach Nanny Ordway, die mit einer Freundin im Village wohnte, die meinte, Geschäftliches habe an einem hübschen Ort nichts zu suchen, die zu einem kleinen Bestandteil meines Lebens geworden war. Wir hatten uns zufällig kennengelernt, und dann war daraus unter Mithilfe des Zufalls von Iris' Abwesenheit langsam Freundschaft geworden. Es war eine dieser Beziehungen, die sich keiner bestimmten Kategorie zuordnen lassen und wie sie sich immer wieder ergeben. Sie war an keinerlei Bedingungen geknüpft. Jeder von uns beiden konnte sie schon morgen beenden, sie konnte aber auch auf unbestimmte Zeit so bestehen bleiben. Das war es, glaube ich, was sie so schön machte.

Wir unterhielten uns über das Stück, und wegen des Stückes dann auch über die eheliche Liebe. Nanny hielt die Komödie für einfältig. Wenn ein Mann seine Frau liebte, würde er nicht mit anderen Frauen herumlaufen, und wenn er mit anderen Frauen herumliefe, dann würde er nicht zurückkehren und seine Frau so lieben, als ob nichts gewesen wäre. Sie nahm das alles sehr ernst. Sie war Nanny Ordway, die große zwanzigjährige, in psychologischen Fragen erfahrene Autorin, die über das Geheimnis der Liebe genauestens Bescheid wußte.

Nanny sah reizend aus, wie sie da in Iris' Kleid neben mir saß – wie eine jüngere Schwester von Iris, die immer in deren Schatten gestanden hatte. Ich fühlte eine größere Zuneigung zu ihr als je zuvor. Vielleicht weil ich, was meine Motive anbetraf, nicht mehr im Zweifel war. Ich hatte mir das Wesen unserer Beziehung hinreichend verständlich gemacht. Es bestand, das wußte ich, nicht im entferntesten die Gefahr, daß ich mich in sie verliebte oder sie sich in mich.

»Wenn man liebt, Peter, dann liebt man. Und wenn man aufhört zu lieben, dann hört man auf. Man fängt nicht wieder an damit wie ein abgebremstes Motorboot.«

»Warum nicht?«

»Weil man es nicht kann.«

»Sie wären überrascht, wenn Sie sähen, was Leute alles können, sobald sie es nur versuchen.«

»Peter, was für ein Unsinn!« Sie wandte sich mir schnell zu. »Sie zum Beispiel, Sie könnten doch nie und nimmer plötzlich aufhören, Ihre Frau zu lieben, und es dann wieder tun. Rin in die Klamotten, raus aus den Klamotten, wie Rothschild.«

»Könnte ich das wirklich nicht?«

»Natürlich nicht. Und Ihre Frau auch nicht.«

»Sie hat's aber gekonnt.«

Ich wußte auch nicht so genau, warum ich das gestanden hatte. Im allgemeinen spreche ich mit niemandem über Iris und mich. Ich nehme an, es lag an der Atmosphäre, die Nanny schuf – diese feierliche, unpersönliche Atmosphäre sehr junger Menschen, die noch meinen, Gefühle seien nur dazu da, analysiert zu werden.

Jetzt, wo ich einmal angefangen hatte, machte ich auch weiter. »Vor ein paar Jahren... das war in Mexiko... verliebte sich Iris in einen anderen. Sehr heftig. Es ging schief. Es war von Anfang an schief, denke ich. Aber wie auch immer, sie verliebte sich in ihn. Und dann wieder in mich. Das abgebremste Motorboot. Rin in die Klamotten, raus aus den Klamotten, wie Rothschild.«

Nanny sah entsetzt aus. »Und Sie haben sie die ganze Zeit weiter geliebt?«

»Gewiß doch.«

»Wie hieß er?«

»Iris' Freund? Martin. Warum wollen Sie das wissen?«

»Haben Sie Martin gehaßt?«

»Nein, eigentlich nicht.«

»Aber es muß doch noch alles da in Ihnen drinstecken. Das Vertrauen war nun einmal gebrochen. Wie konnte es je wiederhergestellt werden?«

»Das ist nicht so schwer, wie es in den Lehrbüchern immer dargestellt wird.«

»Aber... aber es kann nicht mehr dasselbe sein. Jetzt könnte es doch sein, daß Sie irgendwann mal aufhören, sie zu lieben.«

»Nein.«

»Auch nicht, wenn eine daherkäme, die genauso attraktiv, faszinierend und amüsant wäre?«

Ich grinste. »Wo sollte die denn herkommen? Ich habe noch keine Frau kennengelernt, die auch nur ein Zehntel so attraktiv und faszinierend und amüsant wie Iris gewesen wäre.«

Nanny stellte ihr Limonadenglas ab. »Also«, sagte sie,

»bei mir könnte das niemals so sein. Zusammengeflickt, voller Kompromisse. Nein … niemals.« Und dann setzte sie noch hinzu: »Ist das nicht komisch?«

»Was?«

»Sie und ich … daß wir, obwohl so verschieden, Freunde sind.«

»Das ist nicht komisch.«

»Sie werden mich wieder vergessen, sobald Ihre Frau zurück ist.«

»Natürlich werde ich das nicht.«

Kaum hatte ich das gesagt, wurde mir klar, daß es nicht stimmte. Wenn Iris erst einmal wieder da war, hatte ich Nanny Ordway wahrscheinlich schon innerhalb einer Woche vergessen. Die Beziehungen zwischen Mann und Frau waren nicht ganz so einfach, wie ich sie hatte glauben machen wollen, dachte ich bei mir. Was wußte ich denn eigentlich über die Gefühle, die Nanny mir gegenüber hegte? Hatten diese Abende einen Wert für sie? Waren sie etwas, das sie vermissen würde? Vielleicht war ich ja auch nur das selbstsüchtige, dämliche Mannsbild gewesen, das sie herzlos als Trostpflästerchen für das zeitweilige Alleinsein benutzt hatte.

Ich schämte mich meiner mangelnden Aufrichtigkeit. Irgendwie brachte es Nanny Ordway immer fertig, daß ich mich schämte. Ich beugte mich zu ihr und küßte sie auf die Wange, wobei ich mir ein kleines bißchen wie Judas vorkam. Es war das erste Mal, daß ich sie geküßt hatte. Ihre Haut war trocken, nicht sehr anziehend.

»Ich werde Sie nicht vergessen. Und Iris wird Sie auch kennenlernen wollen.«

Sie stand schnell auf, als wäre mein Kuß eine falsche Bewegung gewesen. Sie sah auf ihre Armbanduhr.

»Du lieber Himmel, es ist schon spät! Ich zieh' mich besser mal wieder um.«

Sie ging ins Schlafzimmer und blieb eine ganze Weile dort. Dann kam sie in ihrem alten Dirndl mit der Bluse und dem scharlachroten, geknoteten Halstuch wieder heraus. Sie ging zum Schreibtisch und holte ihre Schreibmaschine.

»Warum lassen Sie sie nicht für morgen stehen, Nanny?«

»O nein, ich muß heute nacht noch was tun.«

»So ist es recht. George Sand pflegte bis zum Morgengrauen zu arbeiten.«

Sie lächelte nicht. »Gute Nacht, Peter.«

»Ich rufe Ihnen ein Taxi.«

»Nein, nein, seien Sie nicht albern. Und kommen Sie nicht mit runter. Bitte nicht.«

Ich brachte sie zum Fahrstuhl. Sie sah mit ihrer Schreibmaschine und ihrem alten Tweedmantel wie eine armselige Sekretärin aus. Der Fahrstuhlführer warf ihr nur einen gelangweilten, schläfrigen Blick zu. Mein Schuldgefühl regte sich wieder. Ich lächelte und winkte ihr zu.

»Gute Nacht, Miss O'Dream. Arbeiten Sie gut!«

»Oh, das werde ich. Darauf können Sie sich verlassen.«

Den ganzen folgenden Vormittag war ich im Büro beschäftigt. Der Handel mit Thomas Wood, dem Autor von ›Let Live‹, war inzwischen abgeschlossen, und ich hatte sogar schon den größten Teil der Produktionskosten zusammen. Jetzt war das Besetzungsstadium erreicht, und jemand hatte mir einen weniger bekannten Charakterdarsteller aus Hollywood für die männliche Hauptrolle empfohlen. Ich hatte ihn noch nie auf der Leinwand gesehen, und wenn doch, dann hatte ich es vergessen. Ich entdeckte, daß er in einem alten Film mitspielte, der gerade von einem der Kinos an der 42. Straße gezeigt wurde. Also zog ich nach dem Mittagessen los, um mir mal anzusehen, was er konnte.

Er gefiel mir, und ich kam zu dem Schluß, daß er sich eignen könnte. Ich machte mich gegen vier auf den Weg zurück ins Büro, um ein Telegramm an seinen Agenten in Hollywood zu schicken. Als ich im Büro eintraf, händigte mir Miss Mills ein Telegramm von Iris aus. Sie würde an diesem Abend um sechs in Idlewild ankommen.

Ich war überglücklich. Ich sagte telefonisch ein paar geschäftliche Termine ab, um Iris vom Flughafen abholen zu können. Ich hatte die Befürchtung, daß Lottie, wenn ich sie anriefe, darauf bestehen würde mitzukommen, und daß sie dann die Wiedersehensszene an sich reißen könnte, aber ich wußte auch, daß sie mir nie verzeihen würde, wenn ich ihr die große Nachricht vorenthielte. Ich schloß einen Kompromiß und bat Miss Mills, statt meiner Lottie in allerletzter Minute anzurufen und ihr zu sagen, daß ich das Telegramm gerade erst erhalten und sofort losgemußt hätte.

Das Flugzeug hatte zehn Minuten Verspätung. Viele Menschen leiden Qualen, wenn jemand, den sie sehr lieben, mit dem Flugzeug fliegt. Aber mir ging es bei Iris nicht so. Sie war für mich derart gegenwärtig, daß der Gedanke, irgend etwas könne diese Gegenwart zerstören, undenkbar war. Das Flugzeug tauchte am Himmel auf und landete. In dem Augenblick, in dem ich Iris die Gangway herunterkommen sah, war es, als wäre sie nie fort gewesen.

Als sie aus der Zollabfertigung kam, stürzten sich ein paar Pressefotografen auf sie. Weil Iris in so vielen Filmen mitgespielt hatte, war sie eine größere Berühmtheit als Lottie (obwohl weder Lottie noch Iris je im Traum daran gedacht hätten, das zuzugeben). Iris ist Fotografen gegenüber schüchtern. Sie ist der zurückhaltendste Filmstar, den es je gegeben hat. Aber wir küßten uns höflich für die Kameras, und danach ließ man uns in Ruhe.

Wir nahmen uns ein Taxi. Iris sah wunderbar aus, aber das tat sie immer. Sie hatte eines dieser großäugigen, ebenmäßigen Gesichter, denen nichts etwas anhaben kann. Manchmal wünschte ich, sie wäre weniger schön, weniger dazu verdammt, im Licht der Öffentlichkeit zu stehen. Aber an diesem Spätnachmittag empfand ich nur Stolz und Zufriedenheit. Ich war nicht einmal nervös, war frei von dieser Unruhe, die man in den frühen Stadien einer Liebe empfindet, wo eine Trennung noch Veränderungen bewirken kann, die eine neue Anpassung aneinander erforderlich machen.

Sie war in bester Stimmung, erzählte amüsant von ihrer Mutter und dem weißbärtigen britischen Colonel, den sie geschickt an die Mutter weitergereicht hatte. Das war auch der Grund, warum sie glaubte, ihre Mutter jetzt problemlos sich selbst überlassen zu können. Sie interessierte sich sehr für »Let Live« und löcherte mich mit Fragen über Lottie.

»Ist sie noch unsere beste Freundin?«

»Ich fürchte, ja. Ich frühstücke allmorgendlich mit ihr und Brian im Bett.«

»O je, ich hatte gehofft, du hättest sie inzwischen tödlich beleidigt. Weiß sie, daß ich komme?«

»Es war äußerst knapp. Ich habe Miss Mills gebeten, sie anzurufen. Wie ich Lottie kenne, geistert sie jetzt wehklagend wie eine Todesfee durch die Wohnung. Es war schwer für sie, daß sie nur Brian und mich zum Beaufsichtigen hatte.«

»Die gute Lottie!«

»Alec Ryder wird dich wegen der Show in London plagen.«

»Keine Bange. Der Schwan vom Avon höchstselbst könnte mit einem funkelnagelneuen ›Hamlet‹ im Schnabel daherkommen, und es würde doch kein Handel draus. Ich richte mich ganz auf eine einjährige Spielzeit als Ehefrau ein.«

Ich hatte nicht wirklich angenommen, daß Alecs Angebot sie interessieren würde, aber ihre Worte vervollständigten doch mein Glück. Sie fing an, in ihrer Handtasche herumzukramen. Iris war der Ansicht, daß Frauen, die immer die Männer um Zigaretten baten, Nervensägen seien. Ich steckte ihr eine an.

»Danke, Peter. Na, und wie ist es dir ergangen?«

»Gut.«

»Es hat doch nicht irgendwas gegeben?«

»Um Himmels willen, wie kommst du denn darauf?«

»Ich weiß nicht. Ich habe immer dieses Gefühl, wenn ich von dir fort war. Ich nehme an, es ist selbstgefällig und weiblich. Ich denke halt gern, daß du mich brauchst.«

»Ich brauche dich auch.«

Sie legte mir die Hand auf den Arm. »Übrigens, was ist denn eigentlich aus deiner genialen Maid geworden? Du hast zuletzt gar nichts mehr von ihr geschrieben.«

»Oh, Nanny Ordway? Die ist noch da.«

»Ich brenne darauf, sie kennenzulernen.«

Plötzlich fiel mir ein, daß Nanny Ordway ja noch in der Wohnung sein könnte, daß sie vielleicht noch mit ihrem schwarz herabhängenden, ihr Profil verdeckenden Haar dort an der Schreibmaschine saß. Als Iris' Telegramm gekommen war, hatte ich überhaupt nicht an Nanny gedacht, geschweige denn daran, sie anzurufen und abzuwimmeln. Ich fühlte mich in absurder Weise unbehaglich. Es war nicht sonderlich wichtig, denn Iris war, was eine Heimkehr anbelangte, frei von Sentimentalität. Aber ich hatte ihr nie geschrieben, daß ich Nanny den Wohnungsschlüssel gegeben hatte, und aus irgendeinem Grunde erschien es mir schwierig, ihr das mitzuteilen. ›Oh, übrigens, ich habe ihr erlaubt, in der Wohnung zu arbeiten. Ich hatte es dir eigentlich schreiben wollen.‹

Dann wurde mir aber klar, daß wir erst nach sieben zu Hause eintreffen würden. Es war halb sieben gewesen, als ich neulich Lottie und Brian aufgefordert hatte hereinzukommen, und da war Nanny nicht mehr in der Wohnung gewesen. Es erschien mir klüger, darauf zu bauen, daß sie schon fort war, und Iris erst später am Abend die ganze Nanny-Geschichte in aller Ausführlichkeit zu erklären.

Wenn ich es konnte! Jetzt, wo Iris wieder da war, stellte ich fest, daß sich die genaue Art unserer Beziehung und ihre Rechtfertigung gar nicht mehr so recht erfassen ließen.

»Du wirst sie bald kennenlernen«, sagte ich.

»Schreibt sie ein Stück oder so etwas? Bist du deshalb an ihr interessiert?«

»Nicht ganz.« Voller Feigheit setzte ich hinzu: »Sie ist nicht sehr aufregend.«

Iris warf mir einen schnellen Blick zu. »Entschuldige dich doch nicht, Liebling. Mir war nicht daran gelegen, daß sie aufregend ist.«

Wir waren durch den abendlichen Stadtverkehr gekrochen und erreichten nun *Sutton Place*. Der Portier und Bill, der Fahrstuhlführer von der Nachtschicht, freuten sich, Iris zu sehen. Wir fuhren in unsere Etage hinauf, und ich hörte, daß in unserer Wohnung das Grammophon lief. Bill setzte Iris' Koffer an der Tür ab. Ich sagte: »Ist okay, ich trage sie rein.«

Bill ging zum Fahrstuhl zurück. Iris sagte: »Warum läuft denn das Grammophon? Glaubst du, daß Lottie da irgendeine fürchterliche Begrüßung inszeniert hat?«

Das Grammophon spielte ›Salome‹. Ich wußte, wer dort drin war, und kam mir ziemlich blöde vor. Den Schlüssel aus der Tasche ziehend, versuchte ich, mich nonchalant zu geben.

»Es ist wahrscheinlich nur Nanny.«

»Nanny?« Iris sah mich verständnislos an. »Nanny Ordway?«

»Ich habe ihr erlaubt, hier zu arbeiten, während ich im Büro bin. Sie hat nur ein trübseliges Zimmer im Village. Vielleicht bin ich ja ein Idiot. Ich erklär's dir später.«

Ich öffnete die Tür. Aus irgendeinem Grund blieb Iris stehen und ließ mich zuerst hineingehen.

Nannys Schreibmaschine stand auf dem Schreibtisch am Fenster, aber Nanny war nicht im Wohnzimmer. Das Grammophon lief mit höchster Lautstärke. Salome schrie sich über Jochanaans abgetrenntem Kopf die Lunge aus dem Leib. Iris nahm ein Stück Papier auf, das auf dem Schreibtisch an dem Stapel ihrer Briefe aus Jamaica lehnte.

»Was ist denn das?«

Diese verdammten Zeichnungen! Ich nahm ihr den Zettel aus der Hand. Diesmal war es die mit Tinte angefertigte Strichmännchen-Zeichnung eines Mädchens, das sich aufgehängt hatte. Darunter war mit Maschine und in Großbuchstaben geschrieben:

DAS GEHEIMNIS DER LIEBE IST GRÖSSER
ALS DAS GEHEIMNIS DES TODES?

Es war die Art von Scherz, die Nanny für geistreich hielt. Jetzt aber erschien alles nur äußerst peinlich. Ich legte den Zettel auf den Schreibtisch zurück.

»Das ist bloß eine dieser blöden Zeichnungen, die Nanny gern anfertigt«, sagte ich.

»Wie seltsam. Peter, würde es dir wohl etwas ausmachen, das Grammophon leiser zu stellen? Mir ist schon so, als hätte ich das Haar von Johannes dem Täufer im Mund.«

»Nanny ist wahrscheinlich im Bad«, sagte ich.

Ich stellte das Grammophon ab. Dann nahm ich die Koffer von Iris wieder auf und trug sie zum Schlafzimmer. Die Badezimmertür stand offen, und Nanny war nicht darin. Iris folgte mir ins Schlafzimmer. Wir blieben auf der Schwelle stehen.

Nanny Ordway war dort.

Ihr rotes Chiffontuch war um ihren Hals geknotet, und sie baumelte daran, hing an dem metallenen Mittelstück des Kronleuchters.

5

Sie bewegte sich ganz langsam an dem verdrehten Halstuch im Kreis. Ihr Haar war nach vorn gefallen und bedeckte ihr Gesicht wie eine rituelle Kapuze. Einer der Schlafzimmerstühle lag umgestoßen unter ihren baumelnden Füßen, bei dessen einem die Ferse aus dem abgetragenen Ballerinaschuh gerutscht war. Der Strumpf an ihrem linken Bein hatte eine Laufmasche.

Ich registrierte diese Einzelheiten in einem Augenblick übernatürlich scharfer Wahrnehmung, und mir wurde so etwas wie eine verspätete Einsicht zuteil, als flüsterte eine Stimme in mir: »Siehst du? Dazu hat nun deine harmlose Beziehung geführt.«

Ich verspürte Übelkeit, aber mein Kopf war ganz klar. Dicht hinter mir hörte ich Iris schwer atmen.

Ich sagte: »Ruf Dr. Norris an.«

Ich setzte die Koffer ab und lief in die Küche. In einer der Schubladen fand ich ein Tranchiermesser, mit dem ich ins Schlafzimmer zurückrannte. Ich hob den Stuhl auf, der unter Nanny lag, stieg darauf und schnitt das Halstuch vom Kronleuchter ab. Nanny fiel mit einem dumpfen Geräusch zu Boden. Ich hätte sie halten sollen, während ich den Strick durchschnitt. Daran hatte ich nicht gedacht.

Ich kniete neben ihr nieder. Ich versuchte, den Knoten des Halstuchs in ihrem Nacken zu lockern, schaffte das aber nicht mit den Fingern. Schließlich schnitt ich das Halstuch ganz langsam und vorsichtig mit dem Messer auf.

Ich konnte Iris an unserem Apparat im Schlafzimmer sprechen hören. Dr. Norris war unser Hausarzt und wohnte gleich nebenan.

»... ja, ja... Kommen Sie schnell. Bitte...«

Ihre Stimme hörte sich viel ruhiger an, als meine geklungen hätte. Ich blickte auf Nanny Ordway hinab. Ihr Gesicht war von einem entsetzlichen, ins Purpurne gehenden Grau. Um ihren Hals verlief da, wo das Tuch in das Fleisch geschnitten hatte, eine tiefrote Furche. Sie hatte das alte Dirndl und die Bluse an, aber keinerlei Ähnlichkeit mehr mit sich selbst. Sie sah einfach wie eine Leiche aus – wie irgendeine Leiche.

Ich war jedoch nicht sicher, ob sie wirklich tot war. Ich verstand zu wenig davon. Versuchte man es, wenn sich jemand erhängt hatte, mit künstlicher Beatmung? Ich hockte da und versuchte zu rekapitulieren, was ich bruchstückhaft über medizinische Zusammenhänge wußte. Ich konnte mich aber nicht darauf konzentrieren, sondern dachte nur immer wieder: Nanny Ordway hat Selbstmord begangen, und alle werden sagen, daß sie sich meinetwegen umgebracht hat.

Iris trat zu mir. »Er kommt sofort... Dr. Norris.«

Ich blickte zu ihr auf. Ich brauchte so dringend irgendein Zeichen von ihr, daß sie mich nicht verurteilte. Es war natürlich absurd, eins von ihr zu erwarten. Wie sollte sie denn jetzt schon Stellung beziehen können? Sie wußte ja überhaupt nichts über die ganze Sache.

»Er kommt«, wiederholte sie.

Ich hätte schnell etwas sagen müssen, um dem Verdacht, der in ihr aufkeimen mußte, entgegenzuwirken. Aber mir wollten die richtigen Worte nicht einfallen. Sie mußte etwas von dem erraten haben, was in mir vorging, denn sie legte mir die Hand auf die Schulter. Meine Hand schob sich über die ihre. Es war, als hätte ein Erdbeben den Boden zwischen uns aufgerissen und als wäre es ihr mit ihrer Hand auf meiner Schulter auf irgendwie wundersame Weise gelungen, allem wieder Festigkeit zu geben.

An der Wohnungstür war jetzt ein hartes Klopfen zu hören. Wir liefen beide hin, um Dr. Norris hereinzulassen. Aber es war Lottie, die förmlich über die Schwelle explodierte, Brian im Schlepptau. Sie trug ein raffiniertes schwarzes Cocktailkleid, von dem überall Perlen tropften. Sie kam mir fast unwirklich vor – wie eine Gestalt aus einer dunklen, vergangenen Zeit.

»Iris, Baby!« Ihre Arme schlangen sich mit dem metallischen Geklapper von Armreifen um Iris' Hals. »Willkommen daheim, mein Engel. Schnell ab nach oben, auf ein Glas Champagner, bevor ich ins Theater muß. Und dann eßt ihr beide mit Brian zu Abend. Er hat alles vorbereitet. Das ist seine Party. Es...«

Sie hielt inne, und ihr durchbohrender Blick wanderte von Iris' Gesicht zu meinem. »Was ist los? Was ist passiert?«

Ich blickte ganz instinktiv zum Schlafzimmer zurück.

»Geh, Lottie, bitte geh.«

»Was ist denn?« Sie trat einen Schritt vor.

»Lottie!«

Sie drängte sich an mir vorbei und ging schnell zum Schlafzimmer. Weder Iris noch ich rührten uns. Dann war Lottie im Schlafzimmer und schrie auf. Brian lief zu ihr, Iris und ich folgten ihm. Lottie stand über Nanny Ordway gebeugt. Ihr Gesicht war aschfahl. Sie drehte an der Perlenkette, die sie um den Hals trug, als ob das auch Menschen täten, die nicht in Theaterstücken auftraten.

»Es ist das kleine Mädchen! Es ist Peters kleines Mädchen!« Sie fuhr zu mir herum. Ihr Gesichtsausdruck, ihre schnelle Drehung, die Haltung ihrer Hände – dies alles erschien unumgänglich. Ich hätte diese Szene schon zigmal mit ihr geprobt haben können. »Wie konntest du nur, Peter? Wie konntest du Iris das antun?«

Brian legte ihr die Hand auf den Arm. »Hör auf, Lottie, um Gottes willen!«

Sie stieß ihn verächtlich beiseite. Sie war jetzt ganz die auf Rache drängende Gesellschaft, die geschändete Weiblichkeit, die betrogene Freundin – alles in einem. Natürlich war sie das. Ich hatte erwartet, daß Lottie so reagieren würde. So würden alle reagieren.

»Peter, sie hat sich umgebracht! Das arme kleine Geschöpf! Du hast mit ihr gespielt, bloß weil du einsam warst. Du hast ihr den Kopf verdreht. Du...«

»Halt den Mund, Lottie«, sagte Iris.

Es klopfte erneut an der Wohnungstür. Ich ging hin, um aufzumachen. Dr. Norris kam schnell herein. Er war ein großgewachsener, taktvoller junger Mann, der einen teuren Anzug trug und die Selbstsicherheit besaß, die sich einer großen, gutgehenden Praxis verdankt.

Er folgte mir ins Schlafzimmer. Er blickte auf Nanny hinab und sah dann uns an.

»Ja«, sagte er, »ich glaube, Sie sollten mal alle nach nebenan gehen, wenn ich bitten darf.«

Wir zogen uns alle ins Wohnzimmer zurück. Dr. Norris schloß die Schlafzimmertür hinter uns. Iris' Koffer standen noch neben der Tür, wo ich sie abgestellt hatte. Sie waren Symbole der Heimkehr. Ich war darauf gefaßt, daß Lottie mit theatralischer Geste auf sie deuten würde: ›Seht! Die Koffer der armen Iris! Und sie mußte nach Hause kommen, um das zu erleben!‹ Aber sie tat es nicht. Sie war wahrscheinlich viel zu sehr damit beschäftigt, sich in ihrem fixen Kopf alles zusammenzureimen: ›Er hat sie bei meiner Party kennengelernt. Er ist an diesem ersten Abend mit ihr ausgegangen. Und dann berichtete mir Brian, wie er sie zusammen im Hausflur erwischt hat... Eine geschmacklose kleine Affäre, glasklare Sache. Im Grunde genommen... ein Mörder.‹

Nach wenigen Minuten steckte Dr. Norris den Kopf zur Tür herein. So durch den Spalt kommend, sah dieser Kopf irgendwie abgetrennt aus – wie der Kopf eines verbindlichen, glattrasierten Johannes des Täufers, der mit einem Messiaskult in Südkalifornien Geld gemacht hatte.

»Es tut mir leid, aber sie ist tot. Einer von Ihnen sollte sofort die Polizei verständigen.«

Er sagte das mit irgendwie taktvoll gedämpfter Stimme, als riete er zu einem Sitzbad. Ich nehme an, es hatte für ihn auch keine sehr viel größere Bedeutung. Auch für mich war seine Feststellung nicht von großem Belang. Ich hatte mich bereits mit der Tatsache abgefunden, daß Nanny tot war – hatte mich abgefunden mit ihrem Selbstmord, mit der Polizei, mit allem.

Lottie jedoch elektrisierte die Mitteilung. Augenblicklich eilte sie zum Telefon, voller Eifer, die Sache in Gang zu bringen, die Katastrophe ihren Fortgang nehmen zu lassen. Ich konnte ihr das nicht verübeln. Warum sollte ihr nicht der Sinn danach stehen? Ein Mordsskandal – alle Welt ist immer ganz verrückt danach.

Brian ging ihr nach. »Laß das besser mich machen, Lottie.«

Lottie hob den Hörer ab. Ich ging zu ihr und nahm ihn ihr aus der Hand. So viel Stolz hatte ich immerhin noch.

»Verbinden Sie mich mit der Polizei.«

Als die Verbindung hergestellt war, sagte ich: »Hier ist Peter Duluth.« Ich nannte die Adresse. »Schicken Sie bitte sofort jemanden her. Ein Mädchen hat sich umgebracht.«

Meine Stimme klang ganz normal, aber als ich den Hörer wieder auf die Gabel legte, zitterte meine Hand. Ich ging zur Hausbar hinüber.

Lottie rief: »Iris, halt ihn bloß auf! Er darf nichts trinken. Nicht jetzt.«

Die Absurdität, die typische ›Lottiehaftigkeit‹ dieses Ausrufs machte alles irgendwie ein bißchen weniger schrecklich. Komik hilft immer, denke ich. Es half auch, daß Iris sofort zur Bar kam und mir einen Scotch mit Soda zurechtmachte. Desgleichen für sich und Brian.

»Lottie«, sagte sie, »es ist halb acht vorbei. Du mußt ins Theater.«

»Das Theater! Mein Gott, das Theater!« Lottie zog jetzt eine ihrer »Mein Gott!«-Nummern ab. »Wie könnte ich? Wie kann ich jetzt ins Theater gehen?«

»Das Ensemble«, sagte ich. »Es spielt weiter und läßt sich nichts anmerken, du weißt doch.«

Sie fuhr zu mir herum. »Aber Peter, wie könnte ich dich in dieser furchtbaren Situation allein lassen? Wie könnte ich?« Jetzt war ich nicht mehr der Ausgestoßene, sondern ganz plötzlich zum besten Freund in Nöten geworden, zum der Hilfe, der Verteidigung und des Schutzes Bedürftigen. Sie schloß mich in die Arme und küßte mich mit übertriebener Zuneigung. »Darling, du mußt dir keine Sorgen machen! Versprich mir, dir keine Sorgen zu machen. Ich werde der Polizei kein Wort sagen, darauf kannst du dich verlassen. O Gott, wie konntest du das nur tun? Wie konntest du dies zulassen? Habe ich dich nicht gewarnt? Ein kleines Mädchen, ein bloßes Kind noch...«

»Lottie, Liebste«, sagte Iris, »bitte geh jetzt.«

»Oh, ich gehe ja schon.« Und das tat sie natürlich auch. Denn ihr war inzwischen klargeworden, daß sie im Theater alle mit ihrer großen Nachricht umhauen konnte. Was ihren Auftritt anbetraf, so hatte ich keine Angst. Sie war so sensibel wie ein Nilpferd. »Peter, Liebling, mach dir keine Gedanken wegen der Aufführung. Ich schaff' das schon irgendwie. Und tu nichts Törichtes, wenn die Polizei da ist. Überlaß das alles mir. Ich komme gleich nach der Vorstellung wieder her. O ihr Lieben, meine armen Lieblinge!«

Sie schoß wie ein Habicht auf die Tür zu. Brian kippte seinen Drink hinunter.

»Ich sorge wohl besser mal dafür, daß sie gut hinkommt.« Er sah blaß und erschüttert aus, tätschelte mir aber den Arm. »Kopf hoch, Peter. Ich komme sofort vom Theater zurück. Solltest du mich brauchen, ich bin dann oben.«

Er folgte Lottie aus der Wohnung und zog die Tür hinter sich zu. Ich hatte den Augenblick gefürchtet, in dem ich mit Iris allein sein würde. Nicht, weil ich Angst gehabt hätte, daß sie mich verurteilen würde. Sie war ganz und gar nicht wie Lottie. Sie zog erst dann ihre Schlußfolgerungen, wenn sie sich ein Bild gemacht hatte. Und sie war meine Frau, was für sie ebenso wichtig war wie für mich. Aber solange Lottie dagewesen war und sich zum Narren gemacht hatte, hatte sich der Zeitpunkt der Erklärungen noch aufschieben lassen. Doch jetzt würde ich alles erklären müssen. Nur – wie sollte ich dazu imstande sein, wo ich es doch selbst nicht begreifen konnte? Wenn alles, was ich empfand, bloß Verwirrung war und Panik und ein dunkles Schuldgefühl, das mir nagend suggerierte, ich verdiene, was an Strafe über mich kommen werde?

Ich versuchte mich an Nanny Ordway zu erinnern, daran, wie sie ausgesehen hatte, wie das Zusammensein mit ihr gewesen war, was unsere Begegnung wirklich bedeutet hatte – aber ich hatte immer nur diese rotgesichtige Leiche im Nebenzimmer vor Augen.

Iris steckte sich eine Zigarette an. Sie hatte nicht müde ausgesehen, als sie aus dem Flugzeug gekommen war, aber jetzt tat sie es – sie sah müde aus und fast so alt, wie sie war, nämlich vierunddreißig. Sie leiden zu sehen und zu wissen, daß ich der Anlaß dieses Leidens war, das machte mich plötzlich in unsinniger Weise wütend.

»Okay, sie ist tot«, sagte ich. »Sie hat sich das Leben genommen. So, und wir haben das jetzt am Hals. Lottie denkt, daß es meine Schuld ist. Die Polizei wird sagen, daß es meine Schuld ist. Hol's doch der Teufel, wen schert's?«

Iris sah mich an. »Peter, sei nicht töricht. Mit wem, meinst du wohl, redest du hier? Sag mir einfach nur die Wahrheit.«

»Die Wahrheit? Ich hab' mich ein paarmal mit ihr verabredet. Für mich war sie ein ganz nettes junges Ding, das ich unterhaltend fand. Mit ihr konnte man gut zusammensein. Ich vermute, sie tat mir irgendwie leid. Ich gab ihr den Wohnungsschlüssel. Ich erlaubte ihr, ihre Arbeit herzubringen. Okay. Ich nehme an, daß ich auf meine alten Tage väterlich und senil geworden bin. Aber das war's, nicht mehr. Und jetzt hat sie sich umgebracht. Wer wird mir glauben? Der blauärschige Pavian im Zoo in der Bronx, der mit dem niedrigsten Intelligenzquotienten?«

Iris trat, das Glas in der Hand, zu mir. »Ich werde dir glauben.«

Mit dieser schnellen und schlichten Aussage überrumpelte sie mich förmlich. Mein Zorn legte sich. Ohne ihn fühlte ich mich steuerlos. »Du... du...«

»Du würdest mich nie belügen.« Sie schwieg eine Weile. Dann setzte sie hinzu: »Aber sie hat sich in dich verliebt?«

Plötzlich stellte ich fest, daß ich niemandem etwas vormachen mußte. Ich konnte ganz natürlich darüber sprechen. Das hatte ich allein ihr zu verdanken.

»Mein Gott, ich glaube nicht. Sie ließ es jedenfalls in keiner Weise erkennen. Warum hätte sie sich auch in mich verlieben sollen? Auf dieser Ebene sind wir uns nie begegnet. Sie machte aus Freundschaft einen wahren Fetisch. Wir waren Freunde. Das sagte sie immer wieder: Freunde. Außerdem wußte sie von Anfang an, wie ich zu dir stehe, daß ich dich liebe. Wir sprachen dauernd über dich.«

»Was ein zwanzigjähriges Mädchen nicht daran hindern muß, sich zu verlieben, nicht wahr?«

»Aber das hat sie nicht. Das mußt du mir abnehmen. Baby, ich bin nicht Peter Pan. Ich bin schon mal Frauen begegnet, die sich in mich verliebt haben. So ein blinder Tor kann ich nun wirklich nicht gewesen sein.«

»Du hast sie nicht einmal geküßt?«

»Doch. Ich habe sie geküßt... einmal, weil... zum Teufel, ich kann mich nicht mehr daran erinnern, wieso. Aber es war nichts.«

»Nein? Nicht für ein junges, leicht zu beeindruckendes Mädchen, das...?«

Ich legte ihr die Hand auf den Arm. »Baby, kannst du's nicht spüren? Gibt's da nicht irgend etwas? Kannst du nicht sehen, fühlen, daß sich nichts geändert hat, daß ich dich liebe, daß ich es nicht fertigbrächte, dir was vorzumachen?«

Sie sah mich mit ihren dunklen, ruhigen Augen an. »Ich glaube dir. Und wenn du es sagst, dann glaube ich dir auch, daß sie nicht in dich verliebt war.« Sie ging zum Schreibtisch hinüber und nahm die Skizze des erhängten Mädchens auf. Ich konnte spüren, daß sie eine große Anstrengung unternahm, ganz ruhig zu sein – mir zu helfen. »Und dies hier?«

»Sie hat immer kleine Zeichnungen gemacht. Wie ich schon gesagt habe. Es war so eine Art Running Gag. Als ich die dort sah, dachte ich, es sollte lediglich besagen, daß ihr heute die Schreiberei nicht so gut von der Hand gegangen war. Ich...«

»›Das Geheimnis der Liebe ist größer als das Geheimnis des Todes.‹«

»Okay. Ich weiß durchaus, wonach das klingt, aber es ist ein Zitat aus der ›Salome‹. Es diente ihr als Titel einer Geschichte. Das war ebenfalls eine Art Running Gag. Für uns waren allem Anschein nach nur Gags wichtig, was? Gelacht? Habe noch nie im Leben so viel gelacht!«

Iris ließ die Zeichnung auf den Schreibtisch zurückfallen und blätterte nun einen Stapel Manuskriptseiten durch, die Nanny liegengelassen haben mußte.

»Was ist mit ihren Eltern? Wir werden sie anrufen müssen oder so, nicht wahr?«

»Ich weiß überhaupt nichts von ihr. Ich weiß nur, daß sie zusammen mit einem anderen Mädchen im Village wohnte.«

Iris wandte sich vom Schreibtisch ab. Sie sagte sehr ruhig: »Ich glaube nicht, daß die Polizei dem Glauben schenken wird, was meinst du?«

»Nein.«

»Dann können wir nur das Beste hoffen.«

Sie kam zu mir zurück. Ich nahm sie in die Arme. Aber

ich wagte nicht, sie zu küssen. Ich hatte die Befürchtung, daß ich, wenn ich es täte, zusammenbrechen und losheulen würde wie ein Kind.

6

In diesem Augenblick kam Dr. Norris aus dem Schlafzimmer. Sein Gesicht zeigte eine gedämpfte Version seines Alles-wird-schon-wieder-gut-werden-Lächelns. Angesichts der gegebenen Umstände war das lächerlich.

»Haben Sie die Polizei angerufen, Peter?«

»Ja.«

»Gut. Ich fürchte, sie war schon seit einiger Zeit tot. Keine Chance, sie noch zu retten. Ein großes Unglück für Sie beide. Keine enge Freundin, hoffe ich?«

»Nein.«

»Vielleicht eine enttäuschte Schauspielerin. Das arme Kind.«

Dr. Norris war ein begeisterter Theateramateur und las immer all diese Geschichten darüber, wie entsetzlich schwer es doch ist, beim Theater Fuß zu fassen. Ich weiß nicht, wie er zu der Vorstellung kam, daß sich enttäuschte Schauspielerinnen in den Schlafzimmern von Regisseuren das Leben nehmen. Vielleicht hatte er das auch nur gesagt, weil er taktvoll sein, das Ausmaß meiner Verantwortung verringern wollte.

Iris sagte: »Ich hoffe, daß es keine Komplikationen geben wird?«

»Bezüglich des Selbstmords? Die Druckspuren der

Ligatur erscheinen ein bißchen untypisch. Aber das ist nicht mein Gebiet. Wir sollten das lieber der Polizei überlassen.«

Ich wußte nicht, was das zu bedeuten hatte, aber es klang bedrohlich. Dr. Norris sah auf die goldene Armbanduhr an seinem gepflegten Handgelenk.

»Wenn Sie mich kurz entschuldigen würden, ich müßte mal meine Frau anrufen. Wegen einer Cocktailparty, zu der wir gehen wollten.«

Ich würde mich an die Tatsache gewöhnen müssen, daß meine Tragödie für andere Menschen nicht mehr als eine kleine Unannehmlichkeit war. Ich hörte ihn am Telefon sprechen, diskret und unpersönlich.

»Es tut mir leid, Liebes ... werde aufgehalten ... ja, natürlich, geh allein hin, wenn du magst... sag Madge und Billy ...«

Er legte auf, kam zurück und setzte sich zu uns, um mit uns auf die Polizei zu warten – er war höflich und neutral und behandelte uns mit dem Zartgefühl eines Chirurgen, der sich mit einem entzündeten Blinddarm befaßt. Er stellte keine Fragen. Das alles ging ihn nichts an. Er mußte sich professionell verhalten, um jeden Preis. Ich hatte noch nie bemerkt, daß ich ihn nicht mochte.

Die Polizei war innerhalb von zehn Minuten da – vier Mann hoch, drei Beamte in Zivil und ein Polizeioffizier. Der ranghöchste der Kriminalbeamten war ein großgewachsener junger Mann mit sehr sanfter Stimme. Er, der Polizeioffizier und Dr. Norris begaben sich sogleich ins Schlafzimmer. Die anderen beiden Beamten fingen an, sich im Wohnzimmer umzusehen. Iris zeigte einem von ihnen

Nannys Zeichnung. Er nahm sie an sich, dann auch noch Nannys Manuskript und ihre Schreibmaschine, und zog sich mit allem ins Schlafzimmer zurück. Kurz darauf wurde ich gerufen. Ich mußte beschreiben, wie Nanny am Kronleuchter gehangen hatte, wie das Halstuch gewesen war, bevor ich es durchgeschnitten hatte. Dann wurde ich ins Wohnzimmer zurückgeschickt.

Ein weiterer Mann traf ein – er war groß und rotgesichtig und hatte eine schwarze Tasche bei sich. Ich wußte, daß er ein Mitarbeiter der gerichtsmedizinischen Abteilung war. Ich hatte Filme gesehen, Bücher gelesen. Es war mir bekannt, was zu geschehen hatte. Aber in meiner eigenen Wohnung erschien mir das alles nicht sehr überzeugend. Ich hatte zwar kein zweites Glas getrunken, aber der Schock und der eine Drink hatten bewirkt, daß alles mit dem Anschein des Unwirklichen und einer Art zynischen Humors überzogen war – als ob die Vorgänge ein ganz übler, gegen mich gerichteter Scherz wären.

Und natürlich auch gegen Iris – das machte den Scherz so besonders übel.

Nach ein paar Minuten kam der junge, hochgewachsene Beamte aus dem Schlafzimmer. Dem Aussehen nach war er ungefähr fünfunddreißig Jahre alt. Er bewegte sich so gemessen, daß der Eindruck großer Ruhe entstand. Es war dies nicht die mühsam einstudierte Gelassenheit von Dr. Norris – bei dem Beamten wirkte sie ganz natürlich, so als habe er es schon vor Jahren aufgegeben, sich durch irgend etwas überraschen zu lassen. Er sah gut aus, wobei seine unauffälligen Gesichtszüge und grauen Augen eine gewisse asketische Qualität hatten. Er erinnerte mich an einen Jesuitenpater, mit dem ich befreundet war – der klügste Mensch, den ich kannte.

Ich fragte mich, ob die Tatsache, daß der Beamte offensichtlich kein hundertprozentiger, harter Bulle war, die Sache erleichtern oder erschweren würde. Ich fragte mich auch, ob ich in ihm einen Gegner zu sehen hätte. Vielleicht war er ja nur eine Nebenfigur, die auf- und wieder abtrat. Vielleicht trat der eigentliche Feind erst später auf den Plan. Denn ich hatte mich mit der Tatsache abgefunden, daß die Polizei nicht mein Freund und Helfer, sondern mein Gegner sein würde. Ich wußte, wie sich meine Geschichte anhörte. Ich wußte, wem sie die moralische Schuld geben würden.

Er trat zu uns, als träfen wir bei einer Cocktailparty zusammen. »Mein Name ist Barnes... Inspektor Barnes von der Mordkommission. Sie sind Mr. Duluth, Produzent und Regisseur beim Theater.« Sein Blick, der frei von jedem Lächeln, aber nicht unfreundlich war, wanderte zu Iris. »Ich habe Sie schon im Film und auf der Bühne gesehen, Mrs. Duluth. Schon oft.«

Er ignorierte die anderen beiden Beamten, die noch immer im Zimmer umherliefen. Er sah auf einen Stuhl, wartete auf Iris' Erlaubnis, sich zu setzen. Sie nickte. Er zog den Stuhl dicht zu uns heran und ließ sich nieder. Ich dachte: Mit ihm wird es schlimmer werden als mit einem gewöhnlichen Polizisten – sehr viel schlimmer!

Er sagte: »Nur ein paar Fragen. Zunächst einmal: Der Name des Mädchens?«

»Nanny Ordway«, antwortete ich.

»Nanny Ordway. Sie wohnte bei Ihnen?«

»Nein. Sie wohnt in der Charlton Street im Village, Nummer 31.«

Er zog einen alten Briefumschlag aus der Tasche, kritzelte Name und Anschrift auf die Rückseite und steckte ihn wieder ein.

»Wer hat sie gefunden?«

»Wir beide. Meine Frau ist gerade erst aus Jamaica zurückgekehrt. Ich war auf dem Flugplatz, um sie abzuholen. Als wir kurz nach sieben hier eintrafen, haben wir sie gefunden.«

»Verstehe. Und wie kam sie in Ihre Wohnung?«

»Sie hatte einen Schlüssel. Sie kam jeden Tag hierher... um zu schreiben.«

»Etwas für Sie? Ein Stück?«

»Nein. Bloß um zu schreiben. Sie fing gerade erst damit an, hatte noch nichts veröffentlicht.«

»Verstehe.« Er sagte das erneut mit seiner ruhigen, angenehmen, nicht anmaßenden Stimme. »Und warum hatte sie einen Schlüssel und schrieb hier, Mr. Duluth?«

»Ich habe ihr den Schlüssel gegeben. Sie wohnte unten im Village mit einem anderen Mädchen zusammen. Die Arbeitsbedingungen waren dort nicht gerade gut. Und diese Wohnung hier steht den ganzen Tag über leer. Da war es für sie besser, hierher zu kommen.«

Das klang sogar noch schwächer, als ich erwartet hatte. Ich konnte alles mit den Ohren von Inspektor Barnes hören, so wie man etwas, das man geschrieben hat, hört, wenn man es einem anderen vorliest. Ich hoffte trotzdem, daß er intelligent genug wäre, die Aussage so zu akzeptieren – schließlich entsprach sie der Wahrheit.

Er fragte: »Wann haben Sie Miss Ordway den Schlüssel gegeben, Mr. Duluth?«

»Vor ungefähr einer Woche, zehn Tagen.«

»Kannten Sie sie schon lange?«

»Erst ungefähr vier oder fünf Wochen.«

Iris fügte hinzu: »Er hat sie an dem Tag kennengelernt, an dem ich nach Jamaica geflogen bin. Er hat es mir geschrieben.«

Der höfliche Blick von Inspektor Barnes wanderte zu ihr und dann wieder zurück zu mir. Ich hatte mich inzwischen so auf ihn eingestellt, daß ich seine Gedanken lesen konnte. Er dachte bereits: Aha, eine dieser Geschichten, bei denen die edelmütige Ehefrau zu ihrem auf Abwege geratenen Mann hält. Allerdings entging ihm dabei das Wesentliche. Ich war so wütend, als hätte er Iris laut beleidigt. Es half mir, wenn ich mich über ihn ärgern konnte. Das brachte mich in die Offensive.

»Wo haben Sie sie kennengelernt, Mr. Duluth?«

»Bei einer Party in der Wohnung von Charlotte Marin eine Treppe höher.«

»Die Schauspielerin Charlotte Marin?«

»Genau die. Sie und ihr Mann wohnen in dem Apartment über uns. Sie hatten mich zu einer Party eingeladen ... an dem Tag, an dem meine Frau nach Jamaica abgereist war. Bei dieser Party habe ich Nanny Ordway kennengelernt.«

»War sie eine Freundin von Charlotte Marin und ihrem Mann?«

»Nein. Irgendwelche anderen Leute hatten sie zu der Party mitgebracht. Die beiden kannten sie auch nicht.«

»Was für Leute?«

»Ich weiß es nicht.«

Die beiden anderen Beamten sicherten am Schreibtisch Fingerabdrücke. Sie verhielten sich so, als wären wir gar nicht da, beachteten unser ruhig geführtes Gespräch überhaupt nicht. Es war, als spräche man spätabends in einem Büro voller Putzfrauen, die um einen herum saubermachten.

Inspektor Barnes fragte: »Und nachdem Sie sie kennengelernt hatten, haben Sie sich dann öfter mit ihr getroffen?«

»Nein. An jenem Abend lud ich sie in ein Hamburger-Restaurant ein, weil sie Hunger hatte. Dann begleitete ich sie bis zur U-Bahn. Danach war ich einmal zum Abendessen in ihrer Wohnung. Einmal kam sie in mein Büro. Ich habe sie einmal zum Essen einge... nein, das stimmt nicht, zweimal. Öfter habe ich sie nicht gesehen.«

»Verstehe.« Inspektor Barnes betrachtete mich. »Machen Sie das oft, daß Sie jungen Mädchen, die Sie kaum kennen, den Wohnungsschlüssel geben?«

Er hatte dies keineswegs spöttisch gesagt. Er hatte es ganz ruhig als Frage formuliert, zu der die Antwort von gelindem Interesse sein konnte. Aber ihre Implikationen waren offenkundig. Ich war seiner Einschätzung nach der übliche Park-Avenue-Libertin mit Freude an Abwechslung und einer entgegenkommenden Frau. Aber eigentlich war er zu intelligent, um es sich leisten zu können, die Leute derart schnell einzuordnen. Ich hatte es also mit einem lausigen Ermittler zu tun. Mein Ärger machte sich Luft.

»Du liebe Güte, Sie müssen nicht clever sein und versuchen, mich zu ertappen. Wenn zwischen Nanny Ordway und mir etwas Physisches oder auch Romantisches gewesen wäre, dann hätte ich Ihnen das gesagt. Warum auch nicht? Es wäre ja wohl kein Verbrechen, mit einem Mädchen geschlafen zu haben, das sich umgebracht hat. Morgen schon werden es die Zeitungen hinausposaunen. Was brächte mir die Lügerei? Also ... zwischen Nanny Ordway und mir war nichts. Ich habe versucht, nett zu ihr zu sein. Es hat nicht funktioniert. Das ist alles. Ich bin nur deshalb daran interessiert, Ihnen die Wahrheit zu sagen, weil es ja wohl Ihr Job ist, die Wahrheit herauszufinden. Und es geht mir gegen den Strich, wenn man mir Motive unterstellt, die es gar nicht gibt.«

»Und wo wir gerade beim Thema sind, Inspektor«, warf Iris ein, »soll Ihnen auch nicht vorenthalten werden, daß mein Mann und ich nicht zu den flatterhaften Angehörigen der internationalen Szene gehören. Wir laufen nicht rum und haben mit allen und jedem eine Affäre. Zufällig sind wir ein ganz gewöhnliches, einigermaßen solides Ehepaar und lieben einander.«

Ich verspürte Iris gegenüber eine warme Aufwallung der Dankbarkeit, Inspektor Barnes' einzige Reaktion war jedoch ein plötzliches, ziemlich mechanisches Lächeln. Ich glaube, von dem Augenblick an mochte er uns beide nicht mehr. Aber er hätte gar nicht gelassener sein können – oder unbeeindruckter.

»Es freut mich zu hören, daß Sie beide wohlanständige Bürger sind. Und es freut mich, erfahren zu haben, welcher Art Ihre Einstellung zur Wahrheit ist, Mr. Duluth. Ich werde es nicht vergessen.«

Er zog einen Briefumschlag aus der Tasche. Ihn an einer Ecke haltend, holte er Nanny Ordways letzte Zeichnung heraus.

»Sie haben das gesehen?«

»Ja, das habe ich.«

»Würden Sie das für den Abschiedsgruß einer Selbstmörderin halten, Mr. Duluth?«

»Ich weiß nicht, wofür ich das halten soll. Sie hat mir jeden Tag einen kleinen Zettel mit einer Zeichnung und irgendeinem Scherz darauf hinterlassen.«

»Haben Sie die anderen Zettel noch?«

Ich versuchte mich zu erinnern. »Nein, ich glaube nicht. Ich glaube, ich habe sie immer zerrissen.« Mir fiel das allererste Briefchen wieder ein – das am Telefon sitzende Mädchen, über dem die Telefonnummer in der Luft schwebt. Das hatte ich ins Büro mitgenommen. Ich hatte es in meine Brieftasche gesteckt. Ich zog die Brieftasche heraus. Die Zeichnung war darin. Ich reichte sie Inspektor Barnes.

»Das war die erste. Ich habe sie wegen der Telefonnummer aufgehoben.«

»Wegen der Telefonnummer?« Inspektor Barnes nahm die Zeichnung und legte sie auf seine Knie. Er sah darauf hinab und dann wieder auf die andere, die er in der Hand hielt.

»Ein erhängtes Mädchen. Das Geheimnis der Liebe ist größer als das Geheimnis des Todes. Ein Fragezeichen ist nach ›Todes‹ angefügt worden. Weist das nicht auf einen Selbstmord hin, Mr. Duluth?«

»›Das Geheimnis der Liebe‹ ... dabei handelt es sich

um ein Zitat aus der ›Salome‹. Nanny schrieb an einer Geschichte, die das zum Thema hatte.«

»Trotzdem, weist es nicht auf Selbstmord hin?«

»Ich weiß nicht, worauf es hinweist.«

»Das Geheimnis der Liebe... das Geheimnis des Todes. Wenn dies auf einen Selbstmord hinweist... weist es dann nicht auch darauf hin, daß da mehr zwischen Ihnen beiden war als gar nichts?«

»Es mag ja für Sie so aussehen, aber ich schwöre...«

»Sie müssen nichts beschwören, Mr. Duluth. Wir wissen doch, daß Sie die Wahrheit sagen. Das haben Sie unmißverständlich klargemacht. Können Sie sich, abgesehen von einer nicht erfolgreichen Affäre mit einem verheirateten Mann, irgendein anderes Motiv für diesen Selbstmord vorstellen?«

»Ich kannte sie ja kaum. Das habe ich Ihnen bereits gesagt. Nun, da war ihre Schriftstellerei. Vielleicht hatte sie, was ihr Schreiben anbetraf, den Mut verloren. Passiert das nicht, daß Autoren den Mut verlieren?«

»Aber sie ist in Ihrer Wohnung gestorben, Mr. Duluth. Wenn sie ein Motiv für den Selbstmord hatte, das nicht Sie betraf, hätte sie Sie dann wohl dadurch in Verlegenheit gebracht, daß sie Ihre Wohnung dazu benutzte, sich darin aufzuhängen? Oder sind die Bedingungen im Village dem Sich-Erhängen so wenig zuträglich wie dem Schreiben?«

Ich erwiderte seinen Blick und fragte mich unbestimmt, woher er wohl kommen mochte. Er entsprach ganz und gar nicht dem Rollenklischee des Kriminalbeamten. Sein Gesicht war durchaus weltlich und modern, aber ich konnte mich dennoch dieses Eindrucks des Mittelalterlich-Priesterlichen nicht erwehren. Ein junger Inquisitor vielleicht? Ich dachte – ebenfalls nur unbestimmt – über die Wahrheit nach. Ich kannte sie. Er brauchte nichts anderes zu tun, als mir zu glauben, und doch konnte ich mir den Mund fusselig reden und würde ihn trotzdem nicht überzeugen. Ich beneidete diejenigen nicht, deren Job es war, die Wahrheit herauszufinden.

Vielleicht hätte ich, wenn mir Nanny Ordway nie begegnet wäre, Inspektor Barnes sogar gemocht.

»Mr. Duluth, hatten Sie den Eindruck, daß Miss Ordway ein neurotisches Mädchen war?«

»Nicht neurotischer als alle anderen auch.«

»Also einigermaßen normal?«

»So erschien sie mir.«

Da bekam ich den geraden grauen Blick zugeworfen. Ja, er war ein Inquisitor. Irgend etwas erfüllte ihn mit Fanatismus – vielleicht war es die Gerechtigkeit oder der Schutz junger Mädchen vor schändlichen Verführern?

»Dann überrascht es Sie nicht, daß ich daran interessiert bin herauszubekommen, warum sich ein normales junges Mädchen in Ihrer Wohnung das Leben genommen hat?«

»Das überrascht mich nicht im geringsten.«

»Aber die ganze Geschichte ist Ihnen gleichwohl ein vollkommenes Rätsel?«

»Ein vollkommenes Rätsel.«

In diesem Augenblick kam Dr. Norris aus dem Schlafzimmer. Er schenkte mir sein kaltes, frohgemutes Lächeln, während er zur Wohnungstür ging.

»Bis dann, Peter. Wenn es irgend etwas gibt, was meine

Frau oder ich tun können ... rufen Sie uns nur kurz an.« Er winkte Iris zu. »Gute Nacht. Viel Glück.«

Ich fühlte mich frustriert und verärgert. Das wollte ich an irgend jemandem abreagieren. Deshalb rief ich ihm nach: »Und grüßen Sie bei der Cocktailparty Madge und Bill von mir.«

Er drehte sich um. »Ich wußte gar nicht, daß Sie sie kennen, Peter. Ich ... o ja.«

Er hastete durch die Tür wie das weiße Kaninchen in einer Show. ›Oje, oje, ich werde zu spät kommen.‹

Inspektor Barnes stand auf und ging ins Schlafzimmer zurück. Zwei weißbekittelte Helfer kamen mit einer Tragbahre zur Wohnungstür herein und verschwanden ebenfalls im Schlafzimmer. Die Wohnung schien uns nicht mehr zu gehören. Sie hatte jede Identität verloren. Sie war so unpersönlich wie eine Leichenhalle.

Ich steckte mir eine Zigarette an. Iris lächelte mir zu. Es sollte ein ermutigendes Lächeln sein.

»Wenigstens hast du ihm deine Meinung gesagt.«

»Wenn's was genützt hat.«

Inspektor Barnes kam bald wieder aus dem Schlafzimmer heraus. Diesmal setzte er sich nicht. Sein Verhalten war auf dunkle Weise offizieller.

»Mr. Duluth, ob Sie mir wohl mal sagen könnten, wo Sie heute nachmittag gewesen sind?«

»Ich habe das Büro gegen fünf Uhr verlassen, um zum Flugplatz hinauszufahren.«

»Und davor?«

»Davor war ich im Kino.«

»Im Kino?«

»Ich muß gerade die Besetzung für ein Stück machen. Und da gibt es einen Hollywood-Schauspieler, an dem ich interessiert bin. Er spielt in einem Film mit, den sie in einem der Kinos an der 42. Straße zeigen. Ich bin hingegangen, um ihn mir anzusehen.«

»Welches Kino?«

»Ich habe nicht darauf geachtet, aber das läßt sich ja wohl leicht herausfinden.«

»Wie hieß der Film?«

»›Happy Ending‹. So lautet der unwahrscheinliche Titel.«

»Sie waren allein dort?«

»Ja, allein.«

Inspektor Barnes verlagerte sein Gewicht von einem Fuß auf den anderen. »Ich nehme an, Sie haben nichts dagegen, mich zum Revier zu begleiten und dort eine Aussage zu machen?«

»Selbstverständlich nicht.«

Iris stand auf. »Ich gehe mit.«

Immer wieder mal brach die Wirklichkeit zu mir durch: Daß sie gerade erst aus einem Flugzeug gestiegen und daß es schon nach neun Uhr war, sie noch nichts gegessen und sich noch nicht einmal frisch gemacht oder ihre Koffer ausgepackt hatte.

»Baby, komm nicht mit. Bitte. Du machst dich tot.«

»Sie müssen wirklich nicht mitkommen, Mrs. Duluth«, sagte Inspektor Barnes. »Sie können auch hier eine kurze, bestätigende Aussage zu dem Fund machen.«

»Selbstverständlich komme ich mit. Es gibt doch wohl keine Vorschriften, die das untersagen, oder, Inspektor?«

»Es tut mir leid, aber Sie können nicht dabei sein, wenn Ihr Mann seine Aussage macht.« Inspektor Barnes lächelte ihr zu. Vielleicht war es nur meine überanstrengte Phantasie, aber mir wollte es wie ein mitleidiges Lächeln erscheinen. »Zum Revier können Sie natürlich mitkommen, wenn Sie das wollen. Und sollten Sie Hunger haben, könnten Ihnen die Jungs was zu essen beschaffen. Sie werden dort eine Menge Fans antreffen.«

Fans! Das würde natürlich alles noch sehr viel schlimmer machen. Iris war ja eine Berühmtheit. Das würde uns bis ans Ende der Geschichte verfolgen.

Sie nahm den Mantel auf, den sie auf einem Stuhl an der Wohnungstür abgelegt hatte, als wir vom Flugplatz gekommen waren. Sie warf ihn sich über die Schulter. »Darf ich Ihnen eine Frage stellen, Inspektor?«

»Selbstverständlich. Fragen Sie.«

Iris fing an, sich ihre Handschuhe überzustreifen, schob das Leder systematisch einzeln über jeden Finger – nicht so, wie sie das im wirklichen Leben machte, sondern auf die Art, die Filmregisseure bevorzugen.

»Warum wollen Sie wissen, wo mein Mann heute nachmittag gewesen ist? Welche Bedeutung hat das?«

»Wir sind nun mal leider sehr neugierig, Mrs. Duluth.«

»Aber wenn es doch ein Selbstmord ist...« Sie schwieg eine Weile und setzte dann ganz ruhig hinzu: »Es ist doch Selbstmord, Inspektor, oder nicht?«

Die Stimme, mit der Inspektor Barnes antwortete, war genauso ruhig und genauso beiläufig. »Oh, ich denke schon, Mrs. Duluth. Darüber wird die gerichtsmedizinische Abteilung befinden müssen. Es ist noch viel zu früh, um schon sicher sein zu können. Der Einschnitt am Hals sieht einigermaßen normal aus, aber sowohl der Mitarbeiter der gerichtsmedizinischen Abteilung als auch Dr. Norris haben bestimmte Abweichungen festgestellt. Ich denke jedoch, die Jungs im Bellevue Hospital Center werden in der Lage sein, eine befriedigende Erklärung dafür zu liefern. Inzwischen...«

Er brach ab. Er sah plötzlich müde aus, so als hätte er genug von uns, genug von Nanny Ordway, genug von allem, was das Leben kompliziert macht.

»Wir bleiben immer für alles offen, bis wir ganz sicher sind, Mrs. Duluth. Ganz offen. Selbstmord... Mord...«

7

Wir fuhren mit Inspektor Barnes zum Polizeirevier. Ich war noch nie dort gewesen und wußte gar nicht, daß es so nahe war. Es erschien unbegreiflich, daß wir die ganze Zeit einigermaßen friedlich in unserem Appartement gewohnt hatten, während sich nur einen Steinwurf von uns entfernt die Probleme, Leiden und Tragödien anderer Menschen zuspitzten. Eine Sortierstelle für Zorn, strapazierte Nerven und Verzweiflung – und ich war fast jeden Tag gleichgültig daran vorbeigegangen!

Wir betraten ein Empfangsbüro, in dem ein Sergeant hinter einem hohen Schreibtisch saß und ein paar verschwommene Gestalten auf Holzbänken warteten. Wir stiegen ein paar Stufen zum Büro der Kriminalbeamten hinauf. Es war ein großer Raum mit einer hohen Decke, der dank seiner angestaubten weißen Wände und der in gleichem Abstand voneinander aufgestellten Schreibtische recht trübe wirkte. Es herrschte eine nüchterne, kasernenmäßige Atmosphäre, die mich an die Rekrutenlager der Marine erinnerte. Vier oder fünf Beamte hingen mit der gelangweilten Trägheit herum, wie sie typisch für Flauten ist. Aus einem Radio kam eine Werbesendung.

Inspektor Barnes brachte uns zu einem jungen Mann, der an einem Schreibtisch in der Ecke saß.

»Jim, nimm doch mal die Aussage von Mrs. Duluth auf. Auffinden einer Leiche, wahrscheinlich Selbstmord.«

Die Augen des jungen Mannes weiteten sich, als er Iris erkannte. »O Mann, Iris Duluth!«

»Stimmt. Hol ihr was zu essen, wenn sie etwas möchte. Sie will auf ihren Mann warten.« Er lächelte Iris erneut zu. »Wenn du fertig bist... vielleicht gibt sie dir ein Autogramm.«

Er winkte einen anderen Beamten herbei. Wir ließen Iris an dem Schreibtisch zurück und gingen zu dritt in ein anderes Büro. Man konnte es allerdings kaum als richtiges Büro bezeichnen, denn es war eigentlich nur ein kleines, mit Hartfaserplatten von dem großen Raum abgetrenntes Kabuff. Irgendwie hatte ich mir für Inspektor Barnes etwas Eindrucksvolleres vorgestellt, aber als er sich auf den hölzernen Drehstuhl hinter dem sauber aufgeräumten Schreibtisch setzte, erkannte ich, daß dies der richtige Hintergrund für ihn war – der Asket in seiner Zelle!

Der andere Beamte hatte eine Stenographiermaschine mitgebracht. Er nahm unauffällig an der Tür Platz. Inspektor Barnes blickte zu ihm hinüber.

»Also gut, Mr. Duluth, nun zu Ihrer Aussage. Ich werde Sie nicht unterbrechen. Zunächst bitte eine kurze Aussage zur Auffindung der Leiche. Dann eine zweite Aussage, in der Sie die ganze Geschichte Ihrer Beziehung zu Miss Ordway in aller Ausführlichkeit schildern. Nennen Sie alle Leute mit Anschrift, die Ihre Aussage bestätigen können.« Er machte eine Pause und sah mich mit jenem höflichen Blick an, der nicht eigentlich feindselig war, sondern Feindseligkeit nur andeutete. »Unnötig zu sagen, daß Sie nicht unter Arrest stehen. Es liegt nichts vor, was eine Festnahme rechtfertigen würde, und es besteht nicht die geringste Veranlassung für Sie, zum gegenwärtigen Zeitpunkt diese zweite Aussage zu machen, wenn Sie nicht wollen.«

»Aber ich will ja.«

Ich machte beide Aussagen. Ich scherte mich nicht mehr darum, wie sich das alles anhörte. Ich schilderte lediglich so genau, wie es mir möglich war, was sich zwischen Nanny Ordway und mir zugetragen hatte.

Anfangs empfand ich das Klicken der Stenographiermaschine noch als unangenehm, aber schon bald überhörte ich es. Dieses kahle kleine Büro hatte etwas Narkotisierendes an sich – oder besser, etwas Isolierendes. Ich konnte das Radio im Abteilungsbüro nebenan hören. Ich konnte Bruchstücke von Gesprächen hören, auch Iris' Stimme. Trotzdem schien ich vom übrigen Leben getrennt zu sein. Ich dachte nicht mehr darüber nach, ob ich müde oder verängstigt oder wütend war. Ich machte mir nicht einmal mehr große Gedanken darüber, was aus alledem werden würde. Ich machte nur meine Aussage. Sie kam mir bereits uralt und bedeutungslos vor, wie das Manuskript eines Stückes, an dem ich schon seit Wochen herumverbessert hatte und das fallenzulassen ich so gut wie entschlossen war. Nanny Ordway, Nanny Ordway, Nanny Ordway... die einzigen Zeugen, die mir einfallen wollten, waren Lottie und Brian, Miss Mills, die Nanny einmal im Büro gesehen hatte, und Lucia, die Hausangestellte, die Nanny wahrscheinlich täglich in meiner Wohnung hatte arbeiten sehen. Die Adresse von Miss Mills wußte ich, und die von Lucia stand in meinem kleinen Adreßbüchlein. Die ganze Sache nahm ungefähr eine Stunde in Anspruch.

Als ich fertig war, entließ Inspektor Barnes den Kriminalbeamten. »Fang schon mal mit dem Tippen an, Sam. Mr. Duluth kann seine Aussage morgen durchlesen und unterschreiben.«

Der Beamte ging. Inspektor Barnes und ich blieben – einander zugewandt – sitzen. Es schien alles so täuschend friedlich abgelaufen zu sein. Es hätte doch eigentlich, dachte ich, irgendein geschäftiges Hin und Her geben müssen – Telefonanrufe, Bericht erstattende Polizisten. Ich erwachte ein wenig aus der Narkose. Es wäre leichter gewesen, wenn alles weitergegangen wäre. Zumindest hätte mir das ein Gefühl des Vorhandenseins vermittelt, so als wäre ich an etwas beteiligt, das für jemand anderen von einiger Bedeutung war.

Ich fragte: »Ja, und was nun?«

Überraschenderweise lächelte Inspektor Barnes. Er hatte ein wirklich wunderbares Gesicht, wenn er lächelte. Er hätte vom Film sein können. Nur hätte er beim Film keinen Bullen gespielt. Vielleicht einen Arzt oder einen jungen Wissenschaftler, der sich mit Leib und Seele irgendeinem edlen Ziel verschrieben hat.

»Im Augenblick können wir nichts weiter tun, Mr. Duluth. Nichts ... fürs erste. Ich möchte Sie bitten, morgen um zehn Uhr hierher zu kommen. Dann wissen wir vielleicht ein wenig mehr.«

Ich sah ihn an, versuchte abzuschätzen, welchen Eindruck meine ausführliche Aussage auf ihn gemacht hatte. Er ließ aber nichts erkennen.

Ich fragte: »Welchen Status habe ich jetzt eigentlich genau?«

»Welchen Status? Im Augenblick, Mr. Duluth, haben Sie, was die Polizei angeht, gar keinen Status. Sie sind lediglich ein Mann, der in den Selbstmord eines Mädchens verwickelt ist, und wie Sie ja selbst gesagt haben, ist es kein Verbrechen, eine Selbstmörderin gekannt zu haben. Wenn die gerichtsmedizinische Abteilung erst einmal die Tatsache des Selbstmordes festgestellt hat, sind Sie nur noch ein Zeuge. Andererseits wären Sie natürlich, sollte die gerichtsmedizinische Abteilung nicht mit dem Beweismaterial zufrieden sein ...«

Er sprach den Satz nicht zu Ende. Sein Lächeln war jetzt geradezu aufreizend. Das sollte es wohl auch sein.

»Warum lassen Sie immer wieder durchblicken, daß es kein Selbstmord gewesen sein könnte?« fragte ich ihn.

»Wie ich schon zu Ihrer Frau sagte, wir müssen stets allen Möglichkeiten gegenüber offenbleiben. Aber wie dem auch sei, der Gedanke, sie könnte sich vielleicht nicht selbst umgebracht haben, stammt ja von Ihnen.«

»Von mir?«

»Immer und immer wieder haben Sie die Möglichkeit ausgeschlossen, Miss Ordway könne Grund gehabt haben, sich Ihretwegen das Leben zu nehmen. Einem Selbstmord liegt für gewöhnlich ein Motiv zugrunde. Wenn es kein Motiv gibt...«

Er brach erneut mitten im Satz ab. Ich fühlte mich angesichts seiner unermüdlichen, hoffnungslos irregeleiteten Schlauheit müde und eingeschüchtert.

»Sie sind ein ganz schlauer Bursche, was?« sagte ich.

Er zuckte die Achseln. »Wenn ich das wäre, dann wäre ich jetzt draußen und machte mit Inszenierungen am Broadway ein Vermögen. Beamter bei der Mordkommission wäre ich wohl nicht.«

»Warum sind Sie es denn geworden?« fragte ich interessiert.

»Das ist eine lange Geschichte, Mr. Duluth, und für niemanden außer mir selbst von großer Bedeutung.« Er stand auf und reichte mir die Hand. »Sie gehen besser mal und retten Ihre Frau vor ihren Verehrern. Morgen um zehn?«

Ich nahm seine Hand. Es war mir klar, daß in diesem Stadium der Ermittlungen die Möglichkeit eines Mordes in Betracht gezogen werden mußte. Ich wußte, daß sich dieser Verdacht schon bald in nichts auflösen würde. Aber ich wußte auch, daß mich Inspektor Barnes, sollte er je zu der Überzeugung gelangen, ich sei eines durch das Gesetz zu bestrafenden Verbrechens schuldig, bis ans Ende der Welt verfolgen würde. Es war ein seltsames Gefühl, seine Hand zu drücken.

Ich sagte: »Ich wäre wahnsinnig ungern Ihre Maus, Inspektor.«

»Meine Maus?« Er zog seine Hand zurück. »Oh, ich denke nicht, daß Sie's werden, Mr. Duluth. Guten Abend.«

Ich ging in das Abteilungsbüro hinaus. Iris saß vor einem der Schreibtische und hatte einen Pappbecher mit Kaffee in der Hand. Ein paar Beamte standen um sie herum – und noch drei weitere Männer. Als die letzteren meiner ansichtig wurden, kamen sie auf mich zugeeilt. Iris stand auf und sah mich besorgt an. Ich wußte natürlich, wer diese Männer waren, und ich war so gut auf sie vorbereitet, wie ich es nur hätte sein können. Jetzt fing die zweite Phase an; die Phase, an der die Polizei nicht beteiligt war, die aber mit einiger Wahrscheinlichkeit weit schlimmer sein würde als die erste.

Ich kannte keinen der Reporter. Es mußte sich um Berichterstatter handeln, die routinemäßig bei diesem Polizeirevier vorbeigeschaut hatten. Sie bombardierten mich mit Fragen.

»War es eine Schauspielerin?«

»Nein.«

»Eine Freundin von Ihnen... eine enge Freundin?«

»Nur ein Mädchen.« Ich drängte mich an ihnen vorbei und ging zu Iris. Ich fühlte mich jetzt total erledigt.

»Wie kommt es, daß sie in Ihrem Schlafzimmer hing? Mr. Duluth, geben Sie uns eine Chance, ja?«

»Lassen Sie's gut sein. Um Himmels willen, lassen Sie uns jetzt in Ruhe. Sie können doch sowieso alles von der Polizei erfahren.«

Ich nahm Iris am Arm, und wir liefen schnell die Treppe hinunter, an dem Beamten vorbei, der den Nachtdienst am Empfang versah, und hinaus auf die Straße. Die Reporter folgten uns noch ein Stück, gaben dann aber auf. Sie hatten mir jedoch ihr Gefühl hinterlassen – dieses Gefühl des Preisgegebenseins. Ich würde eine kurzlebige Sensation sein. Und eine solche Sensation war es ja auch. Die Geschichte hatte alles, was ein Zeitungsbericht für Schwachsinnige brauchte – Filmstarfrau, Theaterregisseur, junges Mädchen tot, Sex...

Ich kam mir alt und angeekelt und schmutzig vor.

Wir nahmen kein Taxi. Das hätte nichts gebracht, denn wir wohnten ja um die Ecke. Es war noch ziemlich früh. Leute kamen auf der eintönigen, quer durch die Stadt führenden Straße an uns vorbei, gingen ihren üblichen Abendbeschäftigungen nach.

Iris hängte sich bei mir ein.

»Hast du denn irgendwas zu essen bekommen, Baby?« erkundigte ich mich.

»Ich hab' nur einen Kaffee getrunken. Ich hatte keinen Hunger.«

»Haben die Reporter dich belästigt?«

»Im üblichen Umfang etwa.«

»Sie werden's morgen auf die Titelseiten hauen.«

»Ja.« Sie sah mich an. »Wie ist die Aussage gelaufen?«

»Gut, denke ich.«

»Wie war Inspektor Barnes?«

»Ruhig, höflich und von Berufs wegen düster.«

»Ich mag ihn nicht«, sagte Iris.

Mochte ich ihn? Ich wußte es nicht. Aber ich würde noch sehr viel Zeit haben, um mir darüber schlüssig zu werden, ob ich Inspektor Barnes mochte oder nicht.

Wir erreichten unser Wohnhaus. Es war ungefähr halb elf. Der Nachtportier wußte Bescheid, der Fahrstuhlführer vom Nachtdienst ebenfalls. Beide sagten nichts, aber man konnte es spüren. Es überkam mich ein ganz neues Gefühl. Ich war ein Goldfisch in einem Aquarium. Sie spähten durch das Glas zu mir herein.

Ich öffnete mit meinem Schlüssel die Wohnungstür. Gott weiß, daß ich eigentlich nie wieder einen Fuß in diese Wohnung setzen wollte, aber so ergeht's dem Menschen. Man hat seinen Mietvertrag. Man geht nicht einfach auf und davon, bloß weil man in seinem Schlafzimmer ein Mädchen findet, das sich am Kronleuchter aufgehängt hat.

Im Wohnzimmer waren alle Lampen an. Es waren keine Polizisten mehr zu sehen. Ich hörte jedoch jemanden im Schlafzimmer; Miss Mills kam heraus.

Miss Mills war keine Schönheit. Sie war untersetzt und ziemlich schweinsgesichtig, und sie trug einen randlosen Kneifer an einer goldenen Kette, der die Schnauzenhaftigkeit ihrer Nase betonte. Aber es kam einem nie der Gedanke, sie verändert sehen zu wollen. So hatte Miss Mills seit jeher ausgesehen – und so würde sie immer aussehen.

Sie trat mit ihrem gewohnt ausgeglichenen Lächeln zu uns. Sie war das Tröstlichste, was ich bisher an diesem Abend zu Gesicht bekommen hatte.

»Hallo. Ich saß heute abend an der Kasse, und da überbrachte mir die liebe Lottie die Nachricht. Ich bin gleich hergekommen. Da waren eine Menge Polizisten am Rumschnüffeln, aber ich konnte sie beschwatzen, mich hierbleiben zu lassen. Sie sind gerade weg, Gott sei's gedankt, und ich hab' ein bißchen Ordnung gemacht.«

Sie gab Iris einen Kuß. »Sie müssen ja von dem Flug und allem fix und fertig sein. Sie kommen beide mit und übernachten in meiner Wohnung. Es hat doch keinen Wert, hier eine Horrornacht zu verbringen, und außerdem würde Sie Lottie sowieso nach oben abschleppen, ein Schicksal, das zu erleiden weitaus schlimmer wäre als undsoweiterundsofort.«

Es war mir schleierhaft, wie Miss Mills das machte, daß sie auf unwahrscheinlichste Art doch immer den richtigen Ton zu treffen schien.

»Ich habe ein paar Sachen für Sie zusammengepackt, Peter. Iris' Koffer waren ja noch nicht ausgepackt. Man muß Gott auch für kleine Dinge dankbar sein. Dieses elende kleine Miststück, sich hier in der Wohnung zu erhängen! Sollen wir sofort los? Oder erst noch einen Drink nehmen? Ein Drink vielleicht?«

Das Telefon klingelte. Sie ging hin und nahm den Hörer ab. »Tut mir leid, kein Kommentar.« Sie warf den Hörer auf die Gabel zurück. »Diese verdammten Zeitungsfritzen! Das ist schon das fünfzehnte Mal.«

Sie ging zur Hausbar und fing an, die Drinks zu mixen, wobei der Kneifer auf ihrer Nasenspitze ins Wackeln geriet. Es herrschte eine warme, entspannte Atmosphäre. Natürlich war sie ein bißchen künstlich, aber es gelang Miss Mills doch, uns das Gefühl zu vermitteln, alles sei in Ordnung.

Bevor sie noch die Drinks fertig hatte, klingelte erneut das Telefon. Sie nahm den Hörer ab und legte ihn nun auf den Tisch.

»So!«

Sie brachte uns unsere Drinks. Miss Mills, dachte ich, würde sich auf einem sinkenden Schiff wunderbar machen. Sie würde das Orchester dazu bewegen weiterzuspielen, sie würde falsche Nasen herumreichen und aus der Küche Sandwiches kommen lassen.

Der Summer an der Tür ertönte, und Miss Mills öffnete. Lottie platzte herein. Sie hatte noch das schwarze Kleid mit dem Perlenbesatz an. Sie sah aus wie der Gast einer Cocktailparty, der sich in schon absurder Weise verspätet hatte.

»Ihr Lieben ...« Sie nahm Miss Mills wahr und verstummte. Lottie mochte Miss Mills nicht. Sie war der Ansicht, Miss Mills belege Iris und mich zu sehr mit Beschlag, und außerdem sah sie in ihr einen bloßen »Handlanger«.

»Was machen Sie denn hier?«

»Helfen«, sagte Miss Mills.

»Schön!« An ihr vorbeirauschend, eilte Lottie nun mit ausgestreckten Armen auf Iris und mich zu. »Meine armen Lieblinge! Wo ist die Polizei?«

»Die ist fort«, sagte ich.

»Schon?« Sie sah enttäuscht aus. Aber nur einen Augenblick lang. Es gab auch ohne Polizei genug Aufregung. Sie erreichte und küßte mich, lächelte ein Lächeln voll unendlicher Zärtlichkeit. »Peter, mein Liebling, du hättest heute abend im Theater sein sollen! Aber wirklich! Es hätte dir das Herz erwärmt, wenn du gesehen hättest, was für echte Freunde du da hast. Sie alle ... das geschlossene Ensemble ... alle waren meiner Meinung. Es ist schrecklich für dich. Schockierend. Daß dir dieses gräßliche, verdrehte kleine Mädchen das angetan hat! So rücksichtslos! Solch ein Martyrium! Sie alle, Peter, alle diese Leute, die sie ja nicht einmal so gut gekannt hatten wie ich, waren meiner Meinung. Sie sind sicher, daß zwischen euch nichts war, daß du nichts getan hast, was du dir zum Vorwurf machen müßtest. Es ist nur ganz schreckliches Pech. Sie stehen alle zu dir, Peter, stehen hundertprozentig zu dir! Hallo, Iris.«

Sie küßte Iris flüchtig. Im Augenblick war Iris weniger interessant als ich.

»Peter, du hättest wirklich dort sein sollen. Phyllis Hatcher ist fast in Ohnmacht gefallen. Und der alte Mann... der, der im letzten Akt den Dienstmann spielt... ich kann mir seinen Namen nicht merken..., also der war ganz aufgelöst. Und Gordon Ling ist im ersten Akt zweimal steckengeblieben. Aber wir haben es gut geschafft, keine Bange. Rappelvolles Haus. Wunderbares Publikum. Und jetzt...«

Sie stürzte zum Telefon. »Warum habt ihr den Hörer abgenommen?« Sie nahm ihn in die Hand und fing an zu wählen.

»Wen willst du denn anrufen, Lottie?« fragte ich.

»Brian natürlich. Um zu hören, ob er die Betten für euch bezogen hat. Ihr glaubt doch wohl nicht, daß ich euch hier unten schlafen lasse.«

»Wir gehen zu Miss Mills, Lottie.«

»Was?... Hallo, Brian, Lieber... Was hast du eben gesagt, Peter?«

»Wir übernachten bei Miss Mills.«

Lottie starrte uns über den Hörer hinweg an. »Aber

das ist doch lächerlich. Selbstverständlich verbringt ihr die Nacht bei uns.«

»Tut uns leid, Lottie, aber das ist schon alles arrangiert.«

»Aber das geht doch nicht! In Miss Mills' winziger Wohnung? Da ist nicht mal Platz genug für eine streunende Katze... Wie bitte, Brian?« Sie nahm einen Bleistift zur Hand und füllte die Rückseite eines Dramenmanuskripts mit ihrem wütenden Gekritzel. »Nein, warte noch eine Sekunde.« Sie legte die Hand über die Sprechmuschel. »Peter... Iris.«

»Es tut mir leid, Lottie, Liebste«, sagte Iris, »aber das wurde alles so abgesprochen, bevor du gekommen bist.«

»Also wirklich!« Lottie nahm die Hand von der Sprechmuschel. »Nein, Brian, hat sich alles erledigt. Alles in Ordnung. Ist schon gut. Ich komme gleich rauf.«

Sie warf den Hörer auf die Gabel. Das Telefon fing zu klingeln an. Sie nahm den Hörer wieder ab.

»Ja? O ja, natürlich, einen Augenblick.« Sie legte wieder die Hand auf die Sprechmuschel. »Peter, es sind die *News*.«

»Sag ihnen, ich bin nicht da.«

»Mr. Duluth ist nicht da.« Lottie legte wieder auf. »Also ehrlich, daß ihr zu Miss Mills geht, das ist doch wirklich absurd.«

Miss Mills hatte einen von Iris' Koffern und meine kleine Reisetasche aufgenommen. Sie stand an der Tür.

»Na los!« sagte sie. »Gehen wir, bevor sie Sie eigenhändig nach oben trägt, wie Medea ihre beiden toten Kinder.«

Die Wohnung von Miss Mills in der 64. Straße Ost war in der Tat klein, aber gerade ihre Kleinheit und das altjüngferlich Schmucke der Einrichtung ließen ein Gefühl der Behaglichkeit und Sicherheit aufkommen. Miss Mills machte Rührei; das mußten wir essen und dazu viele Gläser Milch trinken. Dann schickte sie uns ins Bett. Sie selbst hatte sich ihr Bett auf der Schlafcouch im Wohnzimmer gemacht. Iris und ich bekamen ihr Schlafzimmer.

Wir zogen uns aus und krochen in Miss Mills' Bett zusammen. Ich nahm meine Frau in die Arme. Ihre Nähe und ihre tröstliche Wärme waren etwas, das ich fast schon vergessen hatte, etwas, worauf ich, wie ich dunkel fühlte, eigentlich kein Recht hatte. Ich empfand ihr gegenüber Schüchternheit und war sehr unglücklich.

Ich fragte, weil ich es fragen mußte: »Du glaubst mir doch, oder nicht?«

»Ja, Peter, ich glaube dir.«

»Wenn etwas gewesen wäre zwischen Nanny...«

»Sprich nicht darüber, Liebling. Das ist nicht nötig.«

Ihr Kopf ruhte auf meiner Schulter. Ihr Haar berührte weich meine Wange. Es war fast alles wieder gut. Aber ein Teil meines Denkens quälte sich weiterhin ab, verfolgt von Nanny Ordway. War sie am Ende vielleicht doch verliebt in mich gewesen? Könnte sie in überspannter Weise alles, was ich gesagt und getan hatte, falsch ausgelegt haben – meine Anrufe, meine Einladungen zum Essen, die Aushändigung des Wohnungsschlüssels? War ihr ganzes Gerede von Freundschaft nur schöner Schein gewesen? Hatte ich so ungeschickt und blind sein können?

Morgen würde Inspektor Barnes wieder da sein. Morgen würden die Zeitungen auf den Plan treten. Würde sich das alles auf ›Let Live‹ auswirken? Würden sich von den

Geldgebern welche zurückziehen? Vielleicht hatten Reporter in unserer Wohnung angerufen, nachdem wir gegangen waren, und vielleicht hatte ihnen Lottie etwas von ihrem hinterhältigen Blödsinn vorgequatscht. Iris würde an ihre Mutter schreiben müssen.

8

Als Iris und ich am nächsten Morgen aufstanden, war Miss Mills schon in ihrer Kochnische mit der Zubereitung des Frühstücks beschäftigt, und alle Morgenzeitungen lagen in einem Stapel auf dem Couchtisch.

»Sie können genausogut schnell mal die Kritiken lesen, die Sie bekommen haben, und es hinter sich bringen«, rief sie.

Die Berichte über Nanny Ordways Tod entsprachen mehr oder weniger dem, was ich erwartet hatte. Die *Times* hatte die Geschichte dort begraben, wo sie hingehörte, nämlich in einer kurzen Spalte auf einer der mittleren Seiten. Aber die weniger seriösen Publikationen hatten sich gewaltig ins Zeug gelegt. In einer von ihnen fand sich auch das Foto von Iris und mir, wie wir uns auf dem Flugplatz küßten – es war stark vergrößert auf der Titelseite unter der Balkenüberschrift IRIS DULUTH FINDET TOTES MÄDCHEN IM SCHLAFZIMMER IHRES MANNES abgedruckt. Ich überflog einige der Berichte. Nirgends ein Foto von Nanny. Ich nahm an, es war ihnen einfach noch nicht gelungen, eins aufzutreiben. Sie hatten nichts in der Hand außer der Tatsache ihres Todes und der Entdeckung der Leiche, aber sie spielten die Geschichte unter Zuhilfenahme vieler unappetitlicher Anspielungen im Rahmen dessen, was ihnen ihre Redaktionen zugebilligt hatten, ordentlich hoch.

Die Berichte machten mir nicht soviel aus, wie ich gedacht hatte. Die Übertreibung löste alles aus dem Bereich der Wirklichkeit heraus, und nur dort hatte es die Kraft zu verletzen. Ihre »brillante« Nanny Ordway, ihre »schöne« Iris Duluth, ihr »lässig-eleganter« Peter Duluth – sie schienen keinerlei Beziehung zu uns zu haben. Es waren lediglich idealisierte Puppen, von Journalisten angefertigt, um die U-Bahn-Fahrt von der 125. bis zur Canal Street ein bißchen weniger langweilig zu machen.

Ich hatte keinen Hunger. Trotzdem zwang uns Miss Mills zu essen. Sie war auf ihre Art so diktatorisch wie Lottie. Sie trug einen überraschend exotischen Hosenanzug, der im Verein mit dem Kneifer seltsam wirkte. Aber sie war gerade freundlich, spöttisch und sachlich genug, um uns im Gleichgewicht zu halten.

Iris war fest entschlossen, in unsere Wohnung zurückzukehren. Früher oder später müßten wir das sowieso. Früher war ihrer Ansicht nach besser – wie es auch besser ist, nach einem Abwurf gleich wieder aufs Pferd zu steigen. Ich teilte ihre Meinung. Nachdem wir also gefrühstückt und uns angezogen hatten, gingen wir alle drei unserer Wege – Iris allein zurück in die leere Wohnung, Miss Mills ins Büro, um dort alle in Schach zu halten, und ich ins Polizeirevier zu Inspektor Barnes.

Als ich durch den frischen Novembersonnenschein die Madison Avenue hinunterging, war ich über meine relative Gemütsruhe erstaunt. Niemand erkannte in mir das Ungeheuer aus den Schlagzeilen. Nichts an den vertrauten Ausblicken wies auf eine Veränderung hin. Ich hatte meine nächtlichen Ängste besiegt. Natürlich war Nanny Ordway nicht in mich verliebt gewesen, und es gab wirklich nichts, was ich mir selbst hätte vorwerfen müssen.

Zum ersten Mal empfand ich ein fast liebevolles Mitleid mit ihr. Dem armen Kind mußte in seinem Leben irgend etwas Schlimmes widerfahren sein, von dem es mir nichts erzählt hatte. Vielleicht hätte ich ihr ja helfen können. Aber die Polizei würde die Wahrheit schon herausfinden, und ich würde von jedem Verdacht reingewaschen werden. Wie denn auch nicht, wenn ich so fest davon überzeugt war, von jeder Schuld frei zu sein?

Ja, es war alles nur eine kurzlebige Sensation. Schon bald würde ein Haufen weiterer saftiger Skandale den unseren aus dem Bewußtsein der Öffentlichkeit verdrängt haben.

Zu dem Zeitpunkt war ich, was Katastrophen anbelangt, noch ein Amateur. Nur weil ich mich gelassener als am Vorabend fühlte, meinte ich schon, ich sei über das Gröbste hinweg. Nie kam mir der Gedanke, daß im Innersten der rasendsten Wirbelstürme absolute Ruhe herrscht.

Ich betrat das Polizeirevier wenn nicht gerade heiter, so doch zumindest mit einem Gefühl von Distanz, so als wäre ich in seiner Welt des Elends und des Verderbens nur ein vorübergehend anwesender Eindringling.

Ich wurde durch den Raum der Kriminalbeamten wieder in dasselbe kleine Büro gebracht, in dem ich schon am Vorabend gewesen war. Es war leer, und man ließ mich dort allein. Auf dem Schreibtisch verstreut lagen ein paar Zeitungen. In der Schlagzeile der einen entdeckte ich meinen Namen. Ich fragte mich, ob Inspektor Barnes die Zeitungen absichtlich dort liegengelassen hatte, um mich einzuschüchtern. Es erschien mir wahrscheinlich. Ich sah darin einen listigen Trick ohne jeden Sinn und empfand eine gesunde Empörung.

Bald darauf kam er herein. Er brachte einen Stapel Papier mit, und ich war über die Stärke der Ablehnung, die ich ihm gegenüber empfand, überrascht. Er war so ruhig, so höflich. Nein, die ganze Art, wie er sich benahm, schien mir an diesem Morgen eine affektierte Bescheidenheit an sich zu haben. Sein Sich-nicht-Aufblasen! O nein – was war er denn schon anderes als ein ergebener Diener der großen Göttin der Gerechtigkeit?

»Guten Morgen, Mr. Duluth. Hier sind die Abschriften der Aussagen, die Sie gestern abend gemacht haben. Wollen Sie sie noch einmal durchlesen? Entschuldigen Sie mich für einen Augenblick, ich bin gleich wieder bei Ihnen.«

Er ging wieder, ließ die getippten Seiten auf dem Schreibtisch mit den aufgeschlagenen Zeitungen liegen. Er blieb ziemlich lange fort. Da die Tür geschlossen war, herrschte in dem kleinen, schachtelartigen Raum einmal mehr die Atmosphäre totaler Isoliertheit. Ich las meine Aussagen dreimal durch, um sicherzugehen, daß alles seine Richtigkeit hatte. Da war alles, säuberlich getippt, für die Akten festgehalten – es war die Summe meiner ungewöhnlichen Bekanntschaft mit Nanny Ordway. Es gab nichts, was ich hätte hinzufügen, nichts, was ich hätte streichen können.

Schließlich kehrte Inspektor Barnes mit ein paar weiteren Bogen Papier zurück. Er setzte sich hinter den Schreibtisch, mir gegenüber.

»Die Aussagen in Ordnung, Mr. Duluth?«

»Ja, das sind sie.«

»Ihnen ist im Laufe der Nacht nichts Neues mehr eingefallen?«

Er sagte das mit verschleierter Ironie, was mich ärgerte, und ich erwiderte deshalb schroff: »In der Nacht habe ich geschlafen.«

Diese gereizte Antwort war töricht. Inspektor Barnes warf mir einen schnellen Blick zu.

»Es freut mich, daß Sie geschlafen haben, Mr. Duluth. Nanny Ordway nicht. Sie war in der Leichenhalle im Bellevue, wo man ihr das Herz herausgeschnitten hat.«

Seine Stimme war – anders als sonst – ungewöhnlich scharf. Es war überaus klar, was er von mir hielt. Plötzlich war unsere Gegnerschaft sichtbar geworden.

»Sind Sie bereit, diese Aussagen zu unterschreiben, Mr. Duluth?«

»Selbstverständlich bin ich das.«

»Sie geben, was Ihre Beziehung zu Nanny Ordway anbetrifft, die Wahrheit und nichts als die Wahrheit wieder?«

»So ist es.«

»Es war zwischen ihr und Ihnen nichts... keine Liebesbeziehung... nichts, was sie dazu veranlaßt haben könnte, sich das Leben zu nehmen? In Ihrer Wohnung?«

»Da fangen wir also wieder damit an.«

»Ja, das tun wir.«

»Es war nichts zwischen uns, keine Liebesbeziehung,

nichts, was sie dazu hätte veranlassen können, sich in meiner Wohnung das Leben zu nehmen.«

Inspektor Barnes drückte einen Klingelknopf auf seinem Schreibtisch. Ein Polizist steckte den Kopf zur Tür herein.

»Bitte Miss Amberley zu mir, ja?«

Der Polizist ging und kehrte mit einem Mädchen zurück, ließ sie eintreten und schloß die Tür hinter ihr. Sie war groß und ungefähr achtundzwanzig Jahre alt. Sie war nachlässig gekleidet, trug einen alten Tweedmantel, wie Nanny einen gehabt hatte, und schwarze Ballerinas. Sie war nicht attraktiv; vielmehr hatte sie das exzentrische Aussehen eines Mädchens aus angesehener Familie, das es sich zur Lebensaufgabe gemacht hatte, seinen gesellschaftlichen Hintergrund unsichtbar werden zu lassen.

»Miss Amberley«, sagte Inspektor Barnes, »das ist Mr. Duluth.«

Das Mädchen neigte kaum den Kopf. Ihre ziemlich vorstehenden grünen Augen, mit denen sie mich eine Sekunde lang anblickte, waren von Ekel erfüllt. Es gibt kein anderes, weniger gewaltsames Wort, um ihren Gesichtsausdruck zu beschreiben. Es war einigermaßen schockierend.

»Ich glaube, Sie haben Mr. Duluth noch nicht kennengelernt, Miss Amberley.«

»Nein.«

»Aber Sie haben zusammen mit Miss Ordway in der Charlton Street Nummer einunddreißig gewohnt, nicht wahr?«

»Hab' ich.«

»Und gestern abend sind Sie zu mir gekommen und haben eine Aussage gemacht.«

»Ja.«

»Es macht Ihnen doch nichts aus, wenn wir auf einiges davon noch mal eingehen?«

»Durchaus nicht.«

Inspektor Barnes sah mich nicht an, das Mädchen auch nicht. An diesem ruhigen Zwiegespräch zwischen diesen beiden gefaßten, höflichen Menschen hatte ich genausowenig Anteil wie an den Schlagzeilen der Zeitungen auf dem Tisch.

»Sie waren Miss Ordway freundschaftlich verbunden, nicht wahr, Miss Amberley?«

»Sie war meine beste Freundin.«

»Und sie vertraute sich Ihnen natürlich an?«

»Natürlich.«

»Hat sie Ihnen gegenüber in den vergangenen fünf Wochen jemals Mr. Duluth erwähnt?«

»Das hat sie.« Miss Amberley befeuchtete mit der Zunge ihre Lippen. Als sie das tat, bemerkte ich, daß sie – wie Nanny Ordway – keinen Lippenstift trug. »Viele, viele Male.«

»Nach allem, was sie Ihnen gesagt hat, welchen Eindruck gewannen Sie da von der Beziehung zwischen den beiden?«

»Es war nicht nur ein Eindruck. Nanny hat es mir immer und immer wieder in aller Deutlichkeit gesagt.«

»Was gesagt, Miss Amberley?«

»Daß sie sich in ihn verliebt hätte.« Miss Amberleys Stimme zitterte ganz leicht. »Und er sich in sie.«

Ich sah auf dieses große, ungepflegte Mädchen, das ich noch nie im Leben gesehen hatte, das ich nur ein einziges Mal und nur für einen kurzen Moment am Telefon gehört hatte – und als ich sie so ansah und die unversöhnliche Kälte auf ihrem Gesicht wahrnahm, da spürte ich, wie mich Entsetzen ergriff.

»Um Himmels willen...«, fing ich an.

»Bitte, Mr. Duluth, es wäre mir lieb, wenn Sie nicht unterbrächen.« Der graue Blick von Inspektor Barnes war auf Miss Amberley gerichtet. »Miss Ordway hat Ihnen natürlich gesagt, daß Mr. Duluth ein verheirateter Mann ist?«

»Natürlich. Das machte ihr schrecklich zu schaffen. Nanny gehörte nicht zu denen, die Spaß daran haben, anderen Frauen die Ehemänner auszuspannen. Am Anfang habe sie noch dagegen angekämpft, aber es sei zu stark gewesen, sagte sie. Er redete ihr ein, er brauche sie, und weil sie ihn liebte und er deshalb Vorrang hatte, kam sie zu dem Schluß, daß seine Frau diejenige sei, die leiden müsse.«

»Und Mr. Duluth hat davon gesprochen, daß er sich von seiner Frau trennen wollte?«

»O ja«, antwortete Miss Amberley. »Mr. Duluth hat ihr versprochen, sich scheiden zu lassen.«

Ich stand auf. Ich sagte: »Jetzt hören Sie mir mal zu!«

»Bitte, Mr. Duluth...«

»Ich sagte: Jetzt hören Sie mir mal zu.« Ich schrie ihm das ins Gesicht. »Ich kenne Miss Amberley nicht. Ich weiß nicht, wie böswillig sie ist. Ich weiß nicht, wie einfältig sie ist. Aber jedes Wort, das sie geäußert hat, war eine Lüge.

Vielleicht sind es ihre eigenen Lügen, vielleicht stammen sie von Nanny Ordway. Es ist mir auch vollkommen egal, wessen Lügen das sind, aber Lügen sind es.«

Das Mädchen stand vollkommen reglos da und ignorierte mich. Inspektor Barnes' Blick ruhte einen Augenblick lang auf mir. Dann sah er abrupt wieder Miss Amberley an.

»Haben Sie, Miss Amberley, den vielen Gesprächen mit Ihrer Freundin entnehmen können, daß diese leidenschaftliche Beziehung zwischen Miss Ordway und Mr. Duluth ganz und gar platonisch war?«

»Platonisch!« Miss Amberley wiederholte das Wort mit explosionsartiger Heftigkeit. »Natürlich war sie nicht platonisch. Nanny war noch ein Kind. Sie tat immer so, als sei sie welterfahren, dabei war sie unschuldig wie ein Baby. Glauben Sie vielleicht, sie sei einem Berufsverführer gewachsen gewesen? ›Das ist Liebe, nicht bloß Sex. Liebe muß erfüllt werden. Es ist eine Sünde, sie nicht zu erfüllen.‹ Ach, dieses ganze Gewäsch! Meinen Sie, Nanny sei in der Lage gewesen, dem standzuhalten? Natürlich schliefen sie zusammen, bis ganz zum Schluß.«

Die Überzeugung in ihrer Stimme, die Verachtung, die weibliche Angst und der Abscheu vor dem Mann – das alles war so häßlich wie die Krakeleien auf einer Wand. Ich kam mir vor, als sei ein ganzes Müllauto über mir ausgeleert worden.

»Ich habe Nanny gewarnt.« Miss Amberley sprach mit ihrer tiefen, gepflegten, schrecklichen Stimme immer weiter. »Wiederholt habe ich versucht, ihr klarzumachen, worauf sie sich da eingelassen hatte. Ich sagte ihr, daß er sich niemals von seiner Frau trennen würde. Warum sollte er, wenn er auch so bekommen konnte, was er wollte? Wir hatten fürchterliche Auseinandersetzungen. Sie stand auf dieser Welt ganz allein da. Ich war ihre einzige Freundin. Ich war älter als sie. Ich wußte, daß es meine Aufgabe war, ihr zu helfen, auch wenn dies bedeuten konnte, ihre Freundschaft zu verlieren. Aber was vermochte ich schon auszurichten?«

Sie fuhr herum, starrte mich an und spuckte die Worte aus: »Wie soll sich denn ein schlichtes kleines Mädchen gegen so einen riesigen Klumpen Männerfleisch durchsetzen?«

Ich sagte, zu Barnes gewendet: »Dieses Mädchen ist verrückt. Sehen Sie das denn nicht? Sie erfindet das alles aus irgendwelchen schmutzigen, kranken...«

»Ich habe Sie doch gebeten, nicht zu unterbrechen, Mr. Duluth«, schnitt mir die sanfte, vollkommen ungerührte Stimme von Inspektor Barnes das Wort ab. »Miss Amberley, gestern abend kamen wir auch auf Miss Ordways Verhalten am Abend vor ihrem Tod zu sprechen, nicht wahr?«

»Genau.« Miss Amberley flüsterte jetzt fast. »An diesem Abend kam sie spät nach Hause. Ich war eine Woche fort gewesen, hatte meine Familie in Boston besucht. Ich war früh ins Bett gegangen, praktisch gleich, nachdem ich mit der Bahn angekommen war, und ich schlief schon, als sie nach Hause kam. Dann aber weckte mich ihre Schreibmaschine. Ich machte die Augen auf, und da saß sie am Schreibtisch und tippte. Das ist nur ein Zimmer dort. Wir wohnen und schlafen in einem Raum. Ich sah vom

Bett hoch, und da saß sie wie ein Geist, wie ein Mädchen, das gerade sein Todesurteil gehört hat. Ich stand auf. Ich fragte: ›Nanny, was ist los? Was ist passiert?‹ Sie antwortete mir nicht. Sie saß bloß da und tippte. Sie wollte nichts sagen, nicht ein Wort. Sie weinte auch nicht. Sie saß bloß ganz starr da. Schließlich zog sie sich aus und ging ins Bett. Am nächsten Morgen ist sie dann vor mir aufgestanden. Ich habe sie nicht wiedergesehen.«

»Und Sie führen diese Veränderung bei Miss Ordway auf einen Streit mit Mr. Duluth zurück? Zum Beispiel auf seinen plötzlichen Entschluß, seine Frau nun doch nicht um die Scheidung zu bitten?«

»Ja.«

»Und Sie sind der Ansicht, dies könnte der Grund für ihren Tod am nächsten Tag gewesen sein?«

»Natürlich war es das. Natürlich war das der Grund dafür, daß sich Nanny umgebracht hat.«

Ich öffnete erneut den Mund, um etwas zu sagen, aber Inspektor Barnes ließ es nicht dazu kommen.

»Danke, Miss Amberley. Das ist für den Moment alles.«

Miss Amberley ging zur Tür.

Ich rief ihr nach: »He, Sie! Einen Augenblick noch!«

Aber sie öffnete die Tür, ging hindurch und schloß sie hinter sich.

Ich fuhr zu Inspektor Barnes herum. »Holen Sie sie zurück. Sie lassen es zu, daß sie mich beschuldigt, ein junges Mädchen verführt, ihm zum Schein die Ehe versprochen und es in den Selbstmord getrieben zu haben. Selbst der russische Geheimdienst würde mir die Möglichkeit einräumen, sie zur Rede zu stellen. Lassen Sie mich mit ihr sprechen. Ich würde nur fünf Sekunden benötigen, um das Lügengebäude zum Einsturz zu bringen.«

»Tatsächlich?« Inspektor Barnes sah mich an, ganz der energische, neutrale, unpersönliche Diener des Gesetzes. Er drückte wieder den Klingelknopf auf seinem Schreibtisch.

»Sie ist ganz offenkundig eine Neurotikerin.« Ich war zu wütend und erschrocken, um zusammenhängend sprechen zu können. »Eines dieser Mädchen, die einen Haß auf Männer haben. Mein Gott, Sie sind doch Polizist. Ihnen müssen solche Leute doch schon mal begegnet sein. Sie...«

»Sie sind ein blitzschneller Analytiker menschlicher Charaktere, wie, Mr. Duluth? Was für ein Pech, daß Sie bei Nanny Ordway nicht genauso scharfsichtig waren.«

Der Polizist erschien wieder an der Tür. Inspektor Barnes sagte: »Okay, bring Mrs. Coletti herein, Bill.«

»Mrs. Coletti?« wiederholte ich. »Lucia Coletti, unser Hausmädchen?«

»Sie waren derjenige, der sie uns als eine der Zeuginnen genannt hat, die Ihre Aussage bestätigen können.«

»Natürlich.«

Inspektor Barnes blätterte in den getippten Papieren, die vor ihm lagen. »In Ihrer Aussage geben Sie zu, Nanny Ordway sei jeden Vormittag in Ihre Wohnung gekommen, nachdem Sie selbst ins Büro gegangen waren. Sie sei bloß dorthin gekommen, weil Sie ihr in Ihrer Großzügigkeit die Wohnung überlassen hätten, damit sie dort schreiben könne. Ich nehme an, Sie bleiben bei Ihrer Geschichte?«

»Warum sollte ich nicht?«

»Sie ist, beispielsweise, niemals über Nacht geblieben?«

»Wenn dem so gewesen wäre, hätte ich Ihnen das gesagt.«

»Selbstredend. Ich habe Ihre leidenschaftliche Wahrheitsliebe nicht vergessen, Mr. Duluth. Sie haben ein gutes Verhältnis zu Lucia Coletti?«

»Ein sehr gutes.«

»Sie hat keinen Grund, Ihnen gram zu sein, Ihnen Übles zu wünschen?«

»Du liebe Güte, nein.«

»Dann werden Sie ihr wohl nicht vorwerfen, neurotisch zu sein. Gut. Wenigstens wäre das geklärt.«

Lucia kam herein. Sie war untersetzt, italienisch, um die sechzig und für gewöhnlich so fröhlich wie ein ganzes Faschingsfest. An diesem Morgen aber sah sie mit ihrem schwarzen Arbeitsmantel und mit dem schwarzen, auf ihr graues Haar gedrückten Arbeitshut ganz und gar unterjocht aus. Sie warf mir einen schnellen, flehentlichen Blick zu und wandte sich dann niedergedrückt und respektvoll zu Inspektor Barnes um.

Er hatte aus dem Papierstoß einige Blätter aufgenommen und blickte nun mit harmloser Freundlichkeit zu ihr auf.

»Guten Morgen, Mrs. Coletti. Danke, daß Sie gekommen sind. Ich hoffe, es hat Ihnen keine Unannehmlichkeiten bereitet?«

»Meine Schwester... sie ist für mich zu Miss Marin gegangen.«

»Ich nehme an, Sie wissen, warum ich Sie gebeten habe

vorbeizuschauen. Sie sind Mrs. Lucia Coletti. Sie wohnen bei Ihrer Schwester, bei Mrs. Bruno, in der 10. Straße West, und Sie arbeiten als Teilzeitkraft für Mr. und Mrs. Duluth. Sie und Ihre Schwester sind gestern von mir in Ihrer Wohnung befragt worden. Ich möchte nun nur, daß Sie vor Mr. Duluth wiederholen, was Sie mir gestern abend mitgeteilt haben.«

»Ich hab' Ihnen gar nichts mitgeteilt.« Lucia fuhr zu mir herum, warf eine Hand hoch. »Ehrlich, Mr. Duluth, ich schwör's. Als Sie mir die zehn Dollar gegeben haben, damit ich Miss Marin nichts erzähl', da hab' ich versprochen, nichts zu sagen. Und das hab' ich auch nicht. Es war meine Schwester. Die schwatzt und schwatzt, den ganzen Tag lang. Die ist dumm. Die weiß von gar nichts. Es war meine Schwester...«

Als sie die zehn Dollar erwähnte, zuckte Inspektor Barnes' Blick kurz hoch und senkte sich wieder. Er hatte das Gesagte in sich aufgenommen und entsprechend interpretiert. Jetzt unterbrach er Lucia: »Ihre Schwester, Mrs. Coletti, hat mir nur berichtet, was Sie ihr zuvor erzählt hatten. Es tut mir leid, wenn das alles schmerzlich für Sie ist. Vielleicht macht es die Sache leichter, wenn ich einfach den Teil der Aussage Ihrer Schwester, der von Belang ist, laut vorlese.«

Er blickte auf die Bogen in seiner Hand hinab. »Mr. Duluth behauptet, Nanny Ordway habe nie die Nacht in seiner Wohnung zugebracht. Er behauptet, sie sei jeden Morgen gegen zehn gekommen, nachdem er schon gegangen war. Er erwähnte Sie als jemanden, der diese Behauptung bestätigen könne.« Er machte eine kleine Pause und fuhr dann fort: »Ich verlese jetzt einen Teil der Aussage Ihrer Schwester. Und ich wäre Ihnen, Mr. Duluth, dankbar, wenn Sie nichts sagen würden, bis ich fertig bin.«

Er begann mit flacher, dienstlicher Stimme vorzulesen:

Inspektor Barnes: Mrs. Bruno, wenn Ihre Schwester am Abend von der Arbeit heimkommt, plaudert sie dann, was durchaus normal wäre, mit Ihnen über die Leute, für die sie arbeitet?«

Mrs. Bruno: Oh, gewiß, gewiß doch. Immer.

Inspektor Barnes: Und hat sie mit Ihnen unter anderem auch über Mr. und Mrs. Duluth geplaudert?

Mrs. Bruno: Gewiß. Immer. Sie ist ganz begeistert von Mr. und Mrs. Duluth.

Inspektor Barnes: Hat sie Ihnen kürzlich mal erzählt, daß Mrs. Duluth nach Jamaica geflogen war?

Mrs. Bruno: Mit ihrer Mama, die krank war.

Inspektor Barnes: Genau. Sie hat Ihnen also erzählt, daß Mrs. Duluth weg war?

Mrs. Bruno: Gewiß.

Inspektor Barnes: Nachdem Mrs. Duluth abgereist war, hat Ihre Schwester da mal ein Mädchen erwähnt, ein junges Mädchen, eine Freundin von Mr. Duluth namens Ordway? Eine Miss Nanny Ordway?

Mrs. Bruno: Das kleine Mädchen? Mein Gott, ja. Die! Das war eine ganz Schamlose. Du lieber Himmel, lag da schlafend im Bett, in 'nem Pyjama von Mrs. Duluth, lag da, als Lucia reinkam.

Inspektor Barnes: Verstehe ich richtig, daß Sie sagen,

Ihre Schwester habe Miss Ordway schlafend in Mr. Duluths Bett vorgefunden, in einem Schlafanzug seiner Frau?

MRS. BRUNO: Gewiß. Lucia war deswegen ganz aus dem Häuschen. Hatte so was noch nie gesehn. Und wo Mr. und Mrs. Duluth doch immer so gut miteinander zurechtkamen.

INSPEKTOR BARNES: Und Mr. Duluth war bei ihr?

MRS. BRUNO: Er? O nein. So etwas würde Mr. Duluth doch nie machen. Er hat 'ne große Hochachtung vor Lucia. Er war schon fortgegangen, hatte sie sich selber überlassen.

Inspektor Barnes hörte auf zu lesen und legte die Bögen auf seinen Schreibtisch zurück, wobei er mich mit Bedacht ignorierte.

»Nun, Mrs. Coletti, erscheint Ihnen das zutreffend?«

Lucia war dunkelrot geworden. Sie stammelte: »Ja, ich... ich denke, meine Schwester hat das so gesagt.«

»Und natürlich entspricht es der Wahrheit?«

»Ich denke, ja. Sicher. Es stimmt. Ich...« Lucia drehte sich ganz elend zu mir herum. »Mr. Duluth, ehrlich, ich wollte Ihnen keine Schwierigkeiten machen. Mit meiner Schwester zu reden... da ist doch nichts Verkehrtes dran. Ich wollte nicht...«

»Schon gut, Mrs. Coletti.« Inspektor Barnes' Stimme war fest und entschieden. »Das wäre im Moment alles. Nochmals vielen Dank, daß Sie vorbeigekommen sind.«

Er stand auf, ergriff Lucia am Ellbogen und führte sie hinaus. Dann kam er zurück. Er stand an der Tür und sah mich an, ohne daß sein Gesicht dabei das geringste Anzeichen des Triumphes gezeigt hätte. Das war seine Methode, unmißverständlich auf die Tatsache hinzuweisen, daß er einen totalen Sieg errungen hatte.

»Soviel zu Ihrer Entschlossenheit, um jeden Preis die Wahrheit zu sagen, Mr. Duluth. Es freut mich, daß Sie in der vergangenen Nacht geschlafen haben. Das war natürlich der Schlaf der Reinen und Gerechten.«

9

Jetzt hatte ich eine Todesangst vor Nanny Ordway. Natürlich waren da auch noch andere Gefühle – Verärgerung über die ungerechtfertigte Verachtung, die Inspektor Barnes mir gegenüber zeigte, Verständnis dafür, rebellierende Ungläubigkeit angesichts des geradezu phantastischen Dilemmas, für das ich auserwählt sein sollte, und eine undeutliche Ahnung, daß das Grauen hinter jeder Ecke auf jeden lauern konnte. Aber das Vorherrschende war die Angst vor Nanny Ordway. Sie war tot. Dieses unaufdringliche, ernste kleine Mädchen – »ein Mädchen und ein Mann können Freunde sein« – hatte sich unter Zuhilfenahme eines roten, an meinen Kronleuchter geknüpften Halstuchs davongemacht. An diesem Vormittag war sie jedoch schon zweimal von den Toten auferstanden, hatte durch den Mund von Miss Amberley und den von Lucia Colettis Schwester gesprochen.

Sie hatte gesprochen und war so grauenhaft geworden wie ein Gorgonenhaupt.

Inspektor Barnes sah mich immer noch an. Ich erwiderte seinen Blick. Ich wurde in zu viele unterschiedliche Richtungen gezogen, um mich angemessen verteidigen zu können. Wie konnte die Nanny Ordway, der ich törichterweise und ohne irgendeinen Zweck damit zu verbinden erlaubt hatte, sich in mein Leben hineinzustehlen, dasselbe Mädchen sein, das Lucia schlafend in meinem Bett vorgefunden hatte, das zu Miss Amberley von leidenschaftlicher Liebe und Scheidung gesprochen hatte und das in der Nacht vor seinem Tod wie ein Geist an seiner Schreibmaschine gesessen hatte?

Natürlich war sie verrückt gewesen. Total verrückt. Und Schlimmeres als verrückt. Denn für alle Welt und auch für mich hatte sie sich hinter einer glaubhaft wirkenden Fassade der Gesundheit versteckt, insgeheim und in krankhafter Weise aber darauf hingewirkt, zusammen mit sich selbst auch mich zu vernichten. Welche andere Erklärung konnte es geben?

Aber wer würde das glauben? Man war bereits von ihrer märtyrerhaften Unschuld überzeugt. Es gab nichts, was den Schatten eines Zweifels auf sie hätte werfen können – überhaupt nichts, ausgenommen mein eigenes, in Mißkredit geratenes Wort.

Die Wahrheit, dachte ich, das war die nackte Jungfrau am Boden des Brunnens. Inspektor Barnes meinte, sie gefunden zu haben. Er war noch nie weiter von ihr entfernt gewesen.

Müde und die Niederlage vorwegnehmend, sagte ich: »Ich bestreite das alles.«

»Das ist Ihr gutes Recht, Mr. Duluth.«

»Ich streite das alles nicht etwa ab, weil ich ein Idiot bin, der entschlossen ist, sich an eine zum Scheitern verurteilte Lüge zu klammern, sondern ich bestreite es, weil es nicht wahr ist. Fragen Sie mich nicht, was da bei Miss Amberley nicht stimmt. Fragen Sie mich nicht, was bei Lucia nicht stimmt. Und fragen Sie mich um Himmels willen auch nicht, was mit Nanny Ordway nicht gestimmt hat. Was geschehen ist, ist geschehen, und zwar so, wie ich es in meiner Aussage geschildert habe.«

»Sie wollen damit andeuten, daß Miss Ordway über einen Zeitraum von Wochen in voller Absicht eine falsche Geschichte für ihre Mitmieterin zusammengebastelt hat, daß sie sich absichtlich in Ihr Bett gelegt und vorgegeben hat, dort geschlafen zu haben, um das Hausmädchen irrezuführen?«

»Sie war verrückt«, sagte ich.

»Gestern abend haben Sie mir gesagt, sie sei Ihnen als vollkommen normales Mädchen erschienen.«

»Erschienen!« wiederholte ich. »Schenken Kriminalbeamte auch dem Schein Beachtung? Oder müssen Sie immer nur dem Augenfälligen Glauben schenken?«

»Ich glaube dem Augenfälligen nur selten.«

»Aber in meinem Fall tun Sie's?«

»Bei diesem Fall, bei dem es zwei Zeuginnen gibt, von denen Ihnen die eine wohlgesonnen ist und das einleuchtend Augenfällige gegen das nicht einleuchtende Nicht-Augenfällige vertritt, gedenke ich, mich an das Augenfällige zu halten. Selbst Sie, Mr. Duluth, müssen zugeben, daß, wenn Miss Ordway verrückt gewesen wäre, Miss Amberley, die schon seit Monaten ihre Zimmergenossin gewesen war, dies doch wohl hätte bemerken müssen. Und doch...«

Er sprach weiter. Ich war ganz erschöpft von seiner dumm-schlauen Beharrlichkeit, von seinen schonungslosen, sokratischen Folgerungen angesichts einer Lage, deren Entwicklung die Grenzen der Logik längst überschritten hatte. Ich sollte natürlich seinen Erwartungen entsprechen. Ich sollte fordern, daß Miss Amberley ins Kreuzverhör genommen würde, sollte meine Unschuld beschwören, vor rechtschaffener Empörung schäumen. Aber was brächte mir das? Wie konnte ich beispielsweise die Tatsache forterklären, daß Lucia Nanny Ordway in meinem Bett gesehen hatte? Lucia log nicht. Sie mochte mich.

Inspektor Barnes hatte zu sprechen aufgehört. Ich hatte keine Ahnung, wovon er geredet hatte, aber er wartete auf eine Antwort.

Ich sagte: »Müssen wir diese Unterredung fortsetzen? Ich weiß doch, was Sie von mir halten. Ich weiß, daß ich Sie nie werde umstimmen können. Es liegt mir nicht einmal daran, es auch nur zu versuchen. Schließlich bin ich nicht mit Ihnen verheiratet. Sagen Sie mir lediglich, wie es weitergehen soll... wie es nach dem Willen der Polizei weitergehen soll. Werden Sie mich festnehmen? Wenn nicht, dann lassen Sie mich um Himmels willen endlich diese Aussagen unterschreiben und hier raus.«

Seine Augen weiteten sich ein wenig. Seine Pupillen waren plötzlich ganz von Weiß umgeben. »Sie möchten diese Aussagen nach wie vor unterschreiben?«

»Hören Sie mir eigentlich überhaupt nie zu?«

»Okay, Mr. Duluth.« Er zuckte die Achseln. Es war das Achselzucken eines Mannes, der sich mit einem Verhalten konfrontiert sieht, das absolut unglaublich ist und jede weitere Diskussion überflüssig macht. »Dann unterschreiben Sie die Aussagen.«

»Und ich stehe nicht unter Arrest?«

»Warum sollten Sie unter Arrest stehen, Mr. Duluth?«

»Als übler, ganz übler Lügner, als herzloser Verführer unschuldiger, junger Mädchen und als zynischer Luftikus.«

Inspektor Barnes wurde rot. Ich war ein wenig überrascht, daß sein Blut und seine Haut noch eine menschliche Beschaffenheit aufwiesen, die eine derartige Schwäche zuließ. Er winkte mich an den Schreibtisch heran. »Unterschreiben Sie Ihre Aussagen, Mr. Duluth.«

Ich trat zum Schreibtisch. Ich kritzelte meine Unterschrift unter beide Dokumente. Dann blätterte ich zurück und versah die einzelnen Seiten mit meinen Initialen. Das bereitete mir ein wildes Vergnügen, so als schleuderte ich einen Fehdehandschuh in Inspektor Barnes' unbestechlich edles Gesicht – und überhaupt in das Gesicht aller unsensiblen Schlüssezieher.

»Okay.« Ich erhob mich. »Sonst noch was?«

»Im Augenblick nicht, Mr. Duluth.« Inspektor Barnes nahm die Papiere auf, blätterte sie durch, prüfte die Unterschriften. »Der endgültige Autopsiebericht liegt noch nicht vor. So etwas braucht seine Zeit, wissen Sie. Zwei oder drei Tage.«

Er blickte von den Papieren auf. »Aber zu Ihrer Information: Miss Ordway ist zwischen halb drei und vier gestorben ... ungefähr die Zeit, in der Sie allein im Kino gewesen sind. Sollte es sich als notwendig erweisen, die Ermittlungen fortzusetzen, würde ich da anfangen ... mit der Überprüfung Ihres Alibis.«

»Das ist mir durchaus klar.« Ich streckte meine Hand aus – ganz automatisch, denn das tut man halt, wenn man sich von jemandem verabschiedet. »Es freut mich, daß Nanny Ordway einen Fürsprecher hat, Inspektor. Was für ein Pech, daß sie meine kleine Freundin war und nicht Ihre. Ihnen hätte das viel Spaß gemacht.«

Als ich das Büro verließ, fragte ich mich, wer von uns beiden wohl mehr zu bedauern sei – ich mit meiner Art von Dummheit oder Inspektor Barnes mit seiner.

Ich hastete durch das Büro der Kriminalbeamten und hinaus auf die Straße. Sofort war ich von Reportern umringt. Es waren ungefähr sechs, alle auf heißer Spur.

»He, Mr. Duluth, kennen Sie eine Miss Amberley?«

»Ja.«

»Wollen Sie mal hören, was Miss Amberley vorhin uns gegenüber geäußert hat?«

»Nein.«

»Wie, Mr. Duluth, wollen Sie Miss Amberleys Aussage nicht in Abrede stellen?«

Ein Taxi fuhr vorbei. Ich winkte und entfloh. Vielleicht hätte ich den Reportern etwas sagen sollen. Aber das war mir in dem Augenblick nicht möglich gewesen. Ich brauchte einen Drink. Ganz dunkel wurde mir bewußt, daß ich schon seit Jahren nicht mehr so früh am Tag so dringend einen Drink gebraucht hatte.

»Wohin?« fragte der Fahrer.

Ich nannte ihm die Adresse meines Büros. Ich hatte eigentlich vorgehabt, schnurstracks zu Iris zurückzukehren, aber mir wurde klar, wieviel davon abhängen würde, was ich ihr sagte. Bislang hatte sie mir geglaubt. Aber das war vor Miss Amberley und Lucias Schwester gewesen. Ich spürte ein Verlangen nach dem rückenstärkenden, gesunden Menschenverstand von Miss Mills. Wenn ich Miss Mills dazu bringen konnte, mir zu glauben, dann war schon etwas erreicht. Es würde mir helfen, das Gefühl zu überwinden, ein Ausgestoßener zu sein – dieses Gefühl, daß sich alle Welt im Verein mit Inspektor Barnes, Miss Amberley und Mrs. Bruno gegen mich gestellt hatte.

Im Büro vermittelte mir alles den Eindruck, ein Goldfisch im Aquarium zu sein. Die Augen des Mädchens am Empfang taten es, als es sagte: »Guten Morgen, Mr. Duluth.« Auch die zweite Sekretärin tat es, die mit Papier herumraschelte. Der Eindruck verflüchtigte sich erst wieder in Miss Mills' Büro. Ich traf sie im Stuhl zurückgelehnt und mit den Füßen auf dem Schreibtisch an, die Post lesend.

»Na, vom Einsatz zurück?«

»Blutend«, sagte ich, »und gebeugt.«

Sie sah mich einen Augenblick schweigend an. Dann bückte sie sich und zog eine Flasche Whisky aus einer der Schreibtischschubladen.

»Notfall.«

Sie schenkte zwei ein, einen für mich und einen für sich selbst. Ich erzählte ihr meine Version der Geschichte. Dann erzählte ich ihr alles, was Miss Amberley gesagt hatte, alles, was Mrs. Bruno dem Protokoll zufolge gesagt haben sollte – und gab dann auch noch alle belehrenden und erbauenden Kommentare von Inspektor Barnes wieder.

Ich berichtete das alles höchst ungern – nicht so sehr, weil ich mich anhörte wie ein nichtsnutziger, feiger Lügner, sondern weil es Nanny Ordway wieder heraufbeschwor. Ich konnte fast das Rascheln von Miss Amberleys blauem Abendkleid hören, fast die Haare über das naive, ruhige kleine Gesicht fallen sehen. Nanny Ordway – diese harmlose Nymphe, die gestorben war und sich in eine Rachegöttin verwandelt hatte, um nun meine Ehe, meine Karriere und meinen Seelenfrieden zu bedrohen.

Was am meisten zählte, war natürlich meine Ehe. Ohne Iris war alles andere völlig bedeutungslos.

Ich beendete meinen Bericht. Ich sagte: »Sie haben sie einmal gesehen. Hier im Büro.«

»Gewiß doch. Miss O'Dream.«

»Ich weiß schon, wie sich das anhört. Miss O'Dream und der liebe Daddy Duluth. Ich weiß, wie sich die ganze Geschichte anhört. Aber ich habe sie nicht ein einziges Mal angerührt, ich schwöre es. Diese Sache mit ihr in meinem Bett, diese Versprechen von Ehe und Scheidung... sie war total verrückt. Sie...« Ich brach ab. Der Drink half auch nicht. »Wird Iris mir glauben?«

Miss Mills schwieg eine Weile. Dann sagte sie: »Lottie würde Brian eine solche Geschichte nie abkaufen.«

»Natürlich nicht. Aber Iris...«

»Lottie besitzt Brian nur, aber Iris liebt Sie. Das hilft, nehme ich an.«

»Nehmen Sie an?«

»Vielleicht hilft es. Vielleicht macht es alles nur noch schwerer. Woher soll ich das wissen? Ich bin für Fragen der Liebe nicht zuständig, wo ich doch aussehe wie ein Schweinchen. Das können nur Iris und Sie miteinander ausmachen. Sagen Sie ihr alles und beten Sie, daß sie rund fünfhundert Prozent mehr Vertrauen aufzubringen vermag als die meisten weiblichen Wesen.«

Das war nicht ganz so ermutigend, wie ich gehofft hatte. »Und Sie, Miss Mills? Glauben Sie mir?«

»Ich glaube, daß Männer Idioten und Frauen Miststücke sein können. Ich glaube zudem, daß Frauen verrückt sein können.«

»Selbst wenn alle Welt sie für nette, wohlmeinende kleine Mädchen hält?«

Miss Mills lächelte. »Ich glaube, daß auch die Welt ein Idiot sein kann.«

»Dann glauben Sie mir also?« fragte ich noch einmal.

Sie beugte sich über den Tisch und legte ihre Hand auf meine. »Es ist so egal wie nur irgendwas, mein Lieber, ob ich Ihnen glaube oder nicht. Aber wahrscheinlich glaube ich Ihnen. Ich bin die größte Gläubige aller Zeiten. Das ist einer meiner vielen Vorzüge. Jetzt machen Sie aber, daß Sie fortkommen und Iris Bericht erstatten. Ich halte die Daumen.«

10

Ich verließ das Büro und fuhr mit dem Taxi nach Hause. Ich begriff, was für ein Narr ich gewesen war, als ich mir erhofft hatte, Miss Mills würde ein weiteres Wunder bewirken können. Ich war jetzt den Windeln entwachsen. Das Kindermädchen konnte nicht mehr helfen. Ich war auf mich selbst gestellt. Als mich das Taxi vor der Haustür absetzte, fühlte ich panische Angst. Es war nicht zu fassen, daß ich mich vor Iris fürchten konnte, daß sich alles derart verändert hatte.

Ich betrat die Wohnung. Sofort hörte ich eine mir nur allzu vertraute Stimme. Es war nicht die von Iris. Sie war laut und schön und donnerte wie Brandungswogen an einer felsigen Küste.

Im Wohnzimmer saß Iris auf dem Sofa und rauchte eine Zigarette. Lottie ging in der Mitte des großen Teppichs auf und ab. Als sie mich erblickte, brach sie mitten im Satz ab und fuhr zu mir herum, in den Augen das Gift aller Schlangen dieser Erde.

»Schön!« sagte sie. »Der Jäger ist aus den Bergen zurück.«

Iris stand auf. »Lottie, Liebste, jetzt geh und laß uns allein.«

»Euch allein lassen!« schnaubte Lottie. »Der einzige, der hier allein gelassen werden sollte... und zwar schnell und mit Hilfe der geballten Kraft des Gesetzes endgültig... das ist Peter Duluth. Es sei denn, du möchtest jeden Morgen kleine Mädchen in deinem Bett liegen und sie jeden Abend an deinem Kronleuchter hängen sehen.«

Sie stürzte auf mich los – Oatfields, Wisconsin, in Vorbereitung des Lynchspektakels.

»Selbstverständlich macht es mir gar nichts aus, Peter, mein Liebster, daß du meinen Haushalt ins Chaos stürzt, indem du mein Hausmädchen zu einer Zeit von Polizeirevier zu Polizeirevier schleppst, zu der es eigentlich Staub wischen sollte. Das macht mir wirklich nicht das geringste aus. Schließlich war es ja höchst lehrreich, auch mal Lucias Schwester kennenzulernen. Was für eine Frau, diese Mrs. Bruno ... was für eine erfrischende Gabe des Erzählens! Es hat dich zehn Dollar gekostet, Lucia davon abzuhalten, mir von deiner billigen kleinen Affäre zu berichten, nicht? Du hättest weitere zehn Dollar in ihre Schwester investieren sollen!«

Ich konnte ihren Anblick nicht ertragen. War sie denn nicht verheiratet? Hatte sie nicht ihren eigenen Mann? Warum konnte sie für ihre emotionalen Zermürbungsübungen nicht Brian benutzen?

»Ach, halt doch den Mund, Lottie«, sagte ich.

»Den Mund halten? Versuch du nur, mir den Mund zu verbieten. Versuch du nur, die ganze Welt zum Schweigen zu bringen. Was willst du tun? Colonel McCormick knebeln? Die gesamte Hearst-Kette zerschlagen? Mr. Sulzberger im Schlaf erdrosseln?« Sie drehte sich um und lief zu Iris, umschlang sie. »Iris, meine allerliebste Iris, ich flehe dich an! Ich bitte dich inständigst! Um deiner selbst willen laß nicht zu, daß er dich beschwatzt. Hör nicht auf seine schmutzigen, raffinierten Selbstrechtfertigungen. Du bist keine kleine graue Maus ... die kleine Maus von Frau, die sich mit solchen Geschichten abspeisen lassen muß.

Trenn dich von ihm. Laß ihm nur einen alten Schlafanzug von dir da und ein oder zwei Schlingen ... damit wird er schon zufrieden sein.«

»Raus mir dir, Lottie!« sagte ich.

Sie ließ von Iris ab und rauschte erneut auf mich zu. »Nur keine Bange, ich mach' schon, daß ich hier rauskomme. Zu denken, daß ich dir einmal vertraut habe! Zu denken, daß ich mich gestern abend im Theater förmlich bei dem Versuch umgebracht habe, die armen, getäuschten Leutchen dort davon zu überzeugen, daß man dir bitterböses Unrecht zugefügt habe! Aber eines steht fest, Peter. Ja, felsenfest. Solange ich in dem Theater auftrete, solange wage du bloß nicht, ihm nahe zu kommen! Wehe, du tust es doch!«

Sie erreichte die Wohnungstür. Sie drehte sich noch einmal um und warf Iris eine Kußhand zu. »Denk dran, Liebling. Sobald die Sache geregelt ist, komm zu uns rauf. Brian ist ganz meiner Meinung. Er brennt darauf, dich als unseren Gast zu versorgen ... so lange wie du bleiben magst. Wir sind deine Freunde.«

Sie schlug die Tür hinter sich zu. Ende 1. Akt – Vorhang.

Iris und ich sahen uns an. Es war alles viel zu fürchterlich, um nicht auch ein bißchen komisch zu sein.

Ich sagte: »Jetzt habe ich am Ende doch noch getan, was ich nach deinem Willen immer hätte tun sollen. Ich habe Lottie tödlich beleidigt.«

Sie lächelte nicht. Aber das hatte ich auch nicht erwartet.

Sie fragte: »Ist die Sache auf dem Polizeirevier abgeschlossen?«

»Ja.«

»Ist der Selbstmord bestätigt worden?«

»Davon gehe ich aus. Der offizielle Autopsiebericht liegt allerdings noch nicht vor.«

»Inspektor Barnes kennt natürlich diese Geschichte von Lucia und ihrer Schwester?«

»Sicher.« Ich schwieg eine Weile und setzte dann hinzu: »Das ist aber bei weitem noch nicht alles.«

Ich erzählte ihr von Miss Amberley. Ich war nicht mehr so in Panik, wie ich es gewesen war. Ich nehme an, daß Iris in so grundlegender Weise ein Teil meines Daseins war, daß ihre Gegenwart – selbst angesichts der gegebenen Umstände – ganz automatisch beruhigend auf mich wirkte. Nicht daß sie mir geholfen hätte. Während ich sprach, saß sie lediglich auf dem Sofa, einfach so und ohne erkennbare Veränderung ihres Gesichtsausdrucks. Normalerweise konnte ich sagen, was sie dachte – so als dächte ich es selbst. Aber an diesem Tag war ich dazu nicht in der Lage.

Ich wußte sehr wohl, wie schwer dies alles für sie war. Ich war nicht so verblendet anzunehmen, sie würde mir glauben, bloß weil sie mich liebte. Das geschieht nur im Film. Miss Mills hatte recht. Möglicherweise war, gerade weil sie mich liebte, für sie alles noch viel schwerer. Wenn man jemanden liebt, erwartet ein Teil von einem immer das Schlimmste, weil dieser Teil das Schlimmste fürchtet.

Aber sie würde mir glauben wollen. Das wußte ich. Sie würde mir glauben, wenn sie nur konnte.

Als ich geendet hatte, fragte sie: »Ist das alles?«

»Ja.«

»Und Inspektor Barnes wird dich nicht mehr behelligen?«

»Er würde, wenn er könnte.«

Sie ging zur Hausbar, um sich eine Zigarette zu holen, und steckte sie sich an. Im allgemeinen machte mich ihre Schönheit stolz und selbstsicher, weil sie meine Frau war. Jetzt aber wurden ihre Schönheit und mein Wunsch, sie zu berühren, durch die Möglichkeit verdorben, sie zu verlieren.

»Hast du Lucia wirklich zehn Dollar dafür gegeben, daß sie Lottie nichts sagt?«

»Ja, das habe ich.«

»Warum?«

»Gott ja, du kennst doch Lottie. Wenn sie rausgefunden hätte, daß ich Nanny einen Schlüssel überlassen hatte, wäre das ein gefundenes Fressen für sie gewesen.«

»Mir hast du es auch nicht geschrieben.«

»Nein. Ich wollte aber. Ich nehme an … nun ja, ich nehme an, daß ich irgendwie das Gefühl hatte, mich die ganze Zeit als rechter Trottel aufzuführen.«

Iris sah mich immer noch nicht an. »Und du hast keine Erklärung dafür, daß Lucia sie in unserem Bett schlafend gefunden hat, in einem Schlafanzug von mir?«

»Nur die, daß sie verrückt war.«

»Selbst wenn sie verrückt gewesen wäre, hätte sie doch irgendeinen Grund haben müssen.«

Ich versuchte es: »Sie war, was Reichtum, Bequemlichkeit, Dinge dieser Art anging, ein wenig wie ein Aschenputtel. Vielleicht war es ja nur eine Laune, vielleicht wollte sie nur mal sehen, wie das so ist, wenn man in einem großartigen Bett liegt, noch dazu in einem ganz tollen Schlafanzug.« Das war wohl die bislang schlechteste aller meiner Unschuldsbeteuerungen gewesen. »Ihr könnte einfach nach so etwas zumute gewesen sein. Und nachdem Lucia sie dann gefunden hatte, ist sie sich vielleicht albern vorgekommen und hat es nicht fertiggebracht, sich zu erklären. Vielleicht war es das. Ich weiß, daß sie, als ich ihr das Abendkleid von dir gab...«

Da blickte Iris auf. »Als du ihr... was, Peter?«

»Hab' ich dir das nicht gesagt? Als ich sie ins Theater mitgenommen habe? Es war schon spät und keine Zeit mehr, nach Hause zu gehen und sich umzuziehen. Da erlaubte ich ihr, eines deiner Kleider anzuziehen.«

»Ich verstehe.«

Ich glaube nicht, daß Iris die Lieblingswendung von Inspektor Barnes wissentlich übernommen hatte. Ich fühlte mich jetzt nervös und kam mir noch mehr wie ein Saukerl vor.

»Ich scheine da ja einen totalen Schlamassel angerichtet zu haben.«

»O ja, es ist ein Schlamassel. Und was für einer.« Iris legte die Zigarette ab. »Und alles andere, all dieses Zeug, das die Zimmergenossin ausgesagt hat... du hast absolut keine Erklärung dafür außer der, daß Nanny Ordway verrückt war.«

»Das ist die einzige, soweit ich sehen kann.«

»Es gibt solche Mädchen. Jeder weiß das. Mädchen, die in einem Traum leben, die an ihre eigenen Phantasien glauben, die mehr Schaden anrichten können als eine ganze Panzerdivision.«

Sie verstummte. Ich konnte mit quälender Deutlichkeit das Dilemma sehen, in dem sie sich befand. Es war nicht nur das, was an äußerlichem Beweismaterial gegen mich vorlag. Es war auch mein eigenes Verhalten, das sich allem Anschein nach so verheerend auswirkte, meine idiotische Geheimniskrämerei. Warum hatte ich Iris nichts von dem Schlüssel geschrieben? Warum hatte ich Lucia zehn Dollar gegeben? Meine unerklärliche Großzügigkeit. Warum hatte ich von allen Mädchen in New York ausgerechnet Nanny Ordway zu meiner Schutzbefohlenen gemacht? Warum war ich so verrückt gewesen, ihr Iris' Kleid zu leihen?

Ich fragte: »Kannst du mir glauben? Ich mache es dir nicht zum Vorwurf, wenn du es nicht kannst.«

Sie betrachtete forschend mein Gesicht, als meinte sie – wie Inspektor Barnes –, sie könne von ihm die Wahrheit ablesen. Vielleicht versuchte sie mehr zu sehen als Inspektor Barnes. Sie sagte sehr ruhig: »Gestern abend wurde mir bewußt, daß es nichts taugt, wenn man in der Mitte steht und halb glaubt, halb nicht glaubt. Und als dann Inspektor Barnes so clever war, so drohend und erbarmungslos ... da glaubte ich dir, Peter. Ich habe jetzt wieder angefangen. Ich höre auch noch nicht damit auf. Sie war verrückt. Natürlich war sie verrückt.«

Ich hatte mich so daran gewöhnt, herumgeschubst zu werden. Es war nur schwer zu begreifen, daß das, was allein zählte, keinen Schaden genommen haben sollte.

Ich ging schnell zu ihr hin. Sie legte die Arme um mich und schmiegte sich an mich, als sei sie es, die getröstet werden mußte, nicht ich.

»O Peter, ich möchte ja kein Miesepeter sein. Ich möchte nicht wie Lottie sein. Wenn ich dir nicht mehr vertrauen kann, wem dann noch?«

»Baby...«

»Es ist schon gut. Es kommt alles wieder in Ordnung.«

Ich küßte sie. Ich hielt sie in meinen Armen. Sie war schön und sie war gut – viel zu gut für mich. Ich empfand Demut und Dankbarkeit, hatte aber auch mein inneres Gleichgewicht wiedergefunden.

»Iris, mein Liebling...«

»Diese Lottie!« Sie sah zu mir auf. Irgendwie gelang ihr ein Lächeln. »Ich würde meinen letzten Cent dafür hergeben, wenn ich machen könnte, daß sie ihren Brian mit Fünflingen im Bett erwischt ... und alle fünf trügen Schlafanzüge von ihr.«

»Diese chinesischen«, sagte ich, »mit den Pagoden auf dem Busen.«

11

Die Tatsache, daß meine Frau zu mir hielt, hätte eigentlich den auf mir lastenden Druck vermindern müssen. Aber auch dies war ein Wunder, das nicht so ganz funktionierte, denn fast augenblicklich entstand zwischen uns Befangenheit. Wir gaben es beide nicht zu, aber sie war da. So erwähnten wir beispielsweise den Namen Nanny Ordways nicht mehr, was an sich schon ein Beweis dafür war, daß wir Angst hatten. Iris' Glaube an mich war zu schwach, mein Gefühl der Schuldlosigkeit zu unsicher.

Wir gingen zusammen zum Mittagessen aus. Die Goldfisch-Behandlung durch andere tangierte uns nicht mehr gar so sehr. Nach dem Mittagessen kehrten wir in die Wohnung zurück. Ständig riefen Zeitungsleute an. Das tat auch eine ganze Reihe von Leuten, die ich vom Theater her kannte. Ihre Bekundungen des Mitgefühls waren nicht sehr hilfreich. Was als nette Geste gemeint war, war in Wirklichkeit Neugier. Die Nachmittagszeitungen brachten Miss Amberleys Aussage. Es war alles nicht ganz so schlimm, wie ich erwartet hatte. Ihre rachsüchtige Bitterkeit war größtenteils herausgestrichen worden. Der Tatbestand war jedoch im wesentlich geblieben. NANNY ORDWAYS MITMIETERIN BERICHTET VON UNGLÜCKLICHER LIEBE. Es gab immer noch keine Fotos von Nanny, was den Artikelschreibern die Arbeit erleichterte. Jetzt war sie nicht mehr nur eine »brillante junge Autorin«, sondern dazu noch eine »exotische Brünette«. Alles war so anregend gehalten, daß es auch den seriösesten Leser zufriedenstellen konnte.

Alec Ryder rief an und lud uns zum Abendessen ein. Wir nahmen die Einladung gern an, weil wir seltsamerweise nicht wußten, was wir sonst hätten tun sollen. Während wir darauf warteten, daß er uns abholte, kam Brian von oben herunter. Er sah sehr unglücklich aus.

»Lottie ist zum Theater weg. Ich dachte ... ach, verdammt noch mal, ich wollte dir nur sagen, Peter, mach dir wegen Lottie keine Gedanken. Du kennst sie ja. Sie geht leicht hoch, aber sie kriegt sich auch wieder ein, wenn sie's erst mal losgeworden ist. Dieser Polizist war heute morgen wieder da, weißt du, zur Überprüfung der Aussagen.

Da hätte sie sich Luft machen können. Aber das hat sie nicht getan. Sie hat keinen Ton gesagt. Lottie ist schon okay.«

Er grinste Iris schüchtern an. »Was mich angeht, ich sage, zum Teufel mit Nanny Ordway. Iris, wenn du ein Mann und hier gewesen wärst, hättest du auch solche Kids kennengelernt. Die gibt's wie Sand am Meer. Übergeschnappt... übergeschnappter geht's gar nicht. Die Zimmergenossin ebenso. Die beiden...« Er legte ihr die Hand auf den Arm. »Laß es nicht an Peter aus, hm?«

Das war sehr anständig von ihm. Wir wollten ihn zu einem Drink einladen, aber er mußte zum Theater. Lottie löste in ihrer Garderobe immer das Kreuzworträtsel der Londoner *Times*. Sie hatte angerufen, daß sie es zu Hause vergessen habe, und Brian mußte es hinbringen.

Als Alec kam, erwies er sich als der einzig richtige Begleiter. Er war englisch und gewandt genug, um so tun zu können, als habe er noch nie etwas von Nanny Ordway gehört, und obwohl ich wußte, daß er nur so darauf brannte, Iris für den Trip nach London zu begeistern, kam er nicht ein einziges Mal auf dieses Thema zu sprechen. Er plauderte während des Essens von seiner Frau und dem Erfolg, den sie in einem gerade im West End herausgekommenen Stück hatte. Er war auch ein netter Kerl.

Und doch hätte nichts diesen Abend retten können. Wir hatten vor dem Essen ein paar Cocktails und danach Cognac getrunken. Als wir wieder nach Hause kamen, war es ungefähr elf Uhr. Der Alkohol hatte meine nervöse Angespanntheit nur noch verstärkt. Das Apartment, nun unauslöschlich mit der Erinnerung an Nanny Ordway behaftet, erschien mir so düster wie eine Leichenhalle. Als wir hineingingen, sah ich Iris an. Sie hatte seit unserer Verabschiedung von Alec kein Wort mehr gesagt. Sie sah blaß und einigermaßen ernst aus. So überempfindlich, wie ich war, kam es mir vor, als machte sie auf Dulderin, und ich sagte barsch: »Es besteht kein Anlaß, die Edelmütige und Vergebende zu mimen. Ich bin nicht der große Sünder, klar?«

Das war eine nicht gerade einnehmende Äußerung. Ich wußte es. Ich wünschte, ich hätte nichts gesagt, aber ich hatte mich nicht beherrschen können.

Sie setzte sich müde aufs Sofa. »Ich mache nicht auf Vergebung, Peter.«

Ich schämte mich. Ich setzte mich neben sie. »Es tut mir leid, Baby. Es war nur... ich fühle mich fürchterlich.«

Ich dachte kurz daran, uns einen Drink zu mixen, entschied mich dann aber dagegen. »Du glaubst mir doch, oder nicht?«

»Ja, Lieber.«

»Wenn nicht, dann fände ich es besser, du würdest es mir sagen. Ich würde lieber...«

»Peter, bitte.«

»Aber es ist mein Ernst. Ich kann es nicht ertragen, an dich als an so eine Art raffinierte Penelope zu denken...«

»Sei still, Peter.« Sie sah mich mit wildem Blick an. »Siehst du denn nicht, daß du alles nur noch schwerer machst?«

»Dann glaubst du mir also nicht?«

»Das habe ich nicht gesagt.«

»Aber du denkst es. Du bist eben nur großherzig, wohlerzogen und gesetzt. Der arme Peter, hat ein bißchen über die Stränge geschlagen. Vielleicht war's ja eine mehr oder weniger harmlose Sache. Vielleicht war das Mädchen ja ein klitzekleines bißchen verrückt. Aber Männer sind eben Männer. Es liegt in ihrer Natur, sich zum Narren zu machen. Vergessen wir's einfach. Schließlich ist das Mädchen ja inzwischen auch vom Kronleuchter abgeschnitten worden. Sie hängt uns nicht mehr im Weg, wenn wir zur Toilette müssen.«

Ich stand wieder auf. Ich hatte keine große Kontrolle über das, was ich sagte. Ich wußte nicht, was in mich gefahren war.

Iris erhob sich ebenfalls. »Peter, also wirklich!«

Ich fuhr zu ihr herum. Ich war ganz erfüllt von dem perversen Wunsch, zu verletzen und verletzt zu werden. »Warum schnauzt du mich nicht an? Warum fragst du mich nicht, welches Recht ich hatte, mich mit einem Mädchen einzulassen, das meine Tochter hätte sein können? Warum haust du mir nicht um die Ohren, daß du die lange Reise von Jamaica hierher hinter dir hattest, daß du ins Schlafzimmer gegangen warst, nur um dort … Wäre es nicht an der Zeit?«

Sie war ebenfalls wütend, von dem gleichen erregten, unwirklichen Zorn infiziert wie ich. »Na schön, Peter, wenn du's so haben willst. Ich begreife einfach nicht, verdammt noch mal, wie du ihr mein Kleid leihen konntest!«

»Dein Kleid?«

»Das ist dir schon wieder entfallen, was? Da sieht man mal, wie gefühllos du bist.«

»Aber …«

»Ich nehme an, du hättest es wahnsinnig gern, wenn du bei deiner Rückkehr nach Hause feststellen müßtest, daß ich irgendeinen kleinen Jungen in deinen Morgenmantel von Bronzini gesteckt habe.«

»Das wäre mir vollkommen egal.«

»Und ich sage nichts zu meinem Schlafanzug. Überhaupt nichts. Oder zu den zehn Dollar für Lucia. Oder...«

»Jetzt kommt's raus«, unterbrach ich sie. »Jetzt hast du den Beweis geliefert, daß du mir nicht glaubst.«

Wir standen da und sahen uns an. Jetzt, wo ich gesiegt und die Dinge in die von mir gewünschte Richtung gezwungen hatte, fühlte ich mich wie der Februar – trostlos.

»Iris, es tut mir leid.«

»Peter.«

»Baby, es tut mir leid.«

Wir gingen schlafen. Ich tat so, als machte es mir nichts aus, daß der Kronleuchter drohend über uns hing, was aber nicht stimmte. Es kam zu einer Art von Versöhnung, aber die Rachegöttin war noch auf Jagd.

Auch viel später in der Nacht noch gaben wir beide vor zu schlafen und waren doch hellwach.

Als ich am Morgen erwachte, lag Iris nicht mehr neben mir im Bett. Mich überkam ganz plötzlich die unsinnige Angst, es könnte alles vorbei sein und sie mich verlassen haben. Ich zog den Morgenmantel über und lief aus dem Schlafzimmer. Ich fand sie in der Küche, wo sie das Frühstück machte. Meine Erleichterung war so übertrieben groß, wie es zuvor meine Angst gewesen war. Als ich sie den Eisschrank öffnen sah, versetzte mich das in die Zeit vor ihrer Heimkehr zurück, in die Zeit der Frühstücke mit Lottie und Brian, in diese versunkene Zeit, in der ein Tag nichts Komplizierteres gewesen war als eine angenehme Abfolge von vierundzwanzig Stunden.

»Guten Morgen, Peter.«

»Guten Morgen.«

Ich küßte sie. Normalerweise hätte ich ihr von meiner absurden Wahnvorstellung erzählt, aber obwohl ihr Kuß so wie sonst war, riet mir mein Instinkt davon ab. Ich erinnerte mich in diesem Augenblick wieder an den empfindlichen Gleichgewichtszustand, in dem sich das zwischen uns herrschende Vertrauen befand.

»Geh unter die Dusche, Liebling«, sagte sie. »Bis dahin ist alles fertig.«

Ich ging ins Bad und duschte. Ich versuchte an den vor uns liegenden Tag zu denken. Sollte ich ihn als ganz normalen Arbeitstag ansehen? Sollte ich ins Büro und zu Miss Mills gehen und mit den Vorbereitungen zu ›Let Live‹ weitermachen, als ob nichts gewesen wäre? Wie verhielt man sich einem Vorgang gegenüber, der von der Polizei offiziell abgeschlossen worden war? Wäre es nicht das beste zu versuchen, ihn auch im eigenen Kopf abzuschließen, obwohl der Fall so gar nicht zu begreifen war – und am wenigsten die Rolle, die ich dabei gespielt hatte? Hatte nicht Nanny Ordway Inspektor Barnes als meinen ›Gegner‹ abgelöst? War nicht die beste Methode, sie zu besiegen, die, die Sache zu vergessen? Es würden sich auch weiterhin Reporter dafür interessieren, natürlich, und da war Lottie mit ihrem melodramatischen Verbot, das ›Star

Rising‹-Theater zu betreten. Aber das waren nur Äußerlichkeiten.

Ich kam zu dem Schluß, daß alles allein von Iris abhing. Ich würde nichts unversucht lassen, um es ihr leichter zu machen.

Ich trocknete mich ab, zog mir den Morgenmantel wieder an und ging ins Wohnzimmer.

Iris stand am Fenster. Der Fahrstuhlführer mußte die Post heraufgebracht haben. Sie hielt ein Bündel Briefe in der einen Hand. In der anderen hatte sie einen geöffneten Brief, den sie gerade las. Sie hörte mich nicht hereinkommen. Sie war von dem, was sie las, vollkommen absorbiert.

Ich fragte: »Ist das Frühstück fertig?«

Sie blickte plötzlich auf. Ihr Gesichtsausdruck entsetzte mich. Sie sah aus, als habe ihr ein Arzt soeben mitgeteilt, daß sie an einer unheilbaren Krankheit leide.

Ihre Mutter, dachte ich. Schlechte Nachrichten von ihrer Mutter.

»Was ist los, Baby?«

Sie antwortete nicht. Sie blickte wieder auf den Brief hinab und hielt ihn mir dann hin.

»Was ist das?«

Sie zog einen geöffneten Umschlag aus dem Bündel in ihrer anderen Hand und hielt mir auch den hin. Ich nahm beides in Empfang. Ich besah mir zuerst den Briefumschlag. Darauf stand – mit der Maschine geschrieben – ihr Name und ihre Adresse in Jamaica. Letztere war durchgestrichen, der Brief an ihre New Yorker Anschrift nachgeschickt worden.

Ich ließ den Umschlag zu Boden fallen. Ich las den Brief. Auch er war mit der Maschine geschrieben worden. Er war sehr lang.

Meine liebe Iris,
irgendwie erscheint es mir richtig, Sie Iris zu nennen. Ich hoffe, es macht Ihnen nichts aus. Bitte, bitte, stören Sie sich nicht daran, denn es ist sehr wichtig für mich, daß Sie nichts, was in irgendeinem Zusammenhang mit mir steht, stört. Ich weiß, daß dies alles schwer für Sie werden wird. Der Himmel weiß, daß es auch für mich schwer ist. Viele Menschen wären wohl, nehme ich an, der Meinung, daß es falsch von mir ist, Ihnen überhaupt zu schreiben. Gewiß, es nicht zu tun wäre der leichtere Weg. Aber, Iris, ich kann ihn nicht gehen. Seit meiner Kindheit habe ich stets geglaubt, daß nur die Aufrichtigkeit zählt. Irgendwie habe ich das Gefühl, daß wir uns da ähnlich sind – und daß Sie, langfristig gesehen, eine größere Chance haben, mit Peter glücklich zu sein, wenn Sie Bescheid wissen und verstehen und verzeihen, als wenn ich Sie ›geschützt‹ und dadurch in gewisser Weise zum Narren gehalten hätte.

Ich blickte auf und sah Iris an. Sie stand noch immer da und hielt die anderen Briefe in der Hand. Mir war, als wäre mein Mund ganz trocken und als hätte ich einen bitteren Geschmack darin. Ich dachte: Und ich habe versucht, mir darüber klarzuwerden, wie der heutige Tag anzugehen sei, als wenn etwas Neues begonnen hätte! Ich hatte mir eingebildet, die Vergangenheit habe das Ärgste getan, was zu tun in ihrer Macht stand, und die schreckliche Stimme aus der Leichenhalle sei zum letzten Mal zu hören gewesen!

Ich las weiter:

Ich werde Ihnen nicht alle Einzelheiten mitteilen, Iris. Sie sind zwar für mich von fürchterlicher, schöner Bedeutung, aber Ihnen würden sie vielleicht bloß banal, geschmacklos und wenig attraktiv erscheinen. Ich möchte nur, daß Sie den Kern der Geschichte kennen. Peter und ich verliebten uns ineinander. Ach, sich verlieben, was für ein schwaches Wort! Die Liebe zu Peter trug mich davon – in dem Augenblick, in dem wir uns zum ersten Mal begegneten. Und ich glaube, daß auch ihn die Liebe zu mir davontrug. Oh, ich will nicht so tun, als wäre seine Liebe so groß gewesen wie die meine. Die Männer sind ja doch anders als wir, nicht wahr? Ich denke, er fühlte sich vielleicht ohne Sie einsam, vielleicht schmeichelte ihm auch ein bißchen, daß ich jünger war. Ich meine, bei ihm spielten noch eine ganze Reihe anderer Faktoren eine Rolle. Aber es geschah schnell, auf wundersame Weise, einfach so. Und eine Weile, eine wundervolle Weile lang waren wir beide in der Lage, Sie zu vergessen. Halb in der Lage, sollte ich wohl sagen, denn ich erinnere mich, daß ich oftmals in den merkwürdigsten Augenblicken an Sie dachte, mit so etwas wie Scheu und Liebe, mit so etwas wie schmerzlicher Zärtlichkeit, als wären Sie meine beste Freundin und nicht jemand, den ich noch nicht einmal kennengelernt hatte.

Und Sie, meine liebe Iris, sind es, die am Ende den Sieg davongetragen hat. Deshalb schreibe ich dies ja auch. Weil wir, Peter und ich, beide anständige Menschen sind. Was immer wir über uns gedacht haben mögen – das haben wir jetzt entdeckt. Plötzlich und ohne jede Warnung überkam es uns beide zur gleichen Zeit: IRIS*! Selbst darin verband uns, wie Sie sehen können, so etwas wie Gegenseitigkeit, so als wären seine und meine Gedanken die gleichen. Vielleicht ist das der Grund, warum es zwischen Peter und mir nie wirklich hätte gutgehen können. Wir waren uns zu gleich. Immerwährende Liebe bedarf des Kontrastes, nicht wahr? Oder stimmt es nicht? Ich sage mir das jedenfalls immer wieder, jetzt, wo mich angesichts dessen, was, wie ich denke, zu geschehen hat, Unglück, Angst und Schmerz erfüllen.*

Denn ich war es, Iris, die zu guter Letzt zu dem Schluß gekommen ist, daß wir miteinander brechen müssen. Peter hatte wahrscheinlich auch das Gefühl, aber weil er halt Peter ist, hätte er niemals den Mut aufgebracht, das Thema von sich aus anzusprechen und mich zu verletzen. Es war gestern abend, als wir über Martin sprachen. Schon komisch, nicht wahr, daß es Martin ist, der Sie und Peter recht eigentlich wieder zusammengebracht hat. Ich dachte an all das, was Sie in Mexiko durchgemacht hatten. Ich dachte daran, wie sehr Sie und Peter darum gekämpft haben müssen, in gegenseitigem Vertrauen und wiederhergestellter Liebe zueinander zurückzufinden, und da dachte ich: Ich werde kein neuer Martin sein. Das Leben kann so billig und gehässig nicht sein. Es sollte Sie nicht in einem platten biblischen Sinn für das ›bezahlen‹ lassen, was Sie Peter in der Vergangenheit an Leid zugefügt hatten.

Dies die Geschichte. Es ist vorbei. Ich werde Peter nie wiedersehen. Ich stelle mich nicht gegen Sie. Ich bin keine, wirklich keine Rivalin. Er gehört Ihnen. Und ich fühle, ich weiß, ich bin sicher, daß Sie es sind, zu der er in Wahrheit gehört. Sie müssen ihn dahin bringen, daß er das glaubt.

Es ist dies der schwerste Brief, den ich je geschrieben habe, und ich weiß, daß Peter mir dies niemals verzeihen wird. Aber darf ich schließen ... ja, mit dem Ausdruck meiner Liebe?

Nanny Ordway

Ich blickte von dem Brief auf. Es war alles um vieles schlimmer, als ich es mir je hätte vorstellen können. Der Brief hörte sich nicht verrückt an, er hörte sich nicht rachsüchtig an; er hörte sich an wie das ernstgemeinte, herzzerreißende Geständnis eines sehr lieben Mädchens.

Und natürlich hörte er sich vor allem glaubwürdig an.

Ich wußte, ich würde gegen diese grauenvolle ›Ernsthaftigkeit‹ mit einer Waffe ankämpfen müssen, die gleich stark war. Aber die großen Krisen schienen nie die richtige Stimmung auszulösen. Ich fühlte mich in diesem Augenblick schwach und krank, als ob das Gift des Briefes in meine Adern gelangt sei.

Ich sagte: »Das sind alles lauter wahnwitzige Lügen.«

»Lügen.« Iris sprach mit sehr leiser Stimme. »Lügen,

Lügen, Lügen. Miss Amberley lügt, Lucia lügt, Nanny Ordway lügt. Alle lügen, nur...«

Sie verstummte. Ich spürte das Verlangen, zu ihr zu gehen und sie in die Arme zu nehmen. Vielleicht hätte die physische Nähe die Situation noch retten können. Aber als ich ihr bleiches, unbewegtes Gesicht sah, da wußte ich, daß sie mich nicht an sich heranlassen würde.

»Iris, Baby, hör mir zu.«

»Ich höre.«

»Sie war verrückt. Das wissen wir jetzt. Sie jagt mich. Sie läßt mich bezahlen.«

»Wofür?«

»Gott, wenn ich das wüßte. Vielleicht dafür, daß ich mich nicht in sie verliebt habe.«

»Aber du sagtest, sie sei nicht in dich verliebt gewesen.«

»Ich dachte, sie wäre es nicht.«

»Du dachtest!«

Es trat eine kurze Stille ein, die für mich so schrecklich war wie eine Explosion. Warum fühlte ich mich immer noch schuldig? Welcher Art war diese ungeheuerliche Macht Nanny Ordways, der es immer wieder gelang, mich halb von meiner Schuld zu überzeugen? Wollte ich Opfer sein? War das der Grund dafür, daß ich dastand und zusah, wie Nannys Gift seine Wirkung bei Iris tat, daß ich nur zusah und nicht in der Lage war, ein wirksames Gegenmittel zu produzieren?

»Iris!«

»Und Martin.« Sie drehte sich plötzlich um. »Wie hat sie von Martin erfahren?«

In meinem Kopf war jetzt alles viel zu durcheinander,

als daß ich mich noch zusammenhängend an alles hätte erinnern können.

»Ich... ich weiß es nicht.«

»Du mußt mit ihr über Martin gesprochen haben.«

»Vielleicht habe ich das. Ja, doch, stimmt. Eines Abends, als wir uns unterhielten, da erwähnte ich seinen Namen.«

»Du hast seinen Namen erwähnt! Da hast du also ganz ruhig mit deinem kleinen Schützling dagesessen, geplaudert, ach, so unschuldig, und zufällig auch Martins Namen erwähnt. Übrigens, meine Frau hatte mal einen Geliebten. Von ihm zu hören, das würde dir Spaß machen.«

»So war es nicht. Ich habe den Zusammenhang vergessen, aber...«

Sie ging zu einem Sessel und setzte sich. Sie hob die Hände und bedeckte ihr Gesicht. Diese klassische Geste des Leidens gab mir so etwas wie Mut. Ich ging zu ihr hin und ließ mich neben ihr auf die Knie fallen.

»Baby...«

Meine Hand berührte ihren Arm. Sie schüttelte sie wild ab.

»Nein, Peter...«

»Wir unterhielten uns über die Liebe. Es war bloß so ein törichtes, kindliches Gerede über die Menschen und über die Art und Weise, wie sie sich lieben, wie sie einander zu lieben aufhören und wieder anfangen können und... und da erwähnte ich Martin nur, um zu zeigen...«

Meine Selbstverteidigung verlor sich in Schweigen. Sie starb an Anämie. Wie hatte ich nur mit Nanny Ordway über Martin sprechen können? Ich begriff es nicht mehr.

Ich war sicher, daß es sich damals ganz natürlich ergeben hatte und ohne falschen Zungenschlag geschehen war. Aber es war unmöglich geworden, das jetzt noch in überzeugender Weise zu erklären.

»Iris, verstehst du denn nicht? Sie hat alles verdreht. Sie hat jede Kleinigkeit, die geschehen ist, aufgegriffen und mißdeutet. Ich weiß nicht, warum. Ich kann mir auch nicht denken, warum. Aber genau das hat sie getan.«

Ich blieb dort an Iris' Seite, als könnte die Tatsache, daß ich ihr körperlich ein wenig näher war, dazu beitragen, die Entfernung zwischen uns zu verringern.

»Ich liebe dich, Baby. Ich schwör's dir, ich liebe dich.«

»Nein, Peter. Bitte, bitte nicht...«

»Aber Iris...«

»Ich hab's versucht«, sagte sie. »Gott weiß, daß ich's versucht habe.«

Die Endgültigkeit in ihrer Stimme war nicht zu verkennen: Sie sprach von der Vergangenheit. Ich fühlte mich kalt und hohl.

Ich fragte: »Und du willst es nicht mehr länger versuchen?«

Sie nahm die Hände vom Gesicht und sah mich an. In ihrem Blick lag weder Haß noch Zorn. Es war schlimmer. Es war ein Blick der Verzweiflung.

»Ich kann hier nicht bleiben, Peter.«

Welchen Sinn hätte es gehabt, mit ihr zu streiten? Wenn man zu Boden geschlagen worden ist, dann ist man zu Boden geschlagen worden. Man steht nach dem Auszählen nicht wieder auf und boxt weiter.

»Okay«, sagte ich.

»Ich mache dir nichts zum Vorwurf... ich fühle keinen Haß. Es ist nur, daß ich nicht hierbleiben kann.«

Mir war, als hätte ich überhaupt keine persönlichen Gefühle mehr. Ich empfand ihr gegenüber nur Mitleid und Zärtlichkeit.

»Mein Engel, mach, was du für richtig hältst.«

»Wenn ich dir helfen könnte, würde ich bleiben. Ja, das würde ich. Aber... aber du siehst ja, im Augenblick kann ich dir nicht helfen. Ich... es würde nur alles noch viel schlimmer für dich machen, wenn ich jetzt hierbliebe... jetzt. Das würde es. Ich...«

»Baby, nun zermartere dich deswegen doch nicht so. Bitte.«

Sie stand auf. »Ich werde mich bald wieder gefangen haben, da bin ich sicher. Nur... wenn ich eine Weile weggehe, vielleicht versetzt mich das in die Lage, wieder etwas klarer zu sehen. Ich werde den Brief mitnehmen. Ich will zu verstehen versuchen.«

»Warum gehst du nicht zu Miss Mills?«

»Ich möchte lieber allein sein.«

Aus der Küche ertönte der Summer am Hintereingang. Iris fuhr zusammen und sah sich verzweifelt um.

»Bitte, Peter, geh du hin.«

Ich ging in die Küche und öffnete. Vor mir stand Lucia in ihrem schwarzen Arbeitsmantel und ihrem schwarzen Arbeitshut. Sie sah verlegen und unglücklich aus.

»Ich hab' ja einen Schlüssel, aber ich dachte mir, ich klingle besser. Ich dachte mir... vielleicht woll'n Sie nicht, daß ich noch weiter hier arbeite, nach all dem Ärger. Ich dachte mir...«

»Ist schon gut, Lucia.« Warum mich an ihr abreagieren? »Selbstverständlich möchten wir, daß Sie auch weiterhin für uns arbeiten.«

Ein schüchternes Lächeln erschien auf ihrem Gesicht. »Das ist schön, Mr. Duluth. Ich bin grad bei Miss Marin fertig. Ich dachte... Puh, ich fühle mich ganz fürchterlich. Ich hätte nie...«

Sie ließ ihre große schwarze Handtasche am Arm herabgleiten, öffnete sie, kramte darin herum und zog einen Zehndollarschein heraus. Den hielt sie mir hin.

»Da, Mr. Duluth, ich möchte, daß Sie den zurücknehmen.«

Ich sah auf den Geldschein.

»Die zehn Dollar, die Sie mir gegeben haben. Ich will sie nicht behalten. Nicht nach dem, was ich gemacht hab'.«

»Das ist schon okay, Lucia.«

»Es ist gar nicht okay, Mr. Duluth. Ich würde mich nicht gut fühlen. Sie sind immer nett zu mir gewesen.« Störrisch stieß sie die Hand mit dem Geldschein nach vorn. »Ich will, daß Sie ihn haben. Ist mein Ernst. Ich mag ihn nicht behalten.«

Ich nahm den Geldschein und steckte ihn in die Tasche. »Na gut. Herzlichen Dank, Lucia.«

Ich ließ sie in der Küche zurück, wo sie sich den Mantel auszog, und ging wieder ins Wohnzimmer. Iris war nicht dort. Ich fand sie im Schlafzimmer. Ein Koffer lag geöffnet auf dem Bett, und sie packte.

»Es war Lucia«, sagte ich. »Sie wußte nicht, ob wir sie noch haben wollten oder nicht. Ich habe ja gesagt.«

»Das freut mich.«

Sie packte weiter.

»Du willst nicht mit ihr sprechen? Sie zu dem befragen, was sie gesehen hat? Vielleicht...«

»Nein, Peter, nein. Ich glaube nicht. Nicht jetzt.«

Ich hatte den Gipfelpunkt meines Unglücklichseins erreicht. Nichts konnte meine Lage noch schlimmer machen.

»Wo willst du hin?« fragte ich.

»In irgendein Hotel... in ein kleines Hotel. Ich werde mich nicht unter meinem Namen eintragen. Das braucht niemand zu wissen. Es muß bei der Presse keinen Staub aufwirbeln.«

»Ich begleite dich im Taxi hin.«

Auf dem Tischchen am Fenster stand ein gerahmtes Foto von mir. Sie ging hin, nahm es und legte es auf die Kleider in ihrem Koffer. Dann machte sie den Koffer zu.

Wir standen da und sahen uns an. Über uns hing der Kronleuchter.

»Wenn ich nicht so durcheinander wäre, Peter...«

»Ich weiß.«

»Wirst du zurechtkommen?«

»Gewiß doch.«

»Ich... weiß, daß ich bald wieder da sein werde.«

»Ich weiß.«

Ich nahm den Koffer auf. In der Küche hörte ich Lucia mit Geschirr klappern. Wir fuhren mit dem Lift nach unten. Es war ein sonniger Morgen, die Luft so rein wie Landluft. Ein Taxi brachte uns zu dem kleinen Hotel im Norden der Stadt, in dem Iris' Mutter manchmal wohnte.

Am Eingang verabschiedete ich mich von Iris und fuhr mit dem Taxi, mit dem wir gekommen waren, zurück nach Hause.

Im Taxi sitzend, kehrte die Fähigkeit zu fühlen in mich zurück. Die Narkose ließ nach. Iris hatte gesagt, sie werde bald wieder da sein. Warum sollte sie? Wie sollte sie sich je zu dem Glauben durchringen, daß schwarz weiß war?

Nanny Ordway hatte mir meine Frau genommen.

12

Als ich in die Wohnung zurückkam, traf ich Lottie im Wohnzimmer an. O nein! dachte ich. Nein! Jeder, nur nicht Lottie! Sie trug ihren morgendlichen Hausanzug – schreiendes Rot, schreiendes Hellgrün, Pagoden.

Sie kam auf mich zugesaust.

»Wo ist sie? Wo ist Iris? Lucia sagte, ihr wärt mit einem Koffer rausgegangen. Wo ist sie?«

Ich fühlte mich ganz schwach in den Knien. Ich setzte mich auf eine Sessellehne. »Sie ist fort.«

»Oh! Dann ist sie also meinem Rat gefolgt.«

»Sie ist deinem bescheuerten Rat nicht gefolgt. Sie ist lediglich für eine Weile fortgegangen.«

»Wo ist sie?«

»Das werde ich dir nicht verraten.«

»Warum ist sie nicht zu uns gekommen... zu Brian und mir?«

»Weil sie's nicht gewollt hat.«

»Also das ist doch absurd. Natürlich wollte sie. Der arme, arme Liebling! Sag mir, wo sie ist. Ich muß sie sofort anrufen. Ich muß…«

Ich stand wieder auf. Ich sagte: »Du wirst sie in Ruhe lassen.«

»In Ruhe? Die Arme allein lassen, ohne jemanden, der sie tröstet?«

Ich sah sie an. Diese Energie! Diese Vitalität! Diese Planierraupe im Gewand einer Frau! Ich machte mit der Hand eine angewiderte Geste und ging zur Hausbar. Ich mochte eigentlich gar keinen Drink, aber ich wußte, daß sie das rasend machen würde. Und ich wollte sie rasend machen.

Ich zog eine Flasche Whisky heraus. Sie kam sofort herbeigerannt und faßte mich am Ärmel.

»Peter, Peter, Liebling, du mußt dich ja gräßlich fühlen.«

»Wohl wahr.«

Sie nahm mir die Flasche ab und stellte sie in die Bar zurück. Sie hob die Hände zu meinen Armen hoch. Es waren zierliche Hände, wie kleine weiße Vögel. Auf der Bühne erweckte Lottie immer den Eindruck einer zerbrechlichen Person, aber in Wirklichkeit war sie hart wie Stahl. Ihre Hände flatterten an meinen Armen auf und ab. Ihr Gesicht war vor lauter Besorgtheit ganz faltig geworden.

»Peter, nimm es doch nicht so schwer.«

»Okay.«

»Liebling, es tut mir ja so leid.«

»Na so was, das ist ja fein.«

»Bin ich nicht deine Freundin? Bin ich nicht deine beste Freundin?«

»Klar doch. Es gibt nichts Besseres als eine beste Freundin, wenn's um die Zerstörung einer Ehe geht.«

»Peter, wie kannst du so etwas nur sagen!«

»Hol's der Teufel«, sagte ich.

»Peter, Liebster, du mußt verstehen.« Ihre Stimme war jetzt honigsüß, schmeichelnd. »Ich bin auch Iris' Freundin. Wenn so etwas wie das hier geschieht, muß ich zuerst an Iris denken. Ich muß an die unschuldige Seite denken. Ich muß dafür sorgen, daß sie tut, was das richtige für sie ist. Aber das bedeutet noch lange nicht... Peter, du Lieber, das bedeutet doch noch lange nicht, daß ich mich gegen dich wenden wollte. Ich habe gerade vorhin erst zu Brian gesagt... Deshalb bin ich heruntergekommen. Ich sagte: Wäre es nicht besser für Peter, wenn er zu uns heraufkäme? Iris kann in der Wohnung bleiben. Iris ist stark. Sie kann für sich selbst sorgen. Aber Peter wird ganz furchtbar nervös und total kaputt sein. Er braucht seine Freunde. Er braucht seine Freunde dringend. Ich sagte...«

Sie brabbelte weiter. Ich nahm an, daß es ihr mit alldem ernst war. Es war aber nicht der richtige Augenblick, um die Tiefe von Lotties eigentümlicher Zuneigung zu Iris und mir auszuloten. Es war mir jetzt egal, ob sie meinte, was sie sagte, oder nicht. Ich wußte nur, daß ich diese insistierende Stimme, dieses insistierende Gesicht, diesen insistierenden Körper nicht mehr in meinem Wohnzimmer haben wollte. Ich wollte allein sein, oder tot.

Ich fuhr sie an: »Mach, daß du rauskommst, Lottie! Raus mit dir und bleib draußen!«

»Aber Peter...«

»Ich hab' die Schnauze gestrichen voll von deiner Einmischerei. Ich hab's satt, daß du deine Nase überall da reinsteckst, wo du nichts zu suchen hast. Du bist ein blödes, fieses Weibsbild, und es ist mir scheißegal, ob ich dich jemals wiedersehe. Jetzt raus mit dir!«

»Peter!« Ihr Gesicht lief vor Schockiertheit, Erstaunen und Empörung purpurrot an. »Wirklich, nach allem, was ich für dich getan habe!«

»Nach allem, was du für mich getan hast?« Ich lachte ihr ins Gesicht. »Was zum Teufel hast du denn für mich getan? Was...? Ach, vergiß es. Wen juckt's?«

»Vergiß es? Keine Bange, ich werd's vergessen! Wenn du nicht den Anstand hast, eine freundliche Regung anzuerkennen, die man dir entgegenbringt ... Ich wasche meine Hände in Unschuld. Ich habe mit alldem nichts zu schaffen.« Sie stampfte mit dem Fuß auf. »Ich hätte gedacht, daß sich ein Mann, der seine Frau betrogen, ein junges Mädchen verführt und in den Selbstmord getrieben hat..., ein bißchen dankbar dafür erweist, daß seine Freunde bereit sind, zu ihm zu halten. Das hab' ich gedacht. Ich habe mich geirrt, wie immer, natürlich. Ich glaube, ich bin bei allem und jedem im Irrtum. Du bist wohl so unschuldig wie ein wolliges weißes Lämmchen. Irgend jemand hat wahrscheinlich das unglückliche Mädchen ermordet, hier reingeschleppt und an den Kronleuchter gehängt, nur um dich zu ärgern. Du armes, mißverstandenes Wesen!«

Sie stürzte zur Tür, zog sie auf und drehte sich dann noch einmal um. Der alte, abgenutzte Lottie-Trick!

»Ich habe mein Bestes gegeben, Peter. Das ist das Ende. Und du solltest dich lieber vorsehen, denn sonst schmeiße ich, Vertrag hin, Vertrag her, meine Rolle hin ... und komme nicht wieder.«

Die Tür fiel krachend ins Schloß. Ich setzte mich aufs Sofa. Mein Kopf tat weh. Ich legte das Gesicht in die Hände und dachte dabei: Jetzt tue ich es auch. Wenn alles wirklich schlimm wird, fällt man ins Klischee zurück. Ich muß daran denken, wenn ich mal wieder ein Stück inszeniere.

Lucia kam mit dem Staubsauger ins Wohnzimmer.

»Wo ist sie... ist Miss Marin fort?«

»Ja.«

»Achten Sie nicht auf die, Mr. Duluth. Bla-bla-bla. Ich höre auch nicht hin.«

»Danke, Lucia.«

»Ich bin mit dem Schlafzimmer fertig. Ist es okay, wenn ich jetzt hier mit dem Saugen anfange?«

»Ist in Ordnung.«

Sie trat näher an mich heran, hielt den Staubsauger in einer großen Hand. Sie fragte verlegen: »Mrs. Duluth hat Sie doch nicht verlassen, oder?«

»Ich denke schon... für eine Weile.«

»Doch nicht wegen dem, was ich gesagt hab'?«

»Da gab es eine Menge anderer Dinge.« Ich sah sie an und fragte, obwohl dies jetzt völlig belanglos war: »Was genau haben Sie an jenem Tag eigentlich gesehen, Lucia?«

Ich spürte, daß sie darüber sprechen, es sich von der Seele reden wollte. »Es war genau so, wie's der Kriminalbeamte gesagt hat, Mr. Duluth. Ich kam von Miss Marin runter. Ich kam wie immer mit meinem Schlüssel in die Wohnung rein. Die andern Male, da hatte das Mädchen immer am Schreibtisch gesessen und auf der Maschine rumgehackt, aber an diesem Tag nicht. Ich fragte mich: Wo ist sie? Vielleicht kommt sie ja nicht mehr her. Ich ging ins Schlafzimmer, um das Bett zu machen. Da war sie… lag im Bett und schlief fest.«

Ich konnte alles vor mir sehen, so als sei ich es, der das Schlafzimmer beträte.

»Ist sie aufgewacht?«

»Nein, Sir. Kaum, daß ich sie gesehen hatte, bin ich ganz leise wieder raus und in die Küche und hab' mit dem Geschirr rumgeklappert. Sie muß sehr schnell aufgewacht sein und sofort Bescheid gewußt haben. Als ich nämlich mit der Küche fertig war und hier reinkam, da saß sie so wie immer da, hämmerte auf der Maschine rum und rief mir zu: ›Guten Morgen, Lucia!‹, so als wenn alles wie immer wäre. Später fand ich den Schlafanzug. Sie hatte ihn in eine Schublade getan, ganz ordentlich zusammengelegt. Wenn die Knitterfalten an den Beinen nicht gewesen wär'n, hätte man überhaupt nichts gemerkt. Es war fast so, als wenn ich mir das alles nur eingebildet hätte.«

Aber das war nicht der Fall gewesen. »An jenem Tag, sind Sie da früher als sonst von oben, von Miss Marin, heruntergekommen?«

»Nein, ungefähr um die gleiche Zeit, denk' ich. So halb elf… elf.«

»Wann war das?«

»Oh, ein paar Tage bevor… bevor es passiert ist.«

»Und Sie hatten dergleichen zuvor noch nie erlebt?«

»Nein, Sir. Nichts dergleichen. Nicht mit ihr.«

Ich sagte: »Es war nicht so, wie Sie denken. Ich hatte nichts mit ihr. Sie war verrückt.«

Lucia feuchtete sich mit der Zunge die Lippen an. »Klar. Gewiß doch, wie Sie sagen. Eine schreckliche Sache. Mr. Duluth, ist es in Ordnung, wenn ich jetzt mit dem Saugen anfange? Es ist schon etwas spät.«

Sie glaubte mir nicht. Ihre warmherzige italienische Natur nahm mir das, was ich ihrer Meinung nach getan hatte, nicht übel, aber meine schwächliche Selbstverteidigung, die war ihr peinlich.

»Natürlich«, sagte ich.

Ich stand auf und ging ins Schlafzimmer. Lucia hatte das Bett gemacht. Ich legte mich darauf. Ich dachte, es würde meinem schmerzenden Kopf vielleicht guttun, wenn ich mich ein bißchen hinlegte. Ich hatte ja sowieso nichts zu tun. Lottie würde mir wahrscheinlich nie verzeihen, daß ich sie ein blödes, fieses Weibsbild genannt und sie ausgelacht hatte. Sie haßte nichts mehr, als wenn man über sie lachte. Vielleicht würde sie ihren Vertrag tatsächlich brechen. Das hatte sie schon einmal getan, als es zu Auseinandersetzungen mit einem Regisseur gekommen war. Wenn sie bei ›Star Rising‹ den Bettel hinschmiß, dann war innerhalb einer Woche Schluß damit. Lottie war das ganze Stück. Ich hatte nicht einmal eine zweite Besetzung. Das Vernünftigste wäre jetzt wohl, sofort nach oben zu gehen, ihr was vorzusäuseln, ihr zu sagen, was für eine wunderbare Freundin sie sei und daß nur sie allein den Schmerz in meinem Busen lindern könne. Aber ich hatte nicht die Absicht, dieses Scheißspiel mitzuspielen. Es war den Aufwand einfach nicht wert.

Ein Bild von Nanny Ordway erschien vor meinem inneren Auge – Nanny, wie sie nach der Beschreibung von Miss Amberley in der Nacht vor ihrem Tod ausgesehen, wie sie einer Statue gleich vor ihrer Schreibmaschine gesessen hatte, tipp, tipp, tipp. Hatte sie mir an dem Abend, als sie aus der Wohnung gegangen war, nicht gesagt, sie habe noch zu arbeiten? Hatte es sich bei dieser Arbeit um den Brief an Iris gehandelt, der mich unwiderruflich zum Charakterschwein und Lügner stempelte?

Was mochte in ihr vorgegangen sein? Iris hatte recht gehabt mit ihrer Bemerkung, selbst ein verrückter Mensch brauche Beweggründe. Könnte sich Nanny Ordway in ihrer selbstgeschaffenen Phantasiewelt wirklich und wahrhaftig vorgemacht haben, daß ich in sie verliebt war? War es ihr gelungen, sich selbst dazu zu bewegen, all die Geschichten, die sie Miss Amberley erzählt hatte, auch zu glauben? Könnte sie in Iris' Schlafanzug da in meinem Bett gelegen und so lange geträumt haben, ich sei bei ihr, bis der Traum für sie scheinbar zur Wirklichkeit geworden war? War der Brief an Iris also gar nicht aus Gehässigkeit geschrieben worden, sondern mit dem verrückten Vorsatz, eine eingebildete Romanze durch Entsagung und Freitod zu einem heroischen Ende zu bringen?

Das Geheimnis des Todes...!

Ich würde es lüften müssen. Mein Leben würde nicht mehr lebbar sein, wenn es mir nicht gelang, dahinterzukommen, was es zunichte gemacht hatte. Ohne das würde es auch keine Aussöhnung mit Iris geben.

Plötzlich wurde mir das Schlafzimmer, in dem es nun doppelt spukte, unerträglich. Ich stand vom Bett auf und ging zurück ins Wohnzimmer. Lucia war dabei, vor dem Fenster staubzusaugen.

»Ich gehe aus.«

Sie schaltete den Staubsauger ab. »Was haben Sie gesagt, Mr. Duluth?«

»Ich gehe aus.«

»Okay. Und jetzt nehmen Sie sich die Sache man nicht so furchtbar zu Herzen. Es wird schon alles wieder gut.«

»Auf Wiedersehen, Lucia.«

Mir stand der Sinn nicht danach, ins Büro zu gehen und mich dort Miss Mills' weisem Rat und ihrem Mitgefühl auszusetzen. Ich bummelte zur Third Avenue. Das Sonnenlicht funkelte durch die Hochbahngleise, Lastwagen rumpelten vorüber, Menschen gingen an den kleinen Lebensmittelläden und den vollgestopften Schaufenstern der Antiquitätengeschäfte vorbei. Ich wandte mich nach Süden. Ich vermochte der Geschäftigkeit um mich her nichts abzugewinnen. Es war, als lehnte mich die Third Avenue ab, als könnten alle, die an mir vorbeihasteten, sehen, daß ich Hand in Hand mit einem Geist umherspazierte.

Ich kam zu einem Kino und ging hinein. Neben dem Schlaf sind Filme das beste Beruhigungsmittel. Aber Nanny Ordway war immer noch bei mir. Es war mir fast so, als könnte ich sie auf dem leeren Sitz neben mir spüren. Wenn ich mein Knie ein wenig nach links bewegte, würde es ihres berühren. Wenn ich den Kopf umwandte, würde ich sie neben mir sitzen sehen, ihr dunkles, auf die Schultern fallendes Haar und ihr blasses Kleinmädchengesicht, das den Figuren auf der Leinwand zusah.

Sie war auch nach dem Kino bei mir, als ich wieder ins Sonnenlicht hinaustrat. Sie folgte mir zu dem *Ryker's*, wo ich etwas aß, weil ich etwas essen mußte. Dann ging ich bis zum Central Park weiter und wanderte dort umher. Ich versuchte es mit einer großen, unangenehm lauten Show im Roxy, aber es gelang mir nicht, Nanny Ordway abzuschütteln.

Als ich um sechs Uhr in die Wohnung zurückkehrte, kam sie auch dorthin mit. Sie saß auf der Bank in der Fensternische und blickte auf den East River hinab. ›Es ist wunderschön... der Raum, das Fenster. Was für einen Unsinn hab' ich doch geredet über das Armsein!‹

Sie hatte den Platz von Iris eingenommen und war in die Wohnung eingezogen.

Ich trank zwei Martinis. Ich war, was das Trinken anbetraf, ein bißchen vorsichtig, weshalb ich in die Küche ging, wo ich eine Dose mit Suppe fand, die ich warm machte und aß. Dann verzehrte ich noch ein paar Cracker mit Käse. Plötzlich wurde mir klar, daß mich Nanny Ordway herumhetzte. Das einzige, was ich dagegen tun konnte, war, mich ihr zu stellen und gegen sie anzukämpfen. Wissen ist Macht. Das hatte Francis Bacon gesagt, und er hatte wahrscheinlich gewußt, wovon er sprach. Die einzige Möglichkeit, Nanny Ordway zu besiegen, lag darin, mehr über sie in Erfahrung zu bringen.

Wenn ich zum Beispiel jemanden finden könnte, der sie gekannt hatte, der bestätigen konnte, daß sie verrückt gewesen war, dann konnte ich mit diesem Menschen zu Iris und sogar zu Inspektor Barnes gehen. Aber wo sollte ich mit meiner Suche anfangen? Es mochte sich unglaublich anhören, aber ich wußte praktisch nichts von Nanny Ordway. Sie hatte mal ihre Mutter erwähnt, aber die öffentlich bekanntgewordene Tatsache von Nannys Tod hatte ganz offensichtlich keinen Verwandten oder Freund dazu veranlaßt, sich zu melden. Es war, als habe sie ihre Anonymität mit voller Absicht gepflegt.

Es gab nur einen Menschen, der mir helfen konnte: Miss Amberley.

Ich machte mir einen weiteren Martini zurecht. Ich würde ihn brauchen, sollte ich Miss Amberley gegenübertreten müssen. Es hatte keinen Sinn, bei ihr anzurufen, um herauszufinden, ob sie zu Hause war. Wenn sie wußte, daß ich im Anmarsch war, würde sie nur ihre Tür verbarrikadieren. Ich würde hingehen und mich ihr irgendwie aufdrängen müssen.

Ich trank den Martini. Das Telefon klingelte. Ich lief schnell hin und nahm den Hörer ab. Ich dachte, es sei Iris. Es war aber Miss Mills.

»Hallo Peter.«

»Hallo.«

»Iris hat mich gerade angerufen.«

»So?«

»Sie hat mir alles erzählt, von dem Brief und von allem anderen. Sie ist sehr unglücklich.«

»Ich weiß.«

»Ich habe versucht, sie umzustimmen, aber absolut gar nichts erreicht. Peter, Sie können ihr das nicht zum Vorwurf machen.«

»Natürlich nicht.«

»Ich nehme an, ich sollte munter und fröhlich und voller behaglicher kleiner Zukunftsaussichten sein. Aber wir sind wohl beide nicht doof genug dafür, oder?«

»Nein.«

»Peter, ist alles in Ordnung?«

»Ich bin wohlauf.«

»Kommen Sie morgen nicht ins Büro, wenn Ihnen nicht danach ist. Meine schwachen Schultern können den Laden eine Weile tragen. Wenn in Ihrem Leben aber irgendwo Raum für eine Schweinchendame ist, verdammt noch mal, Peter, Sie wissen, ich würde alles für Sie tun.«

»Danke, Miss Mills.«

»Und da ist noch etwas, was Sie, wie ich meine, wissen sollten. Dieser Polizist, dieser Inspektor Barnes, war heute nachmittag hier. Er stellte eine Menge Fragen... wann genau sie aus dem Kino zurückgekommen seien, ob ich noch mehr von den Zeichnungen, die Nanny angefertigt hatte, auftreiben könne, solche Sachen. Ich war ein bißchen beunruhigt. Ich dachte, Sie hätten gesagt, der Fall sei, was die Frage eines Mordes angeht, geklärt?«

»Der Meinung war ich auch.«

»Ist er aber nicht.«

Wahrlich eine tröstliche Nachricht!

»Das ist vielleicht ein Charmeur, dieser Bursche! Er hat so richtig auf volle Mannesglut geschaltet... die älteren Mädchen vorbehaltene Spezialbehandlung. Er könne sehen, wie intelligent ich sei, daß ich als erste begreifen würde, daß es für alle das beste sei, wenn die Wahrheit zweifelsfrei festgestellt werden könne. Dieser ganze

Schwachsinn. Er war auch aalglatt ... verplapperte sich nicht ein einziges Mal. Peter, wollen Sie, daß ich mal herauszufinden versuche, was er so im Schilde führt?«

»Meinen Sie, daß Sie das können?«

»O ja, ich werde die größte Verführte mimen, die's seit Madame Butterfly gegeben hat. Er denkt, ich sei verrückt nach ihm. Er sagte, ich solle, wenn mir noch irgend etwas einfiele, und sei es noch so geringfügig, nur schnell in sein Büro im Polizeirevier kommen. Dann versuch' ich's also? Ich gehe gleich morgen hin und schnüffle mal da rum.«

»Prima.«

Miss Mills verstummte, die Leitung war aber noch nicht tot. Nach einer Weile fragte sie:

»Peter, es war doch richtig, Ihnen das zu sagen, oder nicht?«

»Selbstverständlich.« Ich wußte, daß ihr ganz elend zumute war, bewegte sie doch – wie Lottie – die Frage, ob ich der Belastung standhalten würde oder nicht. Ich wollte nicht, daß sie sich elend fühlte. Es waren durch mich schon genug Schwierigkeiten entstanden. Ich sagte: »Machen Sie sich meinetwegen keine Sorgen.«

»Sorgen? Ich mir Sorgen machen? Seien Sie nicht albern, Peter. Quietschfidel, das bin ich.«

Sie legte auf. Jetzt, wo ich die Sache mit Inspektor Barnes erfahren hatte, war ich heilfroh, noch diesen dritten Martini getrunken zu haben. Ich machte mich auf und fuhr mit dem Taxi zum Haus Nummer 31 in der Charlton Street.

13

Der Taxifahrer verfuhr sich. Das passiert den Fahrern im Village oft. Sie sind die geometrische Einfachheit Manhattans gewöhnt. Ein paar Unstimmigkeiten, ein oder zwei Biegungen in einer Straße, und schon ist alles aus. Wir gelangten aus der falschen Richtung zur Charlton Street, vorbei an finsteren, abendlich verschlossenen Fabriken, die den Eindruck dahinvegetierenden Lebens erweckten.

Mir ging Inspektor Barnes nicht aus dem Kopf. War der abschließende Autopsiebericht gekommen und hatte – unglücklicherweise – bestätigt, daß Nanny ermordet worden war? Ich bezweifelte das. Erst gestern noch hatte Barnes gemeint, sie würden etliche Tage brauchen. War also seine moralische Entrüstung über mich so groß, daß er aus rein persönlichen Gründen vorwegnehmend gehandelt und auf eigene Faust die Untersuchung eines Mordes aufgenommen hatte? Ich bezweifelte auch das. Kriminalbeamte – selbst Kriminalbeamte wie Inspektor Barnes – gingen so nicht vor.

Wenn er zu ermitteln begonnen hatte, dann deshalb, weil er auf irgendeinen anderen Sachverhalt gestoßen war, der ihn zu dem Schluß hatte gelangen lassen, daß Nanny Ordway ermordet worden sein könnte. Vielleicht auf etwas, das mit den Zeichnungen in Zusammenhang stand, die er Miss Mills gegenüber erwähnt hatte.

Mir kam ein ganz neuer, entmutigender Gedanke. Könnte Nanny vielleicht genau dies beabsichtigt haben? Könnte sie ein solches Ungeheuer gewesen sein, daß sie sich nicht nur zum Ziel gesetzt hatte, ihren Traumgeliebten seiner Frau und seiner Selbstachtung zu berauben, sondern auch alles so zu arrangieren, daß ihm darüber hinaus ihr Tod zur Last gelegt werden würde? Das Geheimnis der Liebe mit dem Geheimnis des Todes verschmolzen? Warum nicht? Und warum sollte ihr das nicht gelingen? Ihr war doch sonst alles gelungen.

Denn mit Sicherheit war ja nur ich es und kein anderer, den Inspektor Barnes verdächtigen würde. Ich erinnerte mich wieder daran, was ich auf dem Polizeirevier über ihn gedacht hatte: daß er mich, sollte er mich eines durch das Gesetz zu bestrafenden Verbrechens für schuldig halten, bis ans Ende der Welt verfolgen würde. ›Ich würde damit anfangen, daß ich Ihr Alibi überprüfe.‹ Das war's, was er gesagt hatte. Und das war's, was er mit an Sicherheit grenzender Wahrscheinlichkeit getan hatte, bevor er zu Miss Mills gegangen war. Es war aber nicht sehr wahrscheinlich, daß mich im Kino jemand erkannt hatte. Wieso auch?

Plötzlich sah ich mich hoffnungslos im Traum eines toten Mädchens gefangen. Ich sah mich selbst, wie ich jetzt von zwei Furien gehetzt wurde, nämlich von Nanny Ordway und dem von ihr manipulierten Inspektor Barnes – vom »Opfer« und vom Gesetz. Ich sah mich selbst ein Rennen gegen die Zeit laufen: Ich mußte den Nachweis erbringen, daß Nanny Ordway wahnsinnig gewesen war, bevor dieser Wahnsinn mich vernichtete.

Der Eingang zur Nummer 31 lag unterhalb der Straßenebene. Ich ging die Steinstufen hinunter und drückte auf den Klingelknopf über dem Namen Claire Amberley. Nannys Name stand nicht auf der Karte mit den Eselsohren. Hatte Miss Amberley ihn bereits entfernt? Oder hatte er nie dort gestanden? Ich konnte mich nicht mehr daran erinnern.

Ein antwortendes Summen ertönte an der geschlossenen Haustür. Ich drückte sie auf und ging durch das schokoladenbraun gestrichene Treppenhaus bis in den zweiten Stock hinauf. Als ich den Treppenabsatz dort erreichte, sah ich Miss Amberley, die wartend vor ihrer halb geöffneten Wohnungstür stand. Sie trug einen grünen, mit Farbe bekleckerten Kittel. Ich hatte gar nicht gewußt, daß Künstler – oder überhaupt irgend jemand – heutzutage noch solche Kittel trugen. Er bedeckte so eben ihre Knie, was sie noch bäurischer aussehen ließ, als ich es in Erinnerung hatte. Ich war nicht darauf gefaßt gewesen, sie derart plötzlich wiederzusehen. Sie ihrerseits hatte mich ganz offenkundig auch nicht erwartet. Ihr Gesicht rötete sich. Es war ein ihr nicht besonders gut stehendes, altjüngferliches Erröten, das eigentlich zu einer viel älteren Frau gehörte.

»Sie!« sagte sie. »Was wollen Sie denn hier?«

Ich dachte gänzlich irrelevanterweise, daß dies ein weiteres Klischee war, an das ich denken müßte, wenn ich mal wieder ein Stück inszenierte. Allmählich türmten sich die Klischees förmlich um mich auf. Ich sagte: »Ich möchte mit Ihnen sprechen.«

»Also, das geht nicht. Das ist ganz unmöglich!«

Sie trat einen Schritt zurück, nervös und ängstlich, als wollte ich sie vergewaltigen. Bei einem so hochgewachsenen, so männlich wirkenden Mädchen machte das einen absurden, ärgerlichen und irgendwie auch jämmerlichen Eindruck.

»Mein Bruder ist da. Er ist gerade erst aus Wood's Hole angekommen. Er…«

Ihre banalen Entschuldigungen versiegten. Sie legte die Hand auf die Klinke. Ich hatte das Gefühl, daß sie jeden Augenblick in die Wohnung fliehen würde. Da aber wurde die Tür von innen aufgestoßen, und ein junger Mann trat heraus.

»Was ist, Claire?«

Miss Amberley fuhr zu ihm herum. »John, das ist… Mr. Duluth.« Sie sprach meinen Namen so, als hätte er Jack the Ripper gelautet.

Der junge Mann war groß und dünn, und sein kleiner Kopf saß auf einem langen Hals. Er hatte einen Bürstenschnitt und wirkte akademisch und steif. Sein nichtssagendes Gesicht wurde nur durch ein Paar ruhig und intelligent blickende blaue Augen vor Reizlosigkeit bewahrt. Er sah müde aus – oder krank.

Er sagte: »Ich bin John Amberley, Claires Bruder. Was wünschen Sie, Mr. Duluth?«

»Ich möchte mit Ihrer Schwester sprechen.«

»Nein.« Jetzt, wo ein Mann da war, der sie beschützte, hatte Miss Amberley keine Angst mehr, und ihr Gesicht hatte wieder diesen Ausdruck der Gehässigkeit und des Abscheus angenommen, den ich von unserem Zusammentreffen in Inspektor Barnes' Büro her kannte. »Ich weigere mich, mit ihm zu reden, John.«

Der Bruder legte ihr die Hand auf den Arm. »Worüber möchten Sie denn mit ihr sprechen, Mr. Duluth?«

»Über Nanny Ordway«, antwortete ich.

»Nein«, sagte Miss Amberley wieder. »Nein.«

Ihr Bruder zögerte einen Augenblick. Dann sagte er: »Kommen Sie herein, Mr. Duluth.«

»John!« schrie Miss Amberley.

»Bitte, Claire. Ich möchte mit ihm reden. Das kann die Dinge auch nicht schlimmer machen, als sie schon sind.«

Miss Amberley war überraschend nachgiebig. Sie erhob keine Einwände mehr und ließ sich von ihm zurück in die Wohnung führen. Ich folgte.

Das Zimmer mit den marineblauen Wänden war noch sehr viel vollgestopfter, als ich es in Erinnerung hatte. Die Staffelei war in die Mitte des Zimmers gezogen worden. Darauf stand, halb vollendet, eines der in Grau und Braun gehaltenen, an Braque erinnernden Stilleben. Ich hatte erwartet, Nanny Ordways Gegenwart hier noch weitaus heftiger zu spüren als in meiner eigenen Wohnung. Aber das war ein Irrtum. Die auf den Schlafcouchen verstreut liegenden Bücher, die welkenden Veilchen in einem Quarkglas, die intellektuellen Kreisen entsprechende Unordnung, das alles löste nichts in mir aus. Es paßte einfach haargenau zu Miss Amberley. Dies war ganz offensichtlich ihre Sphäre – Nanny Ordway war nur ein Eindringling gewesen.

Claire Amberley ging zur Staffelei und stellte sich neben sie, lehnte mich mit jeder Faser ihres Seins ab. Ihr Bruder sagte: »Setzen Sie sich, Mr. Duluth.«

Er schob auf der einen der beiden Couchen ein paar Bücher beiseite und setzte sich ebenfalls, verstaute seine langen, knochigen Beine. Ich saß auf der anderen Couch. Er konnte kaum mehr als dreißig Jahre alt sein, wirkte aber – wie seine Schwester – älter. Wahrscheinlich, dachte ich, war er Lehrer an einer der eleganteren Preparatory Schools für Jungen. Er hatte diese Art – diese sorgsam untertrieben gespielte Würde eines Erwachsenen, der an die Gesellschaft Heranwachsender gewöhnt ist.

»Was möchten Sie denn nun eigentlich über Nanny Ordway wissen, Mr. Duluth?«

»Soviel wie möglich.«

»Warum?«

»Weil sie in meiner Wohnung tot aufgefunden worden ist. Weil ich, folgt man der Darstellung Ihrer Schwester, ihr versprochen hatte, sie zu heiraten, obwohl ich sie in Wirklichkeit kaum gekannt habe. Weil es ihr gelungen ist, aus meinem Leben einen riesengroßen Scherbenhaufen zu machen. Ist das nicht Grund genug, neugierig zu sein?«

»Einen Scherbenhaufen aus seinem Leben!« rief Miss Amberley. »Hast du das gehört, John? Was habe ich dir gesagt?«

John Amberley legte die Hände auf seine Knie. Er betrachtete mich mit einer seltsamen Eindringlichkeit, so als ob jede Einzelheit meiner Erscheinung irgendeine persönliche Bedeutung für ihn hätte.

»Das ist keine einfache Situation, Mr. Duluth.«

»Hat das jemand behauptet?«

»Nein. Aber die Sache ist noch ein klein wenig komplizierter, als Ihnen vielleicht bewußt ist.« Er schwieg eine Weile. Dann sagte er: »Sehen Sie, ich liebte Nanny Ordway. Ich hatte sie gebeten, mich zu heiraten.«

Er verkündete diese unerwartete Neuigkeit ruhig, fast schüchtern. Sie überraschte mich vollkommen, und ich verspürte eine Art müder Verzweiflung. Ich war in der

Hoffnung hierher gekommen, den Beweis erbringen zu können, daß Nanny Ordway verrückt gewesen war. Und alles, was ich statt dessen vorfand, war ein Mann, der ihr einen Heiratsantrag gemacht hatte.

Plötzlich spürte ich Nanny Ordways physische Präsenz wieder, so als läge ihre tote Hand in der meinen. Nein. Nicht ihre Hand. Das stimmte nicht. Denn jetzt dachte ich an sie als an eine Spinne, eine graue, unauffällige kleine Spinne, die zarte, hinterhältige Netze spann, in dunklen Ecken hockte, nur um sich an den Fäden abwärts und auf ihre Opfer zu stürzen. Die Opfer des ›Opfers‹. Ich... John Amberley... wer noch?

Ich fragte angewidert: »Nimmt das alles denn gar kein Ende?«

»Sie ist tot«, erwiderte John Amberley leise. »Das ist doch wohl eine Art von Ende, oder nicht?«

»Ich nehme an, Sie teilen die Ansichten Ihrer Schwester. Sie glauben, daß ich dafür verantwortlich bin.«

»Ist von Belang, was ich glaube?«

»Selbstverständlich. Würden Sie gern von aller Welt als Verführer gebrandmarkt werden? Würden Sie gern umhergehen, mit größter Lautstärke die Wahrheit hinausschreien und feststellen, daß Ihnen niemand auch nur die geringste Beachtung schenkt?«

»Warum sollte dem jemand Beachtung schenken?« Miss Amberleys kalte, schneidende Stimme fuhr dazwischen. »Bei Ihnen gibt's doch nichts, was schwer zu verstehen wäre. Am Anfang waren Sie zu feige, um die moralische Schuld an Nannys Tod zu übernehmen. Und jetzt sitzen Sie mit Ihrer Geschichte da und dürfen nicht zusammenbrechen. Wie sähen Sie denn aus, wenn Sie's täten, wenn Sie zugeben würden, daß Sie ein feiger Lügner und ein Verderber junger Mädchen waren?«

Da hatten wir's – der gleiche alte Vorwurf, der gegen mich erhoben wurde. Das war's, was sie alle glaubten. Selbst Iris. Es hatte keinen Sinn, meine Kräfte in vergeblichen Kämpfen mit Miss Amberley zu verausgaben. Ich wandte mich wieder ihrem Bruder zu.

»Wann ist das alles passiert?«

»Ich habe Nanny vor ein paar Wochen einen Heiratsantrag gemacht. An meinem Geburtstag, um genau zu sein.«

»Und sie hat ja gesagt?« Es hätte mich nicht überrascht, wenn sie's getan hätte. Was Nanny Ordway anging, konnte mich nichts mehr überraschen.

»Sie hat weder ja gesagt noch nein, Mr. Duluth, sondern mich gebeten, noch ein bißchen zu warten.«

»Warum?«

»Ihretwegen natürlich«, warf Miss Amberley ein. »Sie hoffte immer noch, Sie würden sich von Ihrer Frau scheiden und sie nicht im Stich lassen.«

Ich ignorierte sie. »Ist das der Grund, den Nanny Ihnen genannt hat, Mr. Amberley?«

»Sie hat keinen Grund genannt. Ich habe sie auch nicht gedrängt.«

»Aber ich.« Miss Amberley ließ sich nicht ignorieren. Sie mischte sich erneut in die Unterhaltung ein, die Arme vor ihrem schlottrigen Kittel verschränkt. Diese Haltung verlieh ihr etwas Pseudo-Orientalisches. Sie sah lächerlich aus, wie ein Wellesley-Girl, das in der Schulinszenierung eines japanischen Dramas einen Mandarin spielt. Aber die Böswilligkeit in ihrer Stimme und in ihren vorstehenden grünen Augen hatte nichts Lächerliches an sich. »Das war der Zeitpunkt, wo ich sie dazu brachte, sich mir anzuvertrauen, der Tag, an dem sie John sagte, er solle noch warten. Ich wußte, daß es da noch einen anderen Mann gab. Den Verdacht hatte ich schon eine ganze Weile gehabt. Ich drängte, bat, flehte um Johns willen. Schließlich erzählte sie mir von Ihnen. Sie gab zu, den Ehemann einer bekannten Schauspielerin zu lieben. Oh, sie stand natürlich zu Ihnen. Nanny war immer loyal. Aber alles kam heraus, als Sie anriefen … die ganze reizende, süß duftende Geschichte, die ich dann Inspektor Barnes erzählt habe.«

Es wäre alles sehr viel weniger schrecklich gewesen, wenn sie nicht ein derart großes Vergnügen daran gehabt hätte. Sie war genau wie Lottie. Meine mißliche Lage mußte, so dachte ich, etwas an sich haben, was Frauen einen sexuellen Kick vermittelte. Nanny Ordway hatte mich – wie einen Gefangenen der Araber – für die Frauen auf eine Bank gebunden, damit sie mich verstümmeln konnten. Miss Amberley hatte bei ihrer Arbeit mit dem Messer einen Heidenspaß.

Ich warf ihr nur einen kurzen Blick zu, denn sie langweilte mich inzwischen so sehr, daß ich ihr gegenüber schon gar keine Feindseligkeit mehr empfand. »Haben Sie Inspektor Barnes auch erzählt, daß Ihr Bruder in die Geschichte verwickelt ist?«

»Ganz bestimmt nicht.«

»Und warum nicht?«

»Hatten Sie nicht schon genug Schaden angerichtet?

Mußte der Name meines Bruders dick und fett in allen Schlagzeilen erscheinen? Er ist ein verantwortungsbewußter Mann mit einem verantwortungsvollen Job. Muß auch er zum Märtyrer gemacht werden?«

All diese rhetorischen Fragen! John Amberley saß noch immer ganz still auf seiner Couch, und die gestapelten Bücher stießen gegen seine schmale Hüfte. Ganz offensichtlich litt er. Ich verstand jetzt diesen müden, kranken Blick – es war der Blick eines Mannes, der auf tragische Weise die geliebte Frau verloren hat. Ich war am Rande der Erschöpfung angelangt. Ich dachte: Welchen Sinn hat es noch weiterzumachen? Hat es einen Wert, ihn und mich zu quälen – wozu? Ich werde hier nie etwas beweisen können. Und doch ließ mich irgend etwas – vielleicht war es die schwächer werdende Unterstützung der Martinis – fest bleiben.

Ich fragte: »Mr. Amberley, hat Nanny Ordway auch Ihnen alle diese Lügen über mich erzählt?«

»Sie hat Ihren Namen nie erwähnt. Ich wußte nicht... Das heißt, bis ich es in der Zeitung las, bis ich heute abend herkam und mir Claire...«

»Ich hatte es ihm verschwiegen«, unterbrach Miss Amberley. »Er liebte sie. Warum hätte ich ihn mit all diesem Schmutz unglücklich machen sollen?«

»Sie waren nicht der Meinung, daß ihn die Ehe mit ihr unglücklich machen würde... obwohl Sie doch argwöhnten, daß sie eine Affäre mit einem anderen Mann hatte?«

Miss Amberley wurde rot. »Ich habe versucht, Nanny zu retten. Das können Sie nicht verstehen. Wenn sie John geheiratet hätte, dann wäre sie gerettet gewesen.«

Die liebe kleine Nanny Ordway, die es vor mir zu retten galt! »Okay, okay«, sagte ich. Ich wandte mich wieder John Amberley zu. »Sie war verrückt.«

»Verrückt!« kreischte Miss Amberley. »Wie können Sie es wagen...«

»Sie war verrückt«, beharrte ich. »Kann ich vielleicht Sie dazu bewegen, mir zu glauben, Mr. Amberley? Sie war geisteskrank.«

John Amberleys Gesicht war bleich. Mit dünner, gepreßter Stimme fragte er: »Sie erwarten von mir, ich solle glauben, ein Mädchen, das ich geliebt habe, sei verrückt gewesen, ohne daß ich etwas davon bemerkt hätte?«

»Sie hat Sie genarrt. So, wie sie mich und Ihre Schwester genarrt hat.«

»Das ist eine Lüge!« schrie Miss Amberley. »Eine dreckige, ekelhafte Lüge.«

»Ja«, sagte John Amberley sehr ruhig, »das ist eine Lüge, Mr. Duluth.«

Seine Zurückhaltung, seine gebremste Verachtung waren weitaus tödlicher als die nackte Feindschaft seiner Schwester. Es war hoffnungslos. Es war einmal mehr der Versuch zu beweisen, daß schwarz weiß war.

Ich sagte: »Ich fühle mit Ihnen. Glauben Sie mir wenigstens das?«

»O ja. Das mag so sein. Ich tue mir ja selbst leid.« Überraschenderweise umspielte seine Lippen jetzt die Andeutung eines Lächelns. »Ich erfahre eine ganze Menge über mich, Mr. Duluth. Alles nicht sehr einnehmend. Ich bin Meteorologe von Beruf, wissen Sie. Es ist mein Job, eine Fülle sich häufig widersprechender Daten zu sichten, aufeinander abzustimmen und befriedigende Schlüsse daraus zu ziehen. Im Labor fügen sich früher oder später selbst die kompliziertesten Probleme der wissenschaftlichen Methode. Eines der Dinge, die ich in bezug auf mich selbst entdeckt habe, ist, daß ich diese wissenschaftliche Methode nicht in mein Privatleben einzuführen vermag. Es sollte möglich sein, Ihnen zuzugestehen, daß Sie glauben, was Sie sagen, daß mit Nanny etwas nicht gestimmt hat, daß Sie nicht der sind, für den ich Sie halte. Aber ich kann nicht unbefangen sein. Ich kann's nicht. Ich kann nur hier sitzen, Sie anschauen und denken...«

Er führte eine zur Faust geballte Hand zum Mund. Es war die Geste eines kleinen Kindes. Ich hatte sie schon bei Babys gesehen, die versuchten, sich selbst am Weinen zu hindern. Es war dies ein schockierender, gänzlich bloßstellender Augenblick.

Ich stand auf. »Sie hätten mich nicht hereinlassen sollen.«

»Nein. Es tut mir leid. Bitte, gehen Sie nicht.« Ärger über sich selbst oder Scham gaben ihm die Beherrschung zurück. »Wenn ich etwas Schäbiges empfinde, muß ich dem ja nicht nachgeben. Sie haben auch Ihre Probleme. Sie sind hergekommen, um Fragen zu stellen. Wenn Ihnen das helfen kann... Wenn es irgend jemandem helfen kann, dann ist es besser als dies. Bitte, fragen Sie, was immer Sie fragen möchten.«

Er war schon ein sehr merkwürdiger junger Mann. Ich setzte mich wieder. Seltsamerweise blieb ich jetzt genausosehr um seinet- wie um meinetwillen.

»Also gut«, sagte ich. »Können Sie mir den Namen von

irgend jemandem nennen, der Nanny ebenfalls gekannt hat ... von jemandem, der ihr gegenüber vielleicht nach wie vor unbefangen ist.«

Das schwache Lächeln spielte wieder um seine Lippen, als ob das Wort ›unbefangen‹ dazu dienen sollte, ihn zu verspotten, und als ob er diesen Spott akzeptieren könnte.

»Es tut mir leid, aber da kann ich Ihnen nicht helfen, Mr. Duluth. Nanny ist ganz zufällig in unser Leben getreten. Wir kannten keine ihrer sonstigen Freunde.«

»Was ist mit ihren Eltern?«

»Sie sind beide tot. Sie stammten aus Virginia. Eine recht gute, alte Familie, wie es schien, aber mittellos. Sie kamen beide bei einem Autounfall ums Leben, als Nanny sechzehn war. Von da an war sie auf sich selbst gestellt gewesen.«

»Sie redete einmal so, als ob ihre Mutter noch lebte.«

»Tja, das tut sie aber nicht«, warf Miss Amberley schroff ein und unterbrach diesen Kanal.

Ich fuhr fort: »Wie lange haben Sie sie gekannt, Mr. Amberley?«

»Etwa sechs Monate.«

»Und wo haben Sie sie kennengelernt?«

»Hier im Village. In einem Nachtklub.« John Amberley sah zu seiner Schwester hin. »Wie hieß er doch gleich, Claire?«

»Was hat das schon zu besagen?«

»O ja, *Sylvia's*. An der 10. Straße West. Sie arbeitete dort als Bedienung.«

»Bedienung?«

»Sie haben dort Mädchen, die an den Tischen bedienen«, sagte John Amberley. »Alles sehr formlos. Eines dieser sorglosen Künstlerlokale. Ich war übers Wochenende aus Wood's Hole hergekommen. Claire nahm mich dorthin mit. Es ist eine ihrer Stammkneipen. Ich bin nicht sehr erfahren in dem, was sich so Nachtleben nennt. Sie dachte, es würde mir Spaß machen. Zufällig war Nanny das Mädchen, das uns bediente. Sie... sie war ganz offenkundig anders als die anderen Mädchen, intelligenter, sensibler. Es ging irgendwie um Henry James. Ich hatte *The Ambassadors* bei mir, und sie machte eine Bemerkung darüber. Ich hatte nicht erwartet, daß die Bedienung in einem Nachtklub über Henry James Bescheid wüßte. Aber er war ihr Lieblingsautor. Nachdem sie uns unser Bier gebracht hatte, setzte sie sich zu uns an den Tisch. Das ist in diesem Klub erlaubt, er gehört zu dieser Art von Lokalen. Wir kamen ins Gespräch, und sowohl Claire als auch ich... nicht wahr, Claire?«

Er brach ab. Er sah vor sich hin, als hätte er den Faden verloren, als wüßte er nicht mehr, was er eigentlich hatte sagen wollen. Da erst wurde mir klar, welche Anstrengung es für ihn bedeutete, so zu reden, und ich bewunderte die Selbstbeherrschung, die ihn dazu befähigte, gegen alle seine Neigungen einem Mann zu helfen, der – soweit er wußte – den Selbstmord seiner Geliebten verschuldet hatte.

Aber mein Interesse an ihm wurde durch die intensive Auseinandersetzung mit Nanny Ordway überschattet. Zum ersten Mal sah ich sie Dinge tun, die in keinem Zusammenhang mit mir standen, sah ich sie das Leben führen, das am Ende derart verheerende Folgen für uns alle gehabt hatte. Ich konnte sie in diesem auf bohemienhaft machenden Village-Nachtlokal vor mir sehen, auf aggressive Weise unaufdringlich, mit ihrer ruhigen Stimme und dem ins Gesicht hängenden Haar, jung, naiv, auf subtile Art wirkungsvoll.

›Henry James. Ach, entschuldigen Sie, wenn ich das sage, aber ich bin ganz vernarrt in Henry James.‹

Claire Amberley war zu ihrem Bruder getreten. Sie stand nun, eine Hand auf seine Schulter gelegt, neben ihm wie eine plumpe, militante Muse.

»John, sag nichts mehr. Warum solltest du dich seinetwegen quälen?«

»Bitte, Claire, laß mich das so machen, wie ich es für richtig halte. Mr. Duluth, ergibt sich daraus für Sie ein Bild? Ist dies eine Hilfe?«

»Hilfe!« schnaubte Miss Amberley.

Ich sagte: »Ich wäre Ihnen sehr dankbar, wenn Sie fortfahren würden.«

»Nun, sie saß immer wieder mal bei uns am Tisch, wenn sie gerade nicht bedienen mußte. Den ganzen Abend kam und ging sie. Wir sprachen über alles mögliche. Sie war so wach, so lebendig. Sowohl Claire als auch ich waren von ihr beeindruckt. Wir gingen am nächsten Abend wieder hin, war's nicht so, Claire? Und diesmal erzählte sie uns von sich. Sie wohnte zusammen mit einem anderen Mädchen in einem möblierten Zimmer.«

»Was für ein Mädchen?«

»Oh, das weiß ich nicht. Sie sagte nichts darüber. Aber es war für sie alles sehr unpraktisch... tja, bevor noch der Abend vorüber war, hatte Claire ihr schon vorgeschlagen, doch zu ihr zu ziehen. Nanny war furchtbar zögerlich. Sie mochte es ganz und gar nicht, wenn man ihr einen Gefallen tat. Aber es gelang uns beiden gemeinsam, sie zu überreden.«

So wie es mir gelungen war, sie dazu zu überreden, meinen Wohnungsschlüssel anzunehmen! Ich konnte Nanny Ordway wieder in Claire Amberleys blauem Satinkleid vor mir sehen (hatte sie auch dazu überredet werden müssen, es sich auszuleihen?), sich schnell auf dem Fensterbänkchen herumdrehend, als ich ihr den Schlüssel hinhielt. ›O nein, nein, nein, ich könnte nie und nimmer...‹ Nanny Ordway, die nicht mochte, daß man ihr eine Gunst erwies, die sich aber offensichtlich am Ende immer dazu hatte überreden lassen. Ein möbliertes Zimmer, geteilt mit einem unbekannten Mädchen – Miss Amberley und das Village – ich und Sutton Place. Immer eine Stufe höher. Das war ein Wesenszug, der nur allzu gesund war.

John Amberley sprach unterdessen weiter. »Ich mußte nach diesem Wochenende natürlich zurück nach Wood's Hole, aber Nanny zog am folgenden Tag zu Claire. Sowohl Claire als auch ich waren zu dem Schluß gekommen, daß sie nicht mehr in diesem Lokal arbeiten sollte. Das war nicht das richtige für sie. Sie hatte uns auch erzählt, daß es ihr Traum sei, Schriftstellerin zu werden... Also, Claire war bereit, sie so lange, wie sie wollte, bei sich wohnen zu lassen, um ihr die Möglichkeit zum Schreiben zu geben. Claire hatte auf diese Weise Gesellschaft, und...«

»Und sie war natürlich verrückt«, fuhr Miss Amberley mit höhnischer Stimme dazwischen. »Als ich mir ein

Mädchen suchte, das bei mir wohnen und meine Freundin sein sollte, verfiel ich natürlich auf eine Irre.«

John Amberley sagte: »Ich kam am folgenden Wochenende wieder her. Wir verbrachten die Zeit zu dritt. Claire hatte Nanny inzwischen sehr liebgewonnen. Und ich ... tja, ich bin nie ein großer Frauenheld gewesen, Mr. Duluth. Mich nahm immer meine Arbeit total gefangen ... und ich bin, na ja, vielleicht ein bißchen schüchtern. Aber bei Nanny war das anders. Sie gehörte nicht zu den Mädchen, die machen, daß man sich ganz klein vorkommt. Sie... ich fing an, ihr Briefe zu schreiben, und sie antwortete mir. Ich kam hierher, sooft es mir möglich war. Sie schien mich zu mögen, zumindest in meiner Eigenschaft als Claires Bruder, und sie interessierte sich für unsere Familie. Die lebt schon seit etlichen Generationen in Boston, wissen Sie, und es gibt da eine ganze Reihe interessanter Vorfahren. Natürlich haben wir nicht mehr soviel Geld wie früher. Aber ich wußte, daß für Nanny solche Dinge bedeutungslos waren. Sie war ganz süß und ein guter Mensch, viel zu gut für mich. Ich hätte wissen müssen, daß sich viel, viel anregendere, bezaubernderе Männer für sie interessieren würden. Aber der Gedanke kam mir gar nicht. Ich... ich dachte, ich hätte eine Chance. Ich bat sie, mich zu heiraten. Und... nun ja, das ist eigentlich alles.«

Seine naive Offenheit und seine Bescheidenheit waren mir jetzt peinlich. Ich verstand ihn noch weniger als zuvor. Vielleicht gab es da so ein neuenglisches Schuldgefühl, das ihn dazu drängte, sich total vor mir zu entblößen – als Sühne dafür, daß er den ›erfolgreichen‹ Rivalen in mir haßte.

Er machte eine kleine Handbewegung in Richtung seiner Schwester. »Vielleicht, Mr. Duluth, gibt es noch anderes, was Sie meine Schwester fragen möchten?«

»Das glaube ich nicht«, sagte Miss Amberley. »Ich glaube, er hat von mir schon genug.« Sie war jetzt wieder die Araberin mit dem Messer. »Möchten Sie wirklich noch mehr hören, Mr. Duluth? Möchten Sie die mitleiderregenden Geständnisse ihrer Liebe hören? Von ihren Befürchtungen hinsichtlich der Scheidung? Von ihrem Vertrauen und von ihrem anrührenden Glauben an Ihre Ernsthaftigkeit? Von ihrer Hoffnung, daß Sie sie nicht einfach nur benutzten, daß Sie Ihr Versprechen halten würden, daß am Ende alles gut werden würde? Würden Sie gerne hören, was sie von meinem Bruder gehalten hat? Wie sehr sie ihn schätzte? Wie gern sie sich in aller Stille mit ihm zusammengetan und ihn geheiratet hätte ... wie sie aber von Ihnen fasziniert war, wenigstens ein Teil von ihr? Oh, das ist ja nur der Anfang. Ich könnte ewig so weiterreden. Ich könnte Ihnen zahllose Beispiele ihres kreischenden Wahnsinns liefern.«

Miss Amberley hatte recht. Ich hatte genug von ihr. Ich stand auf und sagte: »Ich bin ganz sicher, daß Sie ewig so weiterreden könnten, Miss Amberley, aber ich denke, das ist ein Vergnügen, auf das ich wohl verzichten werde.« Ich trat zu John Amberley und hielt ihm meine Hand hin. »Danke. Sie sind sehr freundlich gewesen.«

Er sah einen Augenblick lang auf meine Hand und nahm sie dann. »Es tut mir leid, Mr. Duluth. Ich hätte in der Lage sein müssen, mich weitaus besser zu beherrschen.«

Plötzlich lachte Miss Amberley auf. »Hört euch das an!

Ist es nicht wundervoll? Die beiden edlen Mannsbilder, wie sie sich küssen und sich versöhnen!«

Die vorstehenden grünen Augen fixierten mich mit unverminderter Gehässigkeit.

»Wie ist das eigentlich, wenn man ein solcher Charmeur ist? Sie kennenlernen heißt sich in Sie verlieben, was? Alle fallen Ihnen zu Füßen.«

»Ja«, sagte ich heftig, »der Liebling des ganzen Landes, das bin ich.«

»Ein Pech ist nur, daß die Leute Sie am Ende doch durchschauen, nicht wahr?« Ihre Zunge wurde sichtbar, fuhr befeuchtend über die Lippen. Das war eine Eigenart, die mir schon im Polizeirevier aufgefallen war. Undeutlich fragte ich mich, ob das vielleicht der Grund dafür sein könnte, daß sie keinen Lippenstift benutzte – weil sie seinen Geschmack satt hatte.

»Ja«, sagte sie, »nehmen Sie zum Beispiel Ihre Frau.«

»Was ist mit meiner Frau?«

»Oh, nichts.« Sie zuckte die Achseln. »Nur, daß sie heute nachmittag hier war. Sie ist reizend, absolut charmant. Die Arme, es war wirklich mitleiderregend. Sie wollte ja so gern an Ihre außergewöhnliche Theorie glauben, daß Nanny verrückt war. Sie hatte sogar den naiven Gedanken, daß ich Ihnen vielleicht behilflich sein würde. Aber nachdem ich ihr zunächst einmal von John erzählt hatte und dann davon, was für ein wunderbarer Mensch Nanny in Wirklichkeit gewesen war, wurde ihr natürlich die Einfältigkeit ihres Gedankens klar. Als sie von hier fortging, war sie voll informiert und bar jeglicher Illusionen, das kann ich Ihnen versichern.«

Sie ging zur Tür und öffnete sie für mich. Ich dachte, wie erfreut sie sein würde, wenn eines schönen Vormittags Inspektor Barnes bei ihr erschiene, um ihr kundzutun, daß ich ein Mörder und ein in moralischem Sinne Aussätziger sei. Sie würde nicht in der Lage sein, ihre Freude zu bezähmen.

»Ja, Mr. Duluth.« Sie lächelte noch immer. Das sollte der letzte orgiastische Stoß des Messers sein. »Ich fürchte, jetzt haben Sie keine Frau mehr. Pech, was? Schauen Sie doch mal wieder rein, wenn Sie hier in der Gegend sind. Ich bin fast immer da.«

14

Ich trat auf die Charlton Street hinaus. Vom Fluß her war Nebel heraufgezogen. Er durchsetzte die Luft mit Feuchtigkeit und verwischte das Licht der Straßenlaternen. Claire Amberleys letzte Mitteilung hatte mich so tief verletzt, wie sie mich hatte verletzen sollen. Ich hätte mir denken können, daß Iris sie aufsuchen würde. An wen hätte sie sich denn sonst in ihrer Verwirrung und in ihrem Unglück um Aufklärung wenden sollen? Sie hatte wie ich gehofft, Miss Amberley würde ihr irgendwie einen Rettungsanker zuwerfen. Nun, was das anbetraf, war sie jetzt klüger.

Ich bekämpfte den Wunsch, meine Frau anzurufen. Selbst vor dem Besuch bei Miss Amberley hätte ein Telefongespräch nichts gebracht. Jetzt war es doppelt hoffnungslos. Miss Amberley war in meinem Kopf immer noch drohend gegenwärtig – groß, rosagesichtig und triumphierend. Hol sie der Teufel, dachte ich, hol doch der Teufel dieses intrigante, böswillige Miststück. Aber es war töricht, ihr Vorwürfe zu machen – so wie es auch töricht gewesen war zu meinen, ich könnte von ihr Hilfreiches erfahren. Claire Amberley war in ihrer ausgehungerten, vor Männern zurückschreckenden Art genauso verliebt in Nanny Ordway gewesen wie ihr Bruder. Sie war kein wirklicher Schurke. Sie war lediglich ein weiteres Opfer.

Es war Nanny Ordway, von der aller Schrecken ausging und die selbst nach den zögernden Bekenntnissen von John Amberley unbarmherzig rätselhaft blieb – Nanny Ordway, die ich als Spinne gesehen hatte und die mir jetzt eher so vorkam wie dieser Nebel, der nicht greifbar und heimtückisch tentakelartig durch meine Kleidung drang und selbst noch durch die Kehle in meine Lungen kroch.

Ich bog von der Charlton Street in die Sixth Avenue ein. Ich entdeckte eine Bar und ging hinein, Nebelspuren hinter mir herziehend. Ein paar Gäste saßen auf den Barhockern und sahen sich gelangweilt eine heitere Spielshow im Fernsehen an. Ich bestellte einen Whiskey und Wasser. Ich glaubte nicht an seine Wirkung, aber vielleicht verdunkelte er wenigstens das Bild der Amberleys.

Er bewirkte jedoch nur, daß ich an Inspektor Barnes denken mußte. Ob er vielleicht morgen in der Wohnung auftauchen und mich des Mordes beschuldigen würde? Täte er es, was könnte ich dann zu meiner Verteidigung vorbringen, was nicht schon ein dutzendmal gesagt worden war?

Nichts.

Da war noch *Sylvia's* an der 10. Straße West – die einzige Tür, die noch offenstand und die mich möglicherweise zu der wahren Nanny Ordway führen konnte.

Sylvia's. Das war alles.

Im Fernsehen sang ein desinteressierter Komiker *»If you knew Susie«* und ahmte dabei Eddie Cantor nach. Ich zahlte und trat hinaus in den Nebel, wo ich mich nach einem Taxi umsah, das mich zu *Sylvia's* bringen würde.

Ich fand ein Taxi, und der Fahrer fand *Sylvia's* – er murrte über den Nebel, murrte über alle anderen Taxifahrer, konnte jedoch überraschenderweise *Sylvia's* unter unzähligen anderen obskuren kleinen Nachtlokalen ausfindig machen.

Das Lokal war dunkel. Ich sagte dem Taxifahrer, er solle warten, und ging hin, um zu sehen, ob die Tür offen war. Sie war verschlossen. Ich stand einen Augenblick lang da und blickte finster auf die verdunkelte Tür, mit dem Gefühl, als hätten sich nun selbst Glas, Metall und Holz gegen mich verschworen.

Aber ich konnte nichts machen, das war klar genug. Ich stieg wieder ins Taxi und nannte dem Fahrer meine Adresse. Mit mir stieg Nanny Ordway ein. Sie war auch noch da, als mich das Taxi am *Sutton Place* absetzte.

Sie ging in dieser Nacht auch mit mir ins Bett.

Am nächsten Morgen weckte mich der Summer an der Wohnungstür. Der erste Gedanke, der mir kam und der mich frösteln ließ, war: Inspektor Barnes! Ich ging im Schlafanzug zur Tür. Brian stand davor. Er sah sehr gut und unglücklich aus.

»Hi, Peter, kann ich mal reinkommen?«

»Klar.«

Er ging ins Wohnzimmer. »Ich kann nicht lange bleiben, Lottie weiß nicht, daß ich hier bin. Ich hab' ihr gesagt, ich geh' mal Zigaretten holen. Peter, du hattest ja gestern eine Wahnsinnsauseinandersetzung mit ihr.«

Hatte ich? »Ja«, sagte ich, »das stimmt.«

»Sie ist furchtbar wütend.«

»Das bezweifle ich nicht.«

»Sie tobt vor Wut, wirklich. Gestern abend im Theater hat sie getobt und heute morgen wieder. Peter, ich mische mich ja nicht gerne ein, aber du kommst besser mal mit rauf und versuchst sie zu beruhigen.«

Der bloße Gedanke an Lottie machte mich müde. »Es tut mir leid, Brian, aber ich kann mich ihr im Augenblick nicht stellen.«

»Das solltest du lieber doch. Sie will den Vertrag brechen.«

»Das kann sie nicht.«

»Er enthält eine Klausel zum Falle der Erkrankung.«

»Aber sie ist nicht krank.«

»Lottie kann sein, was immer sie sein möchte. Das weißt du doch. Sie hat sich in die größte Erregung aller Zeiten hineingesteigert. Sie wird Dr. Norris anrufen. Sie wird ihn dazu bringen, ihr ein Attest auszustellen, in dem es heißt, sie brauche wegen ihrer Nerven zwei Wochen Urlaub. Ich kann bei ihr nichts ausrichten. Vielleicht du ja auch nicht mehr. Aber dir selbst zuliebe solltest du es wenigstens versuchen.«

Da hatten wir's wieder. Nanny Ordway war noch immer am Werk. Ohne Lottie würde ›Star Rising‹ ganz automatisch abgesetzt werden müssen. Ohne Lottie hatte ich die trotzdem weiterlaufenden Kosten am Hals, ohne daß auch nur ein Cent wieder hereinkam. Und wahrscheinlich würde das Stück auch endgültig unter mir sterben, sollte es Lottie gefallen, auf unbestimmte Zeit ›nervös‹ zu sein.

Zu jedem anderen Zeitpunkt wäre dies eine größere Tragödie gewesen, die es um jeden Preis abzuwenden gegolten hätte. Aber ich, der ich schon so vieles verloren hatte, hatte gleichwohl noch meinen Stolz, und mein Stolz war mir im Augenblick wichtiger als meine Brieftasche. Ich wollte verdammt sein, wenn ich noch mehr hinunterschluckte, wenn ich jetzt nach oben kröche und Lottie um Verzeihung bäte, die mir doch alle nur denkbaren Verfehlungen vorgeworfen und versucht hatte, meine Ehe kaputtzumachen.

Brian sah mich hoffnungsvoll an.

Ich sagte: »Dank dir, daß du mir Bescheid gesagt hast. Aber es läßt mich völlig kalt. Wenn sie derart schäbig sein will, dann soll sie eben machen, was sie für richtig hält.«

»Aber Peter, du kennst Lottie doch. Sie meint es wirklich nicht so. Sie steigert sich nur in so was rein.«

»Ja«, sagte ich, »sie ist schon ein Herzchen, und Gott sei Dank bist du mit ihr verheiratet und nicht ich.«

»Dann willst du also keinen Versuch machen?«

»Nein.«

Er stand einen Moment lang schweigend da. Dann sagte er: »Okay. Ich versteh' dich ja. Ich nehm's dir nicht übel.« Er machte eine Pause und fragte schließlich: »Ist Iris tatsächlich ausgezogen?«

»Ja, das ist sie.«

»Das hätte sie nicht tun sollen.«

»Hat sie aber.«

»Wo steckt sie?«

»Ich möchte nicht, daß Lottie es erfährt. Sie hat schon genug Schaden angerichtet.«

»Ich möchte es gern wissen. Ich würde es Lottie auch nicht weitersagen.«

»Wozu willst du es wissen?«

Er wurde rot. »Ich dachte nur... vielleicht geh' ich mal hin und rede mit ihr. Zum Teufel auch, meinst du, ich fühl' mich bei alledem wohl in meiner Haut? Mit Lottie, die immer in alles ihre Nase reinsteckt, und was weiß ich noch?«

»Du wirst nichts erreichen.«

»Ich weiß nicht. Vielleicht könnte ich ihr ja den Kopf zurechtsetzen, Peter. Laß es mich versuchen. Es wäre mir um so vieles wohler. Und ich würde Lottie nichts sagen, ehrlich.«

Er sah mich flehentlich an, so als wollte er nicht mir einen Gefallen tun, sondern mich um einen bitten. Es war schön, einen Freund zu haben.

»Okay«, sagte ich.

Ich nannte ihm die Adresse von Iris' Hotel. Er grinste.

»Gut, ich will versuchen, sie zur Vernunft zu bringen. Tja, ich mach' jetzt wohl besser mal, daß ich weiterkomme, sonst krieg' ich eins aufs Dach.« Er ging zur Tür, drehte sich dann aber noch einmal um. »Bist du ganz sicher, daß du nicht raufkommen und es versuchen willst?«

»Ganz sicher.«

»Na schön. Du mußt es wissen. Also dann.«

Nach Miss Amberley setzte ich keine großen Hoffnungen mehr in Brians Vorstoß bei Iris, aber die Tatsache, daß er sich so nett dazu erboten hatte, milderte ein wenig meine Gefühle hinsichtlich Lotties und ihres Verrats. Ich ging in die Küche und machte mir einen Kaffee. Den trank ich gerade, als das Telefon klingelte. Es war Miss Mills.

»Morgen, Peter. Wie geht's?«

»Ich lebe. Was Neues von Barnes?«

»Noch nicht. Wollen Sie noch, daß ich mal zum Revier gehe und ihn auszuhorchen versuche?«

»Ja.«

»Gut. Hören Sie, ich winde mich, was mein Versprechen angeht. Ich sagte doch, ich würde das Büro auch ohne Sie über Wasser halten können. Aber ich kann's nicht. Thomas Wood ist da.«

Thomas Wood war der Autor von ›Let Live‹.

»Er ist gerade wie ein munteres Vögelchen, von Ann Arbor kommend, hier eingefallen, schlägt mit den Flügeln, ist voller Späße und gelehrter Scherzchen. Er habe uns überraschen wollen, sagt er.«

»Das ist aber nett.«

»Peter, er platzt vor lauter Plänen für das Stück aus allen Nähten und lechzt danach, einen echten, lebenden Regisseur kennenzulernen. Ich bin nicht bedeutend genug. Er hat mich als alten Mop eingeordnet, den man parat hält, um damit den Fußboden aufzuwischen. Tut mir leid, aber Sie müssen nun mal herkommen und sich um ihn kümmern.«

»In Ordnung«, sagte ich. »Haben Sie schon die Sache mit Lottie gehört?«

»Was ist denn mit dem süßen Liebling?«

»Sie wird krank. Ich habe sie gestern mit ein paar wohlüberlegten Schimpfnamen belegt. Jetzt wird sie sich von Dr. Norris ein Attest ausstellen lassen. Nervöser Erschöpfungszustand.«

»Peter, das können Sie nicht zulassen. Gehen Sie schnurstracks nach oben, und winseln Sie wie ein Cockerspaniel.«

»Ich ersticke lieber.«

Sie schwieg eine Weile und sagte dann resigniert: »Okay, wenn die Sache so steht! Soll ich's mal versuchen?«

»Glauben Sie, das würde zu was führen?«

»Offen gestanden, nein. Dann gibt's heute nachmittag also keine Vorstellung?«

»Nicht, wenn sie's durchzieht.«

»Soll ich das Ensemble benachrichtigen?«

»Warten Sie damit lieber, bis wir's offiziell erfahren.«

»Oje, oje«, sagte Miss Mills, »was ist das doch wieder für eine schöne Woche! Ihr Stier muß ja einen besonders langweiligen Trigonalaspekt aufweisen. Aber hören Sie, Sie müssen jetzt unbedingt herkommen und Mr. Wood beglücken. Wir wollen doch nicht zwei Stücke auf einen Streich verlieren undsoweiterundsofort.«

»Stimmt.«

»Dann gehe ich zu Barnes, sobald Sie hier eingetrudelt sind.«

Ich ging ins Büro. Miss Mills hatte Barnes schon angerufen und ihm irgendeine Lügengeschichte erzählt, ihm gesagt, daß sie seinen Rat brauche. Er hatte ihr geantwortet, sie solle doch sofort vorbeikommen. Sie gab mir einen Kuß.

»Peter, ich sehe doch nicht allzusehr nach Spionin aus, oder?«

»Nein.«

»Na, ich werde mein Bestes geben. Und Sie geben Ihr Bestes bei Mr. Wood. Er sitzt in Ihrem Büro.«

Dramatiker, deren erstes Stück gerade angenommen worden ist, zerfallen in zwei Kategorien. Entweder sind sie kleine Mäuse, die nicht einmal zu einem Inspizienten ›Buh!‹ zu sagen wagen, oder sie sind George Bernard Shaw. Thomas Wood war George Bernard Shaw. Er verlangte Eintrittskarten für alle laufenden Erfolgsstücke. Er verlangte Interviews. Obwohl das Stück noch kaum von meinem Schreibtisch abgehoben hatte, war er schon voller Eingebungen bezüglich Regie, Besetzung und Bühnenbild. Was die Sache noch schlimmer machte: Er schien in seinem professoralen Refugium in Michigan die einschlägigen Zeitungen nicht zu lesen. Und so war seine beste Eingebung die, daß die weibliche Hauptrolle von »Let Live« Iris geradezu auf den Leib geschrieben sei. In der Tat wäre sie dafür geeignet gewesen, und deshalb brachte ich eine unbehagliche Zeitspanne damit zu, ihm jeden Grund außer dem zutreffenden dafür zu nennen, warum ich glaubte, daß sie sie nicht in Betracht ziehen würde. Ich denke, ich hätte ihm auch die Wahrheit sagen können – daß meine Frau mich verlassen hatte, weil in meinem Schlafzimmer ein Mädchen gefunden worden war, das sich dort am Kronleuchter erhängt hatte.

Es dauerte über eine Stunde, bis es mir endlich gelang, ihn wieder loszuwerden, und das auch erst, nachdem ich ihm Tickets für eine Nachmittagsvorstellung und eine

Einladung zum Essen und den Besuch einer weiteren Show am Abend zugesagt hatte. Er erwartete dies alles von mir, und ich konnte es mir nicht leisten, ihn gegen mich aufzubringen.

Er hatte mein Büro gerade verlassen, als Lotties Agent anrief. Er hatte mich noch nie gemocht, und die Benachrichtigung von Lotties ›nervösem Zusammenbruch‹ verschaffte ihm einen gehörigen Nervenkitzel. Ich schäumte vor Wut, wie es sich gehörte, aber ich wußte sehr wohl, daß nichts mehr daran zu ändern war. Dr. Norris hatte sein Attest ausgestellt. Ich konnte ihn so richtig vor mir sehen, energiegeladen, fröhlich, hochentzückt über die Möglichkeit, einem Star einen Gefallen tun zu können. Der Agent erbot sich, das Attest vorbeizubringen, damit ich es mir rahmen lassen und an die Wand hängen könnte. Ich schmiß den Hörer auf die Gabel. Die Sekretärin versuchte, die Mitglieder des Ensembles zu benachrichtigen. Ich ging zum Theater, um die Ankündigung einer zweiwöchigen Schließung anschlagen zu lassen.

Zufällig war der Inspizient dort. Ich trug ihm auf, eine entsprechende Notiz ans Schwarze Brett zu hängen. Während ich noch mit ihm sprach, kam Gordon Ling aus seiner Garderobe. Gordon gehörte zu diesen Schmalspurschauspielern, die, wenn sie Arbeit haben, die ganze Zeit im Theater rumhängen – wahrscheinlich, weil sie sich in ihren öden kleinen möblierten Zimmern langweilen und das Theater ihnen das Gefühl vermittelt, eine große Kanone zu sein.

»Lottie ist doch nicht wirklich krank, oder?«

»Ihr Arzt ist der Ansicht.«

Sein auf hübsche Weise alterndes Gesicht zeigte ein verlegenes Lächeln. »Sie haben harte Zeiten durchzustehen, Peter!«

»Wir nehmen's, wie's kommt.«

»Sie war gestern abend ganz schön böse, Sie hätten sie mal hören sollen.«

»Ich bin sicher, daß es allgemeinbildend war.«

»Peter, ich wünschte, ich könnte etwas tun.« Ich war überrascht, als ich ihn ansah und mir klar wurde, daß er es ernst meinte. Ich hätte nie gedacht, daß Gordon Ling irgend etwas für mich empfand. Wenn man fix und fertig ist, stößt man an den überraschendsten Stellen auf Mitgefühl. »Wie wäre es mit einem Mittagessen? Meine Einladung. Täte das vielleicht gut, was meinen Sie?«

»Also...«, begann ich.

Da unterbrach mich Iris' Stimme, die sich hinter mir vernehmen ließ. »Tut mir leid, Gordon, aber Peter geht mit mir zum Mittagessen.«

Ich drehte mich um. Meine Frau stand gleich hinter dem Bühneneingang vor dem Schwarzen Brett. Sie lächelte. Aber es war kein echtes Lächeln, sondern eines, das sie für Gordon, den Hausmeister und alle, die sonst noch da sein mochten, aufgesetzt hatte – ein öffentliches Lächeln.

»Das ist doch in Ordnung, Peter, oder?«

»Gewiß.«

»Man sagte mir im Büro, daß du hier bist.«

Sie nahm meinen Arm. Wir gingen zusammen hinaus auf die kleine Zufahrt, die zur Straße führte. Ich fühlte mich sehr schüchtern und angespannt.

Sie sagte verlegen: »Es ist Brians Idee.«

Das war es also!

»Er kam vorbei. Er war ganz süß, sagte: Wieso nicht wenigstens mit Peter zum Mittagessen gehen? Und wenn sonst schon nichts, dann sieht's immerhin für die Presseleute gut aus. Geht irgendwohin, wo man euch sieht, zu *Sardi* etwa. Sollen wir zu *Sardi* gehen?«

»Okay«, sagte ich. Meine Stimme klang genauso verlegen wie die ihre.

Sardi lag gleich um die Ecke. Wir gingen hin und bekamen unseren üblichen Tisch. Eine Menge Theaterleute waren zum Mittagessen dort. Sie sahen alle zu uns her. Betrachtete man die Sache von Brians Plan aus, die Tatsache unserer Trennung verborgen zu halten, so war diese höfliche Neugier von Nutzen. Uns beiden aber in unserer Eigenschaft als Mann und Frau half es nicht. Uns wurde eine Goldfisch-Spezialbehandlung zuteil.

Ich wußte fast augenblicklich, daß es das verheerendste Mittagessen meines Lebens werden würde, denn Iris versuchte, mich zu hassen. Sie haßte mich noch nicht wirklich. Das wußte ich. Wenn sie's getan hätte, dann wäre sie nicht zum Mittagessen gekommen, bloß weil Brian sie darum gebeten hatte. Aber sie versuchte es. Nannys Brief hatte sie vergiftet, Miss Amberley hatte es gleichfalls getan. Sie hatte in ihrem Hotelzimmer viel Zeit zum Nachdenken gehabt, und sie konnte dabei nur zu einer Schlußfolgerung gelangt sein – nämlich daß ich ein Schwein war. Deshalb kämpfte sie gegen mich und gegen ihre Liebe zu mir an.

Als wir unsere Cocktails tranken, sagte ich: »Wie ich höre, warst du gestern nachmittag bei Miss Amberley?«

»Ja.«

»Sie hat alles nur noch schlimmer gemacht, nicht wahr?«

Iris vermied es sorgfältig, mich anzusehen. »Sie hat mir von ihrem Bruder erzählt.«

»Dessen hübsche Romanze ich zunichte gemacht habe.«

Sie fuhr plötzlich auf. »Ist das so komisch? Daß ein Mann sie liebte und heiraten wollte? Daß trotz allem du...«

»Ich... was?«

Da sah sie mich an. »Peter, wenn du mir nur gleich die Wahrheit gesagt... wenn du nur Vertrauen zu mir gehabt hättest, statt zu lügen, Ausflüchte zu machen...«

Ich verspürte eine Art wilder Freude. Wenn ich ihr vertraut hätte! Wenn ich zugegeben hätte, daß ich ein Narr, ein Verführer und ein Schurke gewesen war – dann hätte sie mir verziehen! Alles wäre in Butter gewesen!

Diese große Ungerechtigkeit war zuviel für mich, und ich sagte bitter: »Du und Lottie.«

Ihre Augen funkelten. »Und was soll das bedeuten: ich und Lottie?«

»Ihr seid euch beide gleich. Zwischen euch besteht keinerlei Unterschied.«

»Wie kommst du dazu, so etwas zu sagen!«

»Es stimmt. Es...« Ich sah plötzlich die Vergeblichkeit meiner Wut. »Iris, Baby, es tut mir leid.«

»Bitte!«

»Du hast mir so gefehlt.«

»Nein, Peter, nein!«

Danach unterhielten wir uns noch ein bißchen, aber es war praktisch unmöglich, unverfängliche Themen zu finden. Ich erwähnte nicht, daß mich Inspektor Barnes wahrscheinlich schon sehr bald festnehmen würde. Selbst die Tatsache, daß Lottie abtrünnig geworden war, erwähnte ich nicht. Ich fürchtete, daß Iris, wenn ich's täte, meinen könnte, ich versuchte nur, ihr Mitleid zu erregen. Jeder Augenblick war eine Qual, aber mir graute schon jetzt vor dem Moment, wo alles ein Ende haben mußte.

Wir zogen unser Treffen irgendwie bis zum Kaffee in die Länge. Dann kam Alec Ryder von einem anderen Tisch zu uns herüber. Ihn zu sehen war fast eine Erleichterung. Wie üblich behandelte er uns so, als seien wir lediglich ein weiteres der verheirateten Paare, die er gern mochte.

»Ich gebe heute abend eine Party. Ich hoffe, Sie kommen beide.«

Ich sagte: »Tut mir leid. Ich habe einen Autor am Hals.«

Er wandte sich Iris zu, glatt wie seine Seidenkrawatte von Bronzini. »Und wie steht's mit Ihnen, Iris? Sie können doch kommen?«

Iris warf mir einen schnellen Blick zu und sah dann Alec wieder an. »Ja«, sagte sie. »Ich denke schon. Doch, Alec, herzlich gern.«

»Schön. Gegen halb sieben.«

Er kehrte an seinen Tisch zurück. Eine schwache Röte überzog die Wangen meiner Frau. Ich konnte ihre Gedanken so klar lesen, als stünden sie auf der Speisekarte geschrieben. Sie würde die Rolle in England, die Alec ihr angeboten hatte, übernehmen.

»Iris...«, fing ich an.

Ihr strahlendes Lächeln erstickte meine Worte im Keim. »Es wird ziemlich spät. Ich denke, ich sollte jetzt gehen.«

Spät für was? Gehen – wohin? Ich sah sie an. Ich dachte angesichts meiner totalen Niederlage: Habe ich sie jetzt zum letzten Mal gesehen?

»Ist gut«, sagte ich. »Ich lasse die Rechnung kommen.«

15

Sie stand schnell auf und verließ den Tisch, noch bevor der Ober erschienen war. Eine Menge Leute beobachteten ihre angespannte, hastige Flucht in Richtung Tür. Es war, das wußte ich, nicht ihre Absicht gewesen, aller Welt unsere ehelichen Schwierigkeiten zu enthüllen. Sie war gegangen, weil die zwischen uns herrschende Spannung für sie so unerträglich geworden war wie für mich. Aber der Schaden war angerichtet. Brians wohlmeinender Plan hatte sich als Bumerang erwiesen. Den ganzen Nachmittag würden die Theatertelefone schrillen.

›Mein Lieber, hast du schon das Neueste in der Nanny-Ordway-Sache gehört? Peter und Iris waren zum Lunch bei *Sardi* und...‹

Alec Ryder und die Leute, mit denen er gegessen hatte, kamen auf ihrem Weg nach draußen an meinem Tisch vorbei und bedachten mich mit einem vorsichtigen Lächeln. Der Ober erschien mit der Rechnung.

Ich sagte: »Einen doppelten Brandy.«

Er brachte ihn. Ich trank das Glas in einem Zug so gut wie aus und bestellte einen zweiten Brandy. Ich wußte, daß ich dabei war aufzugeben. Der Augenblick der absoluten Schwärze, den ich – halb resigniert – von Anfang an erwartet hatte, war schließlich gekommen. Und nun, da er gekommen war, brachte er ein fast wollüstiges Gefühl der Erleichterung mit sich. Ich hatte gekämpft. Ich hatte das Bestmögliche getan. Ich hatte verloren. Okay. Dann sollte Nanny Ordway eben ihren ungeschmälerten Triumph haben – und das halbe Restaurant dabei zuschauen.

Ich hatte das zweite Glas fast leer, saß da und hielt es schräg geneigt in meiner Hand, als mich eine seltsame Empfindung überkam. Es war ein eigentümliches Gefühl des Wiedererkennens, so als ob das halb gekippte Brandyglas, meine darum gelegten Finger, ja, sogar das zerknitterte Tischtuch eine enorme Bedeutung hätten, die nur knapp außerhalb meiner Zugriffsmöglichkeiten lag. Es war schon einmal passiert. Dies alles war schon einmal geschehen. In irgendeinem Alptraum, in irgendeinem...

Da fiel es mir wieder ein. Natürlich! Vor zwölf Jahren – in der Nacht nach dem Tod meiner ersten Frau! Ich hatte hier gesessen, an genau diesem Tisch. ›Einen doppelten Brandy.‹ Ich konnte meine Stimme aus der Vergangenheit hören, die die Bestellung aufgab. Ich konnte sogar den Ober vor mir sehen. Nicht den, der Iris und mich vorhin bedient hatte, sondern einen anderen, der schon vor Jahren gegangen war. Luigi, so hatte er geheißen. Luigi, mit dem müden Lächeln des Obers und seinen großen, behaarten Händen, die aus der Frackjacke herausragten.

Das war der Anfang gewesen. ›Einen doppelten

Brandy‹ – und dieses Gefühl der Erleichterung, dieses perverse Vergnügen an der Unterwerfung. Laß alles sausen. Wen schert's?

Plötzlich sah ich mich in die elenden Monate des Zusammenbruchs, die dann gefolgt waren, zurückversetzt, in Monate, schal gemacht durch Selbstmitleid und den Geruch von Alkohol, Monate, die in dem diskreten, teuren Sanatorium abwärtsstrudelten bis zum absoluten Tiefpunkt. Hatte ich aus alldem denn gar nichts gelernt? Mußte ich das alles ein zweites Mal durchmachen?

Hols's doch der Teufel, dachte ich.

Ich stellte das Glas ab. Ich rief den Ober herbei und bezahlte die Rechnung.

Ich stand schon draußen auf der Straße, als mir endlich bewußt wurde, daß ich meinen bisher größten Sieg errungen hatte.

Denn es war ein Sieg. Wunderbarerweise hatte ich das tödliche Gewicht der Angst abgeschüttelt. Ich war nicht mehr der Peter Duluth, der in seiner engen, kleinen Hülle aus Verzweiflung steckte und litt, wie noch kein Mann vor ihm gelitten hatte. Ich war schlicht und einfach ein Kerl, der in der Klemme steckte – ein Kerl, der besser mal ganz schnell etwas dagegen unternahm.

Gab es nicht eine Spinnenart, die ihre Opfer mit einem giftigen Biß lähmte und sie dann lebend aufbewahrte, bis sie sie schließlich auffraß? Das war die Nanny-Spinne. Aber Nannys betäubendes Gift war nicht stark genug gewesen. Ich war zäher, als sie gedacht hatte.

Ich empfand eine unwahrscheinliche Heiterkeit, die eine außergewöhnliche Klarheit im Kopf mit sich brachte.

Ich hatte Nanny Ordway nicht verführt! Iris und alle anderen glaubten es zwar, und ich hatte es fast schon selbst geglaubt, aber ich hatte Nanny Ordway nicht verführt!

Als ihr Gift noch in meinen Adern, ich noch das bereitwillige Opfer gewesen war, da hatte ich angenommen, daß sie verrückt gewesen sein mußte, weil dies die einzige Erklärung gewesen war, nach der ich noch schuldig sein konnte – schuldig der Torheit und der Begriffsstutzigkeit. Aber plötzlich war dieses Phantom, wie alle anderen auch, verjagt worden. Warum hatte ich immer weiter vergeblich versucht zu beweisen, daß Nanny Ordway verrückt gewesen war? Inspektor Barnes teilte diese Ansicht nicht. Miss Amberley, John Amberley, sie beide waren sicher, daß Nanny normal gewesen war. Und war ich zu Lebzeiten Nannys nicht auch davon überzeugt gewesen? Zum ersten Mal seit Tagen vertraute ich wieder meiner Menschenkenntnis. Nanny Ordway war vielleichtdurchtrieben gewesen, falsch und intrigant, aber verrückt natürlich nicht.

Inspektor Barnes dachte, sie sei ermordet worden. Okay. Warum sollte diese Lösung eigentlich unwahrscheinlicher sein als ein Selbstmord? Und warum war dies nicht, statt ein weiterer Stein an meinem Hals zu sein, eine Rettungsleine, die mich in Sicherheit zog? Denn wenn Nanny ermordet worden war, dann hatte ich es nicht getan. Jemand anders war es gewesen. Jemand, der sie an meinen Kronleuchter gehängt und dort zurückgelassen haben mußte, um mich zum Opfer zu machen.

Wenn es aber auf diese Weise geschehen war, dann war Nanny Ordway nicht der einzige Gegner. Dann gab es noch einen anderen – und der war kein Geist, sondern am Leben, und man konnte sich noch mit ihm herumschlagen.

Der Broadway war voller Taxis. Ich winkte eins heran und ließ mich nach Hause fahren.

Als ich die Wohnung betrat, klingelte das Telefon. Ich ging zum Apparat und hob ab. Miss Mills' Stimme sagte: »Peter, wo um Himmels willen haben Sie denn gesteckt? Ich versuche schon seit einer halben Stunde, Sie zu erreichen.«

»Haben Sie mit Barnes gesprochen?«

»Ja, das habe ich, und ...« Sie brach ab.

»Und was?«

»Es steht schlimm, Peter. Es könnte gar nicht schlimmer stehen. Ich komme sofort zu Ihnen.«

Sie legte auf. Wenn Miss Mills sagte, es sei schlimm, dann war es auch schlimm. Barnes hatte also den Beweis, daß es Mord gewesen war? Er würde mich festnehmen? Meine neugewonnene Stabilität geriet nicht ins Wanken. Peter Duluth – der aus seiner eigenen Asche aufgestiegene Phönix! Ich steckte mir eine Zigarette an. Ich wartete auf Miss Mills, ganz ruhig und voller Zuversicht, daß es mir möglich sein würde, etwas zu unternehmen.

Ungefähr zehn Minuten später war sie da. Sie kam ins Wohnzimmer gelaufen. Ich hatte sie noch nie so tief beunruhigt gesehen. Es rührte mich. Miss Mills und Besorgnis, das paßte nicht zusammen.

Ich fragte: »Barnes glaubt, daß es Mord war und daß ich sie ermordet habe?«

Sie starrte mich erschrocken an. Sie hatte natürlich gedacht, ich sei ein nervliches Wrack. Sie alle – alle Menschen, die mich mochten – wurden noch von dem verfolgt, was mir einmal geschehen war.

Ich legte ihr die Hände auf die Arme. »Ist es so, Miss Mills?«

»Ja, Peter, davon gehe ich aus.«

»Hat er's Ihnen gesagt?«

»O nein, dazu ist er viel zu diskret.«

Sie setzte sich auf eine Sessellehne und fing an, fruchtlos in ihrer Handtasche zu kramen. Ich zog eine Zigarette aus meiner Schachtel und steckte sie ihr an.

Sie sagte: »Als ich zu ihm ins Büro ging, machte ich auf nervös und altjüngferlich. Ich sagte, ich sei besorgt. Ich sei furchtbar beunruhigt darüber, daß Sie unglücklich seien und Lottie krank. Ob nicht irgend etwas unternommen werden könne? Ich sah ein paar Papiere auf seinem Tisch liegen und dachte, das könnte was sein. Ich tat deshalb so, als litte ich unter fliegender Hitze, und bat um ein Glas Wasser. Er ging hinaus in das Büro seiner Kollegen, um mir eins zu holen. Ich lief um den Schreibtisch, warf einen Blick auf die Papiere und…«

»Und?«

»Es handelte sich um den Bericht eines Handschriftenexperten. Zu den Zeichnungen. Peter, dieser Abschiedsgruß ist eine Fälschung. Das ›Geheimnis der Liebe‹, das alles, das sei bloß von der Titelseite ihrer Geschichte abgerissen worden, hieß es in dem Bericht. Und die Zeichnung von dem erhängten Mädchen stammt auch nicht von Nanny Ordway. Der Experte hatte diese Zeichnung mit ihrer ersten verglichen und war sich seiner Sache ganz sicher. Jemand anders hat sie angefertigt. Und… und am

Schluß des Berichts stand: ›Ich denke also, daß Sie recht haben, Barnes. Es ist Mord.‹«

Sie sah mich kläglich an, glaubte noch immer nicht so richtig, daß ich dies alles würde verkraften können. »Ich saß schon wieder auf meinem Stuhl, als er mit dem Wasser hereinkam. Und dann, als ich gerade davon trank, klingelte das Telefon. Er sprach so leise wie möglich, aber ich bekam doch genug mit. Es war ein Dr. Schwartz von der Leichenhalle, und ich konnte sehen, daß Barnes ganz aufgeregt war. Er sagte immer wieder: ›Ja, ja, gut.‹ Und dann, zum Schluß, sagte er: ›Ich rufe Sie also um halb fünf an, um Ihr letztes Wort zu hören.‹ Es war klar, Peter, das mußte irgend etwas mit der Autopsie zu tun gehabt haben. Barnes hatte sie auf eine Idee gebracht. Sie waren der Ansicht, es bewiesen zu haben, aber er würde die endgültigen Ergebnisse noch abwarten müssen.«

Sie beugte sich auf der Sessellehne nach vorn. »Peter, Darling, da bin ich gegangen. Ich rannte zum nächsten Telefon. Seitdem habe ich in der Telefonzelle gestanden. Ich sage es Ihnen nur ungern, aber ich muß. Sie sind es, den er verdächtigen wird. Natürlich. Und wenn er erst einmal die Unterlagen von den Medizinern hat, wird er ...«

›Wird er Sie festnehmen.‹ Das hatte sie sagen wollen, aber in diesem Augenblick erstickte ein Aufschluchzen ihre Worte. Ich legte den Arm um sie und war undeutlich erstaunt über den Stimmungswechsel, dem zu verdanken war, daß nun ich die unbeugsame Miss Mills trösten mußte.

»Seien Sie unbesorgt«, sagte ich. »Ich habe Nanny Ordway nicht umgebracht.«

»Natürlich nicht!« Sie sah zu mir auf, und ihr Gesicht zeigte eine leidenschaftliche Überzeugtheit. »Meinen Sie etwa, mich könnte irgend etwas auf dieser Welt dazu bringen, das zu glauben? Aber...«

»Es wird alles gut werden. Ich versprech's Ihnen.«

Ich sah auf meine Armbanduhr. Es war Viertel vor vier. Jetzt ging es um die Wurst. Barnes hatte nachgewiesen, daß die Zeichnung gefälscht war. Um halb fünf würde er den endgültigen Bescheid von Dr. Schwartz bekommen – wie immer der aussehen mochte. Was konnte ihn danach noch hindern, hierher zu kommen und mich festzunehmen?

Eine Stunde, vielleicht auch zwei, das war alles. Meine neue Ruhe war einfach herrlich. Ich war ganz verliebt in sie. Wieder stand Francis Bacon dicht neben mir und flüsterte: ›Wissen ist Macht.‹ Es gab mindestens noch eine Möglichkeit, Wissen zu erlangen – eine Möglichkeit allerdings, die ich nicht zusammen mit Miss Mills ausprobieren konnte. Ich wollte sie nicht tiefer in die Sache hineinziehen, als sie ohnehin schon drin war.

Es gelang mir kaum, sie loszuwerden. Sie wollte einfach nicht gehen. Sie klammerte sich an mich, flehte mich an, mir zur Seite stehen zu dürfen – die Mutter in ihr lehnte sich gegen die Tatsache auf, daß ich plötzlich erwachsen geworden war. Ich sagte ihr, sie solle nach Hause gehen und sich entspannen. Sie wollte nicht. Um ihr das Gefühl zu geben, zu etwas nütze zu sein, bat ich sie daraufhin, doch ins Büro zu gehen, Thomas Wood anzurufen und ihm mitzuteilen, daß ich an diesem Abend nicht mit ihm ins Theater gehen könne.

»Da ist nämlich noch dieses Stück, Miss Mills. Und Sie wollen doch nicht, daß ich gänzlich mittellos ins Zuchthaus wandere.«

Damit und mit dem Versprechen, sie anzurufen, wenn ich sie brauchte, hatte ich's endlich geschafft.

Es war vier, als sie ging. Kaum war sie fort, rief ich beim Medical Center an und fragte nach Dr. Schwartz. Es war wie ein Fiasko bei der Generalprobe, dachte ich. Wenn die Dinge richtig schlecht liefen, wurde man mit ihnen fertig, weil man dazu gezwungen war. Ich war mir meiner selbst und meiner imitierten Stimme absolut sicher, als ich sagte:

»Schwartz? Hier Barnes. Irgendwelche Neuigkeiten?«

»Ah, Barnes, ich wollte Sie gerade anrufen. Sie haben recht, was den Einschnitt am Hals angeht. Selbst Dr. Duntun pflichtet dem jetzt bei. Als er hörte, Sie hätten den Beweis dafür, daß der Abschiedsbrief eine Fälschung ist, bekehrte er sich zu der Auffassung, daß es Mord war. Es könnte immer noch Selbstmord gewesen sein, aber es ist doch sehr viel wahrscheinlicher, daß die junge Frau zunächst erdrosselt und dann erst aufgehängt worden ist. Keine Angst vor irgendwelchen Tricks der Verteidigung. Wir können Beweise liefern, die vor jedem Gericht im Lande Bestand haben werden.«

»Gut.« Ich ging auf volles Risiko. »Und die andere Sache?«

Dr. Schwartz lachte. »Da haben Sie den Nagel auf den Kopf getroffen. Gerade ist der Abschlußbericht heruntergekommen. Soviel zu der Behauptung Ihres unschuldigen Freundes, sie nicht angefaßt zu haben: Sie war tatsächlich schwanger. Zwischen fünf und sechs Wochen. Fühlen Sie sich jetzt wohl? Was uns anbetrifft, ist alles hieb- und stichfest, Barnes. Schnappen Sie sich Ihren Theaterregisseur, wann immer Sie wollen. Weidmannsheil!«

Ich legte auf. Ich hatte noch genug vom Schauspieler in mir, um ein paar Sekunden lang den Eindruck zu haben, ich sei tatsächlich Inspektor Barnes. Ich saß in dieser kleinen Mönchszelle von Büro und lächelte mein dünnes Lächeln siegreicher Gerechtigkeit. Da lag nun der endgültige Beweis vor: Peter Duluth, der Verführer, hatte seine schwangere Geliebte umgebracht, bevor sie seine Ehe kaputtmachen konnte!

Gar keine Frage, daß Barnes so denken würde. Alle Welt würde es so sehen. Aber für mich, der ich jetzt wieder Peter Duluth war, bedeutete es die endgültige Niederlage Nanny Ordways. Die unschuldige, elfenhafte Gloria O'Dream war für immer dahin. ›Ein Mann und ein Mädchen können Freunde sein.‹ Alle quälenden Wirrnisse des Falles hatten sich aufgelöst, und die wahre Nanny Ordway begann, aus den Nebeln herauszutreten.

Sie war in der fünften oder sechsten Woche schwanger gewesen. Sie hatte so gut wie vom Anfang unserer Beziehung an geahnt, wie sich alles entwickeln könnte. Soviel zu dem, was sie so gebrochen Miss Amberley gestanden hatte; soviel zu ihrem fürchterlichen, ruhigen Schlaf in meinem Bett; soviel zu ihrem edlen Seifenopernbrief an Iris!

Gewiß war ich ihr Opfer gewesen, Opfer aber nicht bloß eines verrückten Mädchens und seiner verrückten Schwärmerei. Ich war auf eine sehr viel demütigendere Art und Weise zum Opfer gemacht worden.

Sie hatte gemerkt, daß sie schwanger war, und mich zum Vater erwählt. Peter Duluth, der ideale Trottel, der bei einem Vaterschaftsprozeß die gegnerische Seite abgeben sollte, bei dem sie sich auf die Aussage ihrer Freundin, auf die meines Hausmädchens, ja, sogar auf die meiner eigenen Frau stützen konnte!

Da hatte ich zu guter Letzt doch eine einleuchtend handelnde Nanny Ordway vor mir. Warum hatte ich bisher nie an sie gedacht? Hatte mich meine Eitelkeit daran gehindert? Hatte ich insgeheim dem Bild einer mondsüchtigen Maid, die sich vor lauter Liebe zu mir verzehrte, den Vorzug gegeben vor einem Porträt meiner selbst als Narr mittleren Alters und armem Opfer einer Erpressung?

In der albernen Erregung darüber, daß ich am Ende die Wahrheit doch noch herausgefunden hatte, dachte ich bei mir: Damit ist die Sache erledigt. Barnes muß mich nicht holen kommen. Ich werde zu Barnes gehen. Ich werde ihm alles erklären. Ich kann jetzt auch Iris alles erklären, und Lottie. Plötzlich und unerwartet hatte ich einen letzten Akt geschrieben, in dem Peter Duluth von nun an bis in alle Ewigkeit mit einem liebenden Weib, einem ihn bewundernden, in einem Erfolgsstück spielenden Star, einem niedergeschlagenen, sich tausendmal entschuldigenden Kriminalbeamten...

Aber da platzte die Seifenblase. Bloß weil ich endlich begriffen hatte, daß ich das Opfer einer Intrige geworden war, hatte ich noch lange nicht aufgehört, das Opfer zu sein. Natürlich konnte ich zu Barnes, zu Iris, zu ihnen allen hinlaufen und schreien: ›Ich bin nicht der Vater ihres

Kindes, ich Tugendbold ich!‹ Aber warum sollten sie mir Glauben schenken? Es war lächerlich, das anzunehmen. Würde ich denn nie kapieren, daß die Wahrheit allein nicht ausreicht – daß die Wahrheit zu ihrer Stützung so sehr des Beleges bedarf wie die Lüge?

Wieso war ich nicht der Vater? Wie konnte ich das beweisen – es sei denn, ich fände den Vater?

Und wie sollte ich unter allen Männern von New York den Vater finden?

Sylvia's, *Sylvia's* in der 10. Straße West. Es war nur ein dürftiger Hinweis auf Nanny Ordways Vergangenheit, aber der einzige, den ich hatte. Jedenfalls war es besser, es noch einmal mit *Sylvia's* zu versuchen, als hier zu hocken und auf den kalten, unnachgiebigen Diener des Gesetzes zu warten.

Ich zog mir den Mantel an. Ich war ein flüchtiger Rechtsbrecher, zumindest von dem Augenblick an, in dem Barnes beim Medical Center anrief. Aber meine heitere Gelassenheit war noch nicht von mir gewichen.

Das lag daran, daß Nanny Ordway verschwunden war. Die geisterhafte, anklagende Hand lag nicht mehr in der meinen. Ihr ernstes Kleinmädchenprofil war nicht mehr schemenhaft in meinem Augenwinkel zu sehen. Ich war von meiner Obsession befreit.

Die Nanny-Spinne war tot.

16

Als ich bei *Sylvia's* eintraf, war es fünf Uhr und das Lokal noch geschlossen. Es gab auch keinen Grund, warum ein Nachtklub schon so früh am Abend geöffnet sein sollte, aber die Tatsache, daß er schon am Vorabend so dunkel und geschlossen gewesen war, verhieß nichts Gutes. An der Straßenecke plauderte ein Polizist mit einem Zeitungsverkäufer. Schon bald, dachte ich, würden alle Polizisten von Manhattan hinter mir her sein, und es amüsierte mich, ausgerechnet einen Polizeibeamten um Hilfe zu bitten. Ich ging zu ihm hin und fragte: »Wann macht *Sylvia's* auf?«

»Sylvia's?« Er sah mich an, freundlich, desinteressiert. »Der Laden hat dichtgemacht. Vor zwei Wochen. Sylvia ist nach Kalifornien gezogen. Hat dort 'n neues Lokal.«

Ich schlachtete meine Enttäuschung aus. »Was mache ich jetzt bloß? Ich komme von außerhalb. Hab' vor ungefähr einem Monat meinen Mantel dort hängenlassen.«

»Wenn Sie einen Mantel hängengelassen haben, gehn Sie besser mal zum Revier. Fundsachen. Vielleicht haben sie ihn ja dorthin geschickt.«

»Nein, das glaube ich nicht. Wissen Sie, ich habe ihn nämlich absichtlich zurückgelassen. Beim Garderobenfräulein.« Garderobenfräulein wissen immer absolut alles über das Lokal, in dem sie arbeiten. »Es war eine Freundin von mir. Ich nehme an, daß Sie sie nicht...«

»Anne?« unterbrach mich der Zeitungsverkäufer. »Gutaussehendes Mädchen? Farbig?«

»Genau«, sagte ich.

»Also, das ist ein Klacks. Anne arbeitet jetzt nämlich grad hier um die Ecke. Schnellimbiß. Etwa auf halbem Weg zur nächsten Kreuzung. Sie können's gar nicht verfehlen. Da haben Sie aber Glück, Mister.«

»Ja«, sagte ich und erwiderte sein Grinsen in aller Aufrichtigkeit, »da hab' ich Glück. Danke. Danke Ihnen beiden.«

Ich eilte die Straße hinunter. Es wurde schon dunkel. Kinder spielten an einer Brandmauer Ball. Es gab nur einen Schnellimbiß: *Joe's Quick Lunch*. Ich drückte mich an einer Frau mit Kinderwagen vorbei und ging hinein. Drei Mädchen in weißen Kitteln warteten hinter einem langen, gekachelten Tresen. Nur eine von ihnen war farbig. Sie stand am Ende des Tresens in der Nähe der Tür. Als ich eintrat, sah sie vom Spülbecken auf, in dem sie gerade schmutzige Gläser abwusch.

Der Zeitungsverkäufer hatte recht gehabt. Sie war ausnehmend hübsch. Es war ein Gesicht, das an Dschungelblätter, Wasserfälle an Urwaldseen, exotische Blüten an herabhängenden Lianen denken ließ, ein Gesicht, das Gauguin gemalt haben könnte, wenn er nicht nach Tahiti, sondern nach Leopoldville gereist wäre. Ihre Augen, grün hinter dichten schwarzen Wimpern, beobachteten mich mit müder Passivität, so als wären schmutzige Gläser, Gebäck, Männer und Frauen alles Dinge von gleicher und gleichermaßen vorübergehender Bedeutungslosigkeit.

»Ja, Sir?« fragte sie.

Ich fragte zurück: »Sie heißen Anne, nicht wahr? Sie haben bei Sylvia gearbeitet?«

»Stimmt.«

»Haben Sie Nanny Ordway gekannt?«

Nichts veränderte sich an dem benommenen, verträumten Blick ihrer Augen. »Sind Sie von der Polizei?«

»Nein.«

Jetzt glomm in ihrem auf meinem Gesicht ruhenden Blick ein schwaches Interesse auf. »Sie sind Peter Duluth. Ich hab' Ihr Bild in der Zeitung gesehn.«

»Haben Sie Nanny gekannt?«

»Klar hab' ich sie gekannt.«

»Würden Sie mir dann helfen... bitte?«

Ihre dunkelroten Lippen öffneten sich, ließen weiße Zähne sichtbar werden. Es war nicht gerade ein Lächeln, aber es beseitigte die Barriere der Gleichgültigkeit. Es war, als sei ich nun kein schmutziges Glas oder Gebäck mehr. »Sie stecken in der Klemme, Mr. Duluth, was?«

»So ist es.«

»Ich rede mit Ihnen.« Sie sah zu den beiden anderen Mädchen hinüber. »Aber nicht hier. Der Alte kann's nicht haben, wenn wir uns mit Kunden unterhalten. Ich bin um acht fertig.«

»Nein«, erwiderte ich, »es muß gleich sein.«

Ich zog meine Brieftasche heraus. Sie blickte über den Tresen hinweg gleichgültig darauf hinunter. »Sparen Sie sich Ihr Geld«, sagte sie. Und dann: »Okay. Tun Sie so, als wär'n Sie ein Bulle, und folgen Sie mir.«

Sie kam hinter dem Tresen hervor und führte mich an ein paar dürftigen Tischen vorbei in einen rückwärts gelegenen Raum, wo ein alter Italiener mit dichtem weißem Haarfilz Coca-Cola-Kisten stapelte.

Er sah scharfäugig zu uns auf. »Was ist?« fragte er. »Was, was, was?«

»Pop«, sagte Anne »ich muß mal kurz weg. Ist die Polente. Sie will mit mir reden.«

Ich imitierte die zupackende Strenge von Inspektor Barnes. Der alte Mann starrte mich voller Unbehagen an.

»Polizei?«

»Genau«, erwiderte ich.

»Anne«, sagte er, »die ist ein braves Mädchen. Die hat nichts verbrochen.«

»Nein«, sagte ich, »sie muß uns nur mal helfen.«

»Die ist ein braves Mädchen«, wiederholte er. Er wandte sich jetzt Anne zu, wobei sein altes Gesicht vor besorgter Zuneigung glänzte. »Laß dir von denen nichts tun.«

»Nein, Pop.«

»Möchtest du, daß ich mitgehe...? Ihnen sage, was für ein braves Mädchen du bist?«

»Nein, Pop, ist schon in Ordnung.«

Er schüttelte bekümmert den Kopf. »Also okay. Okay.« Er wandte sich wieder mir zu. »Aber Sie behandeln sie ordentlich und bringen sie schnell wieder zurück.«

»Gewiß doch«, antwortete ich. »Holen Sie Ihren Mantel, Anne.«

Ich verließ den Schnellimbiß und wartete draußen auf der Straße. Kurz darauf kam Anne heraus. Sie trug über ihrem Kittel einen alten braunen Mantel mit Pelzkragen, der jedes andere Mädchen trist hätte aussehen lassen.

»Gehn wir zu mir«, sagte sie. »Ist nur grad ein Stück auf der anderen Seite der West rauf.«

Wir überquerten die dunkel werdende Seventh Avenue, bogen in eine kleine Sackgasse ein und blieben schließlich vor einem alten Sandsteinhaus mit schmutziger Glastür stehen. Anne öffnete sie mit einem Schlüssel. Ein schummriges Licht ließ einen trüben Flur und ein nacktes, noch viel trüberes Treppenhaus erkennen. Eine alte Frau mit einem Köter an schottengemusterter Leine trat aus einem seitlich gelegenen Raum. Als wir die Treppe hochgingen, blinzelte sie uns desinteressiert nach. In der Luft hing der säuerliche Geruch der Armut.

In der ersten Etage öffnete Anne eine Tür.

»Kommen Sie herein.«

Sie knipste eine Lampe an, die gegen die Dunkelheit ankämpfen sollte. Das Zimmer war so klein, wie es ein Zimmer nur sein kann. Ein Bett nahm fast den ganzen Raum ein. Ein kleiner Schrank war in eine Ecke geklemmt. Über der Glühbirne an der Decke war ein roter Papierschirm angebracht. Auf dem Fensterbrett stand ein kleines Radio.

Und ich hatte mich bei Nanny Ordway so väterlich und schuldig gefühlt, weil sie im Apartment der Amberleys ein ach so spartanisches Leben führen mußte!

Anne zog den Mantel aus und hängte ihn an einen Haken hinter der Tür.

»Setzen Sie sich aufs Bett. Das ist okay.«

Ich setzte mich. Sie ging um das Bett herum und ließ sich beim Radio nieder. Das Zimmer und die Armut machten sie nicht verlegen. Ich mutmaßte, daß sie beides so gleichmütig hinnahm wie alles andere auch.

Sie langte nach ihrer Handtasche und zog eine Schachtel Zigaretten heraus. Ich bot ihr von meinen an, aber sie meinte: »Ist schon gut. Sparen Sie sie.«

Ich zog mein Feuerzeug aus der Tasche. Sie beugte sich

vor, inhalierte tief. Die Flamme des Feuerzeugs ließ einen kleinen hellen Kreis auf ihrem Kinn erscheinen. Es war das Kinn einer Pharaonentochter. Ich fragte mich, wie das wohl sein mochte – so schön zu sein und in einem solchen Zimmer zu wohnen.

Sie sah mich mit einer Art unpersönlichen Mitgefühls an, als wäre ich nur ein weiterer Angehöriger der großen Heerschar der Notleidenden.

»Also, Schätzchen, wie groß sind denn nun die Schwierigkeiten?«

»Sehr groß. Haben Sie darüber gelesen?«

»Klar.«

»Nanny hat keinen Selbstmord begangen. Sie ist umgebracht worden.«

In den ruhigen grünen Augen war kein Aufflackern zu erkennen. »Klar wurde sie ermordet. Das war das erste, was ich dachte, als ich's in der Zeitung las.«

Erregung ergriff mich. »Warum?«

»Nanny und sich umbringen? Die doch nicht, nie und nimmer. Die war viel zu beschäftigt.«

»Beschäftigt?«

»Beschäftigt damit, weiterzukommen, nach oben, sich einen Platz zu sichern. Schon am ersten Tag, den sie im Klub arbeitete, hab' ich sie durchschaut... Wie sie sich an Sylvia ranschmiß, bei den anderen Mädchen auf kumpelhaft machte, selbst bei mir. Anne, meine Liebe, dies, und Anne, Darling, das. Der Liebling von Sigma Chi. Man braucht sich bloß anzusehen, wie sie's bei den Amberleys gemacht hat.«

»Was ist mit den Amberleys?«

Sie zuckte die Achseln. »Nur um zu zeigen, wie sie gearbeitet hat. Eines Abends kam sie früh. Sie kam eigentlich immer früh. Sylvia mochte das. Und Nanny blieb immer ein Weilchen im Garderobenraum. Auch das meistens, um zu zeigen, wie demokratisch sie eingestellt war. Und an dem Tag sagte sie: ›Du kennst doch diese Miss Amberley, Anne, Darling, die immer herkommt? Ich hab' gerade in einem Buchladen in dem Verzeichnis der führenden Familien des Landes geblättert, und da ist sie drin. Die Amberleys. Eine große, angesehene Familie in Boston.‹ Und ich sagte: ›Na und?‹ Und sie sagte: ›Wahrscheinlich sind sie reich, und da gibt's auch einen unverheirateten Bruder.‹ Sie lachte, tat so, als wenn sie nur einen Scherz gemacht hätte. Aber gleich danach kamen Miss Amberley und ihr Bruder. Nanny war sofort da und bediente die beiden, obwohl es gar nicht ihr Tisch war. Schon am nächsten Tag war sie bei denen eingezogen.«

Ich war wie gebannt und fragte: »So lief das also bei den Amberleys?«

»Klar.« Annes goldene Finger bewegten sich auf der Tagesdecke hin und her, als spielte sie ein unsichtbares Instrument. »Mir brauchte Nanny nichts vorzumachen. Ich war ja bloß das Mädchen in der Garderobe. Und immer ging das so. ›Wer ist das denn, Anne? Ist irgendwas los, Anne?‹ Einmal kam Errol Flynn bei uns rein. Da hätten Sie sie mal sehen sollen! Renkte sich fast was aus, so wackelte sie mit den Hüften. Und bot mir zwei Dollar dafür, daß sie ihm beim Gehen den Mantel geben durfte. Berühmtheiten. Alles, was ein Bankkonto hatte. Ans große Geld rankommen. Das war Nanny.«

Da war sie also endlich, die wahre Nanny Ordway, die Nanny, die sich so geschickt hinter Miss Amberleys ›bester Freundin‹, John Amberleys ›Henry-James-Verehrerin‹, meiner ›Gloria O'Dream‹ verborgen hatte. Die wirkliche Nanny. Die Nanny-Spinne.

Ich sagte: »Die Amberleys waren ganz vernarrt in sie.«

»Das war Sylvia auch. Das waren alle.«

»John Amberley hat sie sogar gebeten, seine Frau zu werden. Sie hat ihn zappeln lassen.«

»Warum auch nicht? Hat ihn in Reserve gehalten. Wenn niemand Größeres und Besseres auftaucht, okay. Wenn aber so jemand daherkommt, dann...«

»Zum Beispiel ich?«

Sie sah wieder ernst von ihren sich auf der Tagesdecke hin und her bewegenden Fingern auf. »So hat's doch funktioniert, oder nicht?«

»Ja.«

»Was wollte sie denn von Ihnen? Sie einfangen?«

»Das nehme ich an.«

»Der Gedanke kam mir gleich. Großer Regisseur. Eine Berühmtheit. Wenn Sie je in den Klub gekommen wären, dann wär' die Errol-Flynn-Nummer fällig gewesen. Wen schert's schon, daß Sie mit einem bezaubernden Filmstar verheiratet sind? Das hätte Nanny kaltgelassen. Nanny war für Nanny ein leichtes Spiel. Dachte, sie wär' die Garbo und Rita Hayworth in einer Person. Miss Unwiderstehlich.« Sie machte eine Pause und setzte schließlich hinzu: »Und was dann?«

Es war jetzt alles so klar, als wäre es auf Film festgehalten worden.

»Ich denke mir, daß sie irgendwann zu dem Schluß gekommen ist, daß es ihr doch nicht gelingen würde, mich zu angeln. Deshalb schaltete sie um.«

»Auf Erpressung?«

»Genau. Sie war schwanger.«

Die verträumten, kein Zucken verratenden Augen betrachteten forschend mein Gesicht. »Von Ihnen?«

»Du lieber Gott, nein. Ich habe sie nicht angerührt. Aber ich war der Trottel, den sie sich als Kindsvater ausgesucht hat. Für die Vaterschaftsklage.«

Anne nickte. Einen Augenblick lang saß sie schweigend auf dem Bett, wunderschön, herrlich – die Tochter des Kaisers, die sich den Schnellimbißkittel als launige Verkleidung übergestreift hatte. Plötzlich sagte sie: »Das ist also der Grund, warum Sie sie umgebracht haben.«

In ihrer Stimme hatte keine Kritik gelegen, überhaupt nicht die leiseste Spur von irgend etwas außer dem offensichtlichen Bedürfnis, eine offensichtliche Tatsache festzustellen. Ich dachte an all die anderen Anschuldigungen, die mir in den vergangenen Tagen an den Kopf geworfen worden waren. Für Lottie war ich der Verführer, für Miss Amberley ein Feigling, für Iris ein Lügner. Aber niemand hatte mich beschuldigt, ein Mörder zu sein. Dies nun hätte die letzte Demütigung sein können. Aber das war nicht der Fall. Weil es von Anne kam.

Ich sagte: »Ich habe sie nicht getötet.«

Sie akzeptierte meine Aussage so einfach, wie sie ihre Anklage vorgetragen hatte.

»Aber die Polizei denkt, Sie hätten es getan?«

»Sobald sie mich gefunden haben, nehmen sie mich fest.

Sie haben alle Beweise, die sie brauchen. Deshalb wollte ich mit Ihnen sprechen.«

»Warum?«

»Nanny besaß einen Schlüssel. Sie konnte in meine Wohnung mitnehmen, wen immer sie wollte. Und genau das muß sie auch getan haben. Sie muß jemanden dorthin mitgenommen haben. Und es muß der Vater des Kindes gewesen sein. Der war's, der hat sie umgebracht. Der Vater. Und ich dachte...«

»Ich könnte vielleicht jemanden wissen?«

»Ja.«

Sie schüttelte den Kopf. »Es ist schon sechs Monate her, daß sie im Klub gearbeitet hat, Schätzchen.«

»Ich weiß, aber...«

»Und ich als Garderobenfräulein? Ich war doch gar nicht vornehm genug, um ihre Freunde kennenzulernen.«

Ich hatte die Dringlichkeit meiner Unternehmung ein bißchen aus den Augen verloren. Dieser Ausflug in Nannys Vergangenheit hatte sie verwischt. Aber jetzt war sie plötzlich wieder da. Sollte mich das Glück, das ich bei dem Zeitungsverkäufer und am Tresen im Schnellimbiß gehabt hatte, am Ende in eine Sackgasse geführt haben?

»Sie wissen also von keinem Mann, der in Nannys Leben eine Rolle gespielt hat?«

»Mr. Amberley.«

»Keinen anderen?« Mich an Strohhalme klammernd, erinnerte ich mich wieder an Teile von Amberleys rührender Lebensgeschichte Nanny Ordways. ›Sie wohnte mit einem anderen Mädchen zusammen. Es war alles sehr unpraktisch für sie.‹ – »Was ist mit dem Mädchen, mit dem sie sich ein Zimmer geteilt hat, bevor sie zu den Amberleys gezogen ist?«

»Mädchen!« wiederholte Anne. »Das war kein Mädchen, sondern ein Mann.«

»Sind Sie sicher?«

»Ja. Sie tat immer so, als wenn's ein Mädchen wär'. Im Klub sprach sie nur von ihrer Zimmergenossin. Aber sie war mal an einem Zahltag krank. Sie rief an und bat mich, ihre Lohntüte für sie abzuholen. Sie brauche das Geld, sagte sie. Sie nannte mir die Adresse. Ich brachte das Geld hin. Auf dem Klingelschild stand der Name eines Mannes, und ein Mann kam auch an die Tür und nahm das Geld in Empfang. Später bat mich Nanny, es den anderen nicht weiterzusagen. Das wär' ihr Onkel gewesen, sagte sie. Aber es würde nicht so gut wirken, wenn man mit einem Mann in einer derart kleinen Wohnung zusammenlebte. Das waren ihre Worte.«

War das ein Hinweis oder nur ein weiterer Beweis für Nannys Verlogenheit? Ich fragte: »Und der Mann? Wer war das?«

»Oje, an seinen Namen erinnere ich mich nicht mehr. Das war vielleicht vor einem Jahr oder so. Aber er war schon ein bißchen älter. Gutaussehend, aber älter und mit 'ner Menge Haare.«

»Und die Wohnung?«

»In der 38. Straße Ost. Nummer 38, oder? Doch, jetzt erinnere ich mich wieder. 38. Straße Ost 38, erste Etage.«

Das war nicht viel, aber immerhin etwas. »Ist das alles?«

»Ja, ich denke schon.«

Ich stand vom Bett auf.

»Werden Sie dem nachgehen?«

»Gewiß doch.«

Sie stand ebenfalls auf. Sie kam um das Bett herum und blieb dicht vor mir stehen.

»Na, dann viel Glück.«

Sie lächelte. Es war das erste Mal, daß sie lächelte. Und ich dachte: Von allen Menschen, die ich kenne, ist dies der einzige, der mir geglaubt hat.

»Danke, Anne. Herzlichen Dank.«

Ich sah mich in dem tristen kleinen Zimmer um, sah den roten Papierschirm über der Glühbirne, das Radio auf dem Fensterbrett mit der abgeplatzten Farbe.

Ich sagte: »Ich wünschte, ich könnte irgend etwas...«

»Na!« unterbrach sie mich mit sanfter, tröstender Stimme, mit der Stimme einer Mutter. »Sie haben schon genug Probleme, Schätzchen. Jetzt fangen Sie bloß nicht noch an, sich meinetwegen Gedanken zu machen. Ich hab' mein Zimmer. Ich hab' meinen Job. Da ist niemand, der mich rumschubsen kann. Mir geht's gut. Auf Wiedersehen, Mr. Duluth.«

»Gute Nacht, Anne.«

17

Ein Taxi setzte mich an der Ecke 38. Straße Madison Avenue ab. Ich hatte mir eine Zeitung besorgt. So halbwegs hatte ich eine Schlagzeile erwartet wie FALL ORDWAY AUFGEKLÄRT. PETER DULUTH GESUCHT. Aber im Lokalteil war nicht das geringste über Nanny zu finden. Da steckte natürlich Barnes dahinter. Das theatralische Trara war seine Sache nicht. Er würde immer erst einmal seinen Mann fassen und dann seine Geschichte erzählen.

Es war ungefähr sieben Uhr. Meine Selbstsicherheit war noch intakt, obwohl mir eine Adresse, an die sich ein Mädchen, das lediglich ein einziges Mal dort gewesen war, zufällig erinnert hatte, nur wenig Hoffnung gab. Ein Mann, mit dem Nanny vor einem Jahr zusammengelebt hatte! Ein älterer Mann! Ein »Onkel«! Das klang so gar nicht nach dem Liebhaber, den ich suchte. Es klang viel eher nach einem weiteren Opfer – ein früher Wirt, von dem sich die Parasitin genährt hatte, bevor sie auf die Amberleys gestoßen war. Die Straße war menschenleer. Ein großer, leerstehender Gebäudekomplex an der Ecke trug dazu bei, eine trostlose Atmosphäre zu erzeugen. Ich fand das Haus und stieg die Stufen zu dem kleinen Eingangsflur hinauf.

Erste Etage, hatte Anne gesagt. Es war dunkel, und die Namen unter den Klingelknöpfen waren alt und ausgebleicht. Ich nahm mein Feuerzeug zu Hilfe und fuhr mit der Flamme an den gedruckten Kärtchen entlang. Parterre vorn... Parterre hinten... Erster Stock hinten...

Ich sah auf den Namen unter dem Klingelknopf, und mich ergriff eine starke Erregung.

Der Name auf dem Kärtchen lautete Gordon Ling!

Obwohl Gordon Ling in »Star Rising« mitspielte, hatte ich nicht die blasseste Ahnung gehabt, wo er wohnte. Jetzt dachte ich wieder an Annes Beschreibung – älter, gutaussehend, dichtes Haar. Sie paßte genau. Und der Gordon hier in meinem augenblicklichen Stück war keine schattenhafte Gestalt aus Nannys Vergangenheit, sondern so unmittelbar vorhanden wie ich.

Mir fielen so ungefähr die ersten Sätze wieder ein, die Nanny zu mir gesprochen hatte. ›Irgendwelche Leute haben mich mit hergenommen, aber sie sind, weil glamouröse Leute, schon wieder gegangen.‹ Gordon war bei der Party gewesen. Natürlich! Gordon hatte sie zu Lottie mitgebracht. Der auffallende, so gut wie gescheiterte Schauspieler und das kleine, auf seinen Vorteil erpichte Mädchen – ein ideales Paar – gehen zusammen zu der feinen Party. Warum? Damit sich Nanny ein geeignetes Opfer für den Vaterschaftsprozeß aussuchen kann?

Gordon Ling.

Das Glück blieb mir also doch treu.

Ich drückte auf die Klingel. Aus der Haustür ertönte ein antwortendes Klicken. Ich drückte sie auf und rannte fast nach oben.

Bevor ich an die Wohnungstür klopfen konnte, wurde sie von Gordon Ling geöffnet. Er trug einen schimmernden Morgenmantel aus Seide über Hemd und Hose. Als er mich erblickte, wich das professionelle Willkommenslächeln auf seinen Lippen einem Ausdruck heftigen Unbehagens.

»Peter!«

»Ja«, sagte ich, »ich bin's.«

Ich zwängte mich an ihm vorbei in das kleine Wohnzimmer. Hier war alles ganz entschieden männlich – mit Leder, Zinn und Pfeifenständern, so als hoffte er, vor diesem Hintergrund fotografiert und in *Harper's Bazaar* als

›distinguiert‹ bezeichnet zu werden. Die Wände waren mit Theaterfotos gepflastert. Bankhead ... Hayes ... ein Foto von Iris fiel mir ins Auge. ›Für Gordon. Viel Glück. Iris Duluth.‹ Waren Iris und Gordon je zusammen in einem Stück aufgetreten? Ich konnte mich nicht daran erinnern. Der Anblick ihres ruhigen, vertrauten Gesichts, in diesem Moment ›eingeblendet‹, hatte etwas Beunruhigendes.

Gordon war mir nachgeeilt. »Peter, was wollen Sie denn hier?«

»Was meinen Sie wohl? Ich bin wegen Nanny Ordway gekommen.«

Er ging schnell um einen Stuhl herum und baute sich vor mir auf. Er war fast so fahrig wie eine alte Frau. Das paßte nicht zu den hübsch geschnittenen Gesichtszügen und den Pfeifenständern.

»Aber Sie dürften gar nicht hier sein. Die Polizei ... die ist gerade erst weg.«

»Die Polizei?«

»Inspektor Barnes. Er war hier ... vor zehn Minuten.«

»Warum?« wollte ich wissen.

Er fuhr sich mit der Hand durch sein dichtes schwarzes Haar. Es war die typische Geste eines schlechten Schauspielers. Ich hatte ihn bei den Proben immer wieder davon zu kurieren versucht. »Wegen Nanny natürlich. Er hat es auch herausbekommen. Auf die gleiche Art wie Sie, nehme ich an. Nämlich über Sylvia in Kalifornien.«

»Was herausbekommen?«

»Das mit Nanny und mir. Daß Nanny meine Nichte war.«

Seine Nichte! Dann hatte Nanny Anne letztendlich doch nicht belogen. Soviel zu meiner brillanten Theorie. Niedergeschlagenheit überkam mich.

»Sie waren ihr Onkel?«

»Sind Sie nicht deshalb hergekommen?«

Ich setzte mich in einen roten Ledersessel. »Nein. Aber das muß auch reichen. Erzählen Sie.«

»Aber Peter...«

»Erzählen Sie.«

Er befeuchtete seine Lippen. »Sie meinen... Was denn? Was ich von Nanny weiß?«

»Natürlich.«

»Peter, Sie dürfen mir nicht böse sein. Ich habe versucht, das Richtige zu tun.« Er drehte die Quaste an der Kordel seines Morgenmantels – so wie Lottie ihre Perlenkette gedreht hatte. Schauspieler! dachte ich. Die sind doch alle gleich. Ohne Regie sind sie hundsmiserabel. »Ehrlich, Peter, ich wollte nicht...«

»Nun erzählen Sie einfach mal, Gordon.«

Er nahm ein Cocktailglas auf, das noch nicht leergetrunken war. Ich nehme an, er fühlte sich mit einem Requisit in der Hand wohler.

»Tja, viel ist es eigentlich nicht. Ich meine... Ich wußte schon immer von ihr. Sie war das Kind meiner Schwester, und als meine Schwester und ihr Mann vor ein paar Jahren umkamen... na ja, da war halt noch die Nanny da. Aber sie war in Virginia und lebte bei irgendwelchen Freunden der Familie und... Vielleicht hätte ich mich ein bißchen kümmern sollen. Aber mir ging's damals nicht so gut, und ich dachte mir, es würde bei ihr schon alles in Ordnung sein. Und das war's auch, nehme ich an. Bis vor ungefähr einem Jahr, als die Leute pleite machten oder irgend so was. Da kam sie hierher. Sie schrieb nicht einmal. War eines Morgens einfach da. Sie sei nach New York gekommen, sagte sie, um sich einen Job zu suchen.«

Das Glas half ihm dabei, sich wieder als distinguierter Herr zu fühlen. Er fing an, im Zimmer auf und ab zu gehen. Es war eigentlich nicht das, weswegen ich hergekommen war, aber trotz der drängenden Zeit, die von Minute zu Minute knapper wurde, hatte die Sache ihre ganz eigene Faszination. Hier erfuhr ich zu guter Letzt doch noch etwas über Nanny Ordways erste Schritte – von ihrem ersten Auftritt als kleines Mädchen aus Virginia, das mit seinem Koffer Unterschlupf in Gordon Lings Wohnung fand. ›Onkel, ich bin hergekommen, um mir einen Job zu suchen...‹

»Selbstverständlich nahm ich sie bei mir auf, Peter. Meine einzige Nichte. Jeder andere hätte das auch getan. Diese Wohnung ist zwar nicht sehr groß, und ich hatte keineswegs die Absicht gehabt... aber sie schien ein ganz liebes Kind zu sein, still, hilfsbereit, wollte mir nicht auf der Tasche liegen. Sie konnte nichts, hatte keinerlei Ausbildung. Wollte eigentlich Schriftstellerin werden. Aber schließlich brachte ich sie doch unter... bei Sylvia. Sylvia und ich sind schon seit langer Zeit befreundet. Bin mal einen ganzen Winter lang mit ihr zusammen in einem Klub in L.A. aufgetreten. Sylvia stellte Nanny mir zuliebe ein. Und Nanny machte ihre Sache gut... den Job, meine ich. Brachte jede Woche ihren Lohn an, half aus. Aber... tja, ein Mann hat auch gern sein eigenes Leben, wenn Sie wissen, was ich meine? Eine Nichte bei sich wohnen zu haben, das ist schon okay, aber ... Sie wußte das. Auch darin war sie gut zu haben. Nach ein paar Monaten freundete sie sich mit einem Mädchen an... mit dieser Amberley... und zog zu ihr.«

Ja, das alles stimmte. Der ruhige erste Akt. Der allmähliche Aufbau. Die mausartige, liebe kleine Nichte. ›Hier ist meine Lohntüte, Onkel. Kann ich heute abend den Abwasch machen, Onkel? Onkel, ich möchte dir nicht zur Last fallen. Ich ziehe zu einer Freundin.‹ Die Nanny-Spinne hatte sich noch verborgen gehalten. Bis dahin gab es nur erste flüchtige Hinweise auf die drohende Plage. ›Anne, Darling, hier hast du zwei Dollar. Laß mich Errol Flynn seinen Mantel geben. Anne, Schätzchen, diese Miss Amberley steht im Verzeichnis der besten Familien. Eine vornehme Familie aus Boston.‹

Ich beobachtete Gordon. Ich dachte: Er lügt nicht. Er ist als Schauspieler nicht gut genug, um mich täuschen zu können. So hatte sich ihre Beziehung gestaltet, und so sah er sie – und tat es wahrscheinlich immer noch. Die liebe, stille Nichte. Auch er war ihr Opfer geworden.

»Ist das alles?« fragte ich.

»Ja, das ist der ganze Anfang.«

»Warum sind Sie denn nicht zur Polizei gegangen, als Sie von ihrem Tod erfahren haben?« wollte ich wissen.

Er wurde rot – ein leuchtendes, unnatürliches Rot, das eher wie Rouge aussah. »Ich hatte meine Gründe. Ich tat nur... Peter, es schien angesichts der gegebenen Umstände die einzige Möglichkeit zu sein. Und ... und außerdem wußte ich da ja noch nicht, daß sie ermordet worden war.«

»Aber jetzt wissen Sie es?«

»Ja. Inspektor Barnes hat es mir heute abend mitgeteilt.«

»Und Sie wissen auch, daß sie schwanger war?«

»Ja, das wußte ich bereits.«

Ich sagte: »Ihr Liebhaber hat sie umgebracht.«

»Der Ansicht ist Barnes auch.«

»Wissen Sie, wer ihr Liebhaber war?«

Ich hatte das nur gefragt, um gefragt zu haben, ohne die geringste Hoffnung, daß es etwas bringen würde. Gordon blieb jedoch unvermittelt vor mir stehen. Er schaute auf seine Hände hinab, die plötzlich gröber denn je aussahen.

»Ja, Peter, ich weiß es.«

»Sagen Sie's mir«, forderte ich ihn auf.

»Muß ich, Peter?«

»Sagen Sie's.«

»Aber...«

»Zum Teufel mit den Abers!«

Er sah auf. Sein Gesicht war noch immer gerötet und unglücklich. »Ehrlich, Peter, ich habe mich nicht eingemischt. Als Nanny zu Miss Amberley gezogen war, verfügte sie, wie ich wohl wußte, noch über einen Schlüssel zu dieser Wohnung. Das war, was mich anbetraf, in Ordnung. Sie hatte sogar einige ihrer Sachen bei mir gelassen. Nachdem Sie mir den Job in ›Star Rising‹ gegeben hatten, besuchte sie mich ein paarmal in der Garderobe, aber das war alles. Ich lebte mein Leben. Und ich ließ sie das ihre leben.«

»Haben Sie Nanny zu dieser Party bei Lottie mitgenommen?«

»Was für eine Party? O nein! Ich habe sie lediglich dort gesehen. Auf der anderen Seite des Zimmers. Ich hatte nicht einmal Gelegenheit, mit ihr zu sprechen. Und im übrigen war es auch erst danach, daß mir auffiel ... ich meine, die Sache mit den Vorstellungsnachmittagen ...«

Er verstummte.

»Vorstellungsnachmittagen?«

»Wissen Sie, ich kam nach der Show immer sehr müde nach Hause. Nahm nicht viel wahr. Manchmal, nun ja, da dachte ich, die Wohnung sähe irgendwie verändert aus ... manchmal zu sauber, manchmal nicht sauber genug. Aber eine ganze Zeit lang bin ich über nichts gestolpert. Dann aber dämmerte es mir allmählich. Da hat sich jemand aufgehalten, dachte ich. Jemand kommt an all den Nachmittagen her, an denen Vorstellungen gegeben werden, und gelegentlich auch noch mal abends. Ich dachte natürlich sofort an Nanny. Wer hätte es sonst sein können? Ich wollte deshalb kein großes Trara machen. Zum Teufel auch, wenn Nanny einen Ort brauchte, um mal von der Amberley wegzukommen und mit sich allein zu sein ... das störte mich doch nicht. Aber ich wollte Sicherheit haben.

Sie hatte mir aufgetragen, sie niemals bei Miss Amberley anzurufen. Ich nehme an, sie hatte ihr nicht erzählt, daß es da einen Onkel in New York gab. Vielleicht dachte sie, sie würde rausfliegen, wenn Miss Amberley erführe, daß noch ein anderer Ort zur Verfügung stand, wo sie hätte hingehen können. Ich schrieb Nanny ein kleines Briefchen und bat sie, mal bei mir vorbeizukommen. Als sie dann kam, fragte ich sie ganz direkt: Hast du dich hier aufgehalten? Sie war genauso offen. Sie habe einen Freund, sagte sie... und es gebe Gründe, warum sie ihn nicht zu Miss Amberley mitnehmen könne. Sie hätte mich vorher fragen sollen, räumte sie ein. Aber sie hätte nie gedacht, daß es mir was ausmachen würde... Und ich, Peter, hab's dabei bewenden lassen. Gott weiß, daß ich nicht der strenge Onkel bin. Wenn Nanny einen Liebhaber hatte... um so besser für das Kind. Ich sagte ihr, es sei okay... sie solle haltmachen. Und das war's.«

Meine Hoffnung wuchs wieder. Gordon war nicht der Mann, aber er führte mich auf direktem Wege zu ihm hin. Dies hier war also das Zentrum von Nannys Spinnennetz gewesen. Hierher hatte sie – ohne Wissen der Amberleys oder sonst eines Menschen – ihren Liebhaber mitgebracht und mit ihm zusammen den Plan ausgeheckt, der schließlich in der Vernichtung Peter Duluths Gestalt angenommen hatte.

Gordon Ling sah mich ernst an – mit einer Verlegenheit, die ich ebenso verwirrend wie beunruhigend fand.

»Ich hätte es nie erfahren, Peter, wenn nicht dieses letzte Mal gewesen wäre. Grad... grad an dem Tag vor ihrem Tod, als sie herkam und...«

Einmal mehr gab er auf. Von seinem Unbehagen infiziert, hakte ich nach: »Herkam... und was noch?«

»Na ja«, platzte er heraus, »mir alles erzählte. Das arme Kind, wahrscheinlich war sie ja auch nicht unschuldig an dem allen, aber man konnte nicht anders, sie tat einem doch leid. Sie war in einem entsetzlichen Zustand, machte eine Szene, war ganz außer sich, weinte sich die Seele aus dem Leib. Sie erzählte mir alles, wie wahnsinnig sie verliebt sei, wie sehr sie auf die Scheidung gehofft habe, wie ihr klargeworden sei, daß es nicht sein könne und ihr nichts anderes übrigbliebe, als alles aufzugeben, wie sehr sie versucht habe, tapfer zu sein, aber wie hoffnungslos jetzt alles sei, habe sie doch kaum noch Zweifel daran, daß sie ein Kind erwarte. Ob ich ihr helfen könne? Sie bat mich immer und immer wieder. Könne ich nicht, bitte, bitte, irgend etwas tun?«

Das war die Art von dramatischer Szene, von der Gordon normalerweise meinte, er könne sie gut bringen. Aber diesmal war er ganz fürchterlich schlecht, so als ob er in der Provinz spielte, verheerende Kritiken bekommen und die Nerven verloren hätte.

»Schließlich war ich ihr Onkel, Peter. Ich mußte etwas unternehmen. Ich versuchte sie zu beruhigen. Ich sagte: ›Du mußt mir den Namen des Kerls sagen. Wenn er für dies alles verantwortlich ist, wenn du ihn wirklich liebst, wenn du tatsächlich ein Baby bekommst, dann muß er sich scheiden lassen und dich heiraten. Keine Bange‹, sagte ich, ›ich werde zu ihm gehen. Sag mir seinen Namen.‹«

Die Hoffnung hatte mich begriffsstutzig gemacht. Das wurde mir jetzt bewußt. Mit schockierender Deutlichkeit ging mir langsam auf, warum er so quälend verlegen war.

»Sie hat Ihnen also seinen Namen genannt, Gordon?«

Er sah einfältig auf den Teppich hinunter. »So ist es.«

Plötzlich kam er zu mir und ergriff meine Hände. Wir waren jetzt die beiden gebildeten, weltgewandten Herren, die einander über eine schwierige Szene hinweghalfen.

»Ehrlich, Peter, ich hatte nie auch nur im Traum daran gedacht, daß Sie es sein könnten. Als sie mir das sagte...

Lieber Gott, Sie können sich vorstellen, wie mir zumute war. Ich hatte gesagt, ich würde zu ihr halten. Ich war ihr Onkel. Da saß sie vor mir und weinte, sprach von Freitod. Ich wußte, daß es meine Pflicht war. Aber... bei Iris und Ihnen... ich meine, wo Sie so gut zu mir gewesen waren und mir die erste große Rolle seit Jahren gegeben hatten und...«

»Ja«, sagte ich, »ja, ja, ich weiß.«

Und natürlich wußte ich. Warum war es mir nicht schon zu Beginn seines Monologs klargeworden? Die Nanny-Spinne hatte ein Amberley-Netz gesponnen, um mich zu fangen, ein Lucia-Netz, ein Iris-Netz. Und natürlich auch ein Gordon-Netz. Es entbehrte schon nicht der Komik, daß Gordon die letzte und überzeugendste Rolle in dem Vaterschaftsprozeß zugedacht worden war – der empörte Onkel, der an der Eltern Statt wütete. ›Sie haben meine Nichte verführt. Sie ist schwanger. Ich fordere Wiedergutmachung.‹

»So war das.« Es war auch lachhaft, wie Gordon versuchte, mich zu besänftigen. »Ich habe mich nicht in Nannys Angelegenheiten eingemischt, Peter. Das ist mir alles aufgehalst worden. Es... es war wirklich schrecklich unangenehm. Natürlich habe ich auf Zeit gespielt. Ich... nun ja, ich habe an jenem Abend eigentlich nicht sehr viel unternommen. Und am nächsten Abend kam dann Lottie ins Theater, und... und da erfuhr ich es.«

Seine lebhaften blauen Augen, die nur ein klein wenig ausgebleicht waren, fixierten mein Gesicht mit dem ›ehrlichen‹ Verlangen nach Kritik und Züchtigung.

»Vielleicht sind Sie der Ansicht, ich hätte falsch gehandelt, Peter. Ich weiß es nicht. Zum Henker, ich weiß überhaupt nichts mehr. Ich bin so durcheinander. Aber ich erfuhr, daß sie tot war, daß sie dort an Ihrem Kronleuchter hing. Es war natürlich furchtbar. Aber ... nun ja, es war geschehen, nicht wahr? Sehen Sie, ich dachte, sie habe Selbstmord begangen. Das dachten wir alle. Und ich dachte: Armes Kind ... Da hat sie es doch tatsächlich getan. Sie hat sich für Peter umgebracht. Und ich dachte auch: Also Peter, der hat es schon schwer genug. Wenn ich zur Polizei ginge, würde ich die ganze Geschichte erzählen müssen. Wem brächte das etwas? Ich meine ... es würde Nanny auch nicht mehr helfen. Und Peter, der stets an mich gedacht hat ...«

Die ehrlichen Augen ruhten immer noch unverwandt auf meinem Gesicht. Die Stimme brach mit vornehmem Zittern ab. Armer Gordon, Schauspieler vom Anfang bis zum Ende! Er hatte gedacht, seine Nichte habe sich das Leben genommen, weil ein Regisseur sie verführt hatte, war dabei aber auch realistisch genug gewesen, daran zu denken, daß ein Regisseur ein Regisseur war.

Ich sagte: »Sie beschlossen also, nicht zur Polizei zu gehen ... um meinetwillen nicht?«

»Ja, Peter.« Auf seinem Gesicht erschien ein schnelles Lächeln. »Ja, mein Lieber. So ist es.«

»Aber jetzt ... heute abend ... da haben Sie Inspektor Barnes alles erzählt?«

Das Lächeln wich, und der ernste Ausdruck war wieder da.

»Peter, ich habe es nicht gerne getan. Ehrlich nicht. Aber dann sagte er mir, es sei Mord gewesen. Das sei eine ernste Sache. Man könne in fürchterliche Schwierigkeiten geraten, wenn man bei einem Mord Beweismaterial zurückhalte.«

»Gewiß«, sagte ich. »Klar kann man in Schwierigkeiten geraten, Gordon.«

Ich sah ihn an. Ich dachte düster an Inspektor Barnes. Er hatte jetzt alles – einen Handschriftenexperten, der sagte, daß der Abschiedsbrief eine Fälschung war, den Gerichtsmediziner, der bestätigte, daß der Selbstmord durch Erhängen kein echter gewesen war, und jetzt Gordon Ling, den Onkel des ›Opfers‹, mit seiner Geschichte, die für mich soviel wie das Todesurteil bedeutete.

Inspektor Barnes, dem Wahrheitssucher, war es am Ende gelungen, die nackte Jungfrau vom Grunde des Brunnens heraufzuziehen. Das jedenfalls glaubte er. In Wirklichkeit natürlich nicht. Alles, was er heraufgezogen hatte, war eine Puppe, die von Nanny Ordway strategisch geschickt dort plaziert worden war – von Nanny und von ihrem Mörder.

Aber das war, was mich anbetraf, nicht von Belang. Ich saß praktisch in der Falle.

Ich sagte: »Okay, Gordon, ich habe dazu nur eines zu bemerken. Nein, zweierlei. Ich hatte nie etwas mit Nanny Ordway. Und ich habe sie nicht umgebracht.«

Er stürzte sich darauf. Ich bildete mir nicht eine Sekunde lang ein, daß er mir glaubte, aber es war das ideale Stichwort für ihn, um den ›Onkel‹ abzustreifen und wieder der kleine Kumpel des Regisseurs zu werden.

»Natürlich, Peter. Ich habe nie geglaubt, daß Sie es getan haben. Das habe ich auch Barnes sofort gesagt.

›Peter ein Mörder?‹ sagte ich. ›Aber das ist doch blödsinnig.‹«

Einen Augenblick lang schien wieder etwas von dem Gift der Nanny-Spinne in meinen Adern zu kreisen. Gib auf! Was hat's denn für einen Sinn? Aber der Zorn eilte zu meiner Rettung herbei. Verdammt! dachte ich. Ich werde mich von Nanny Ordway und Inspektor Barnes nicht unterkriegen lassen. Es muß einen Weg geben!

Hier war dieser Weg jedoch nicht zu finden – nicht in dieser kläglichen kleinen Wohnung eines schlechten, kriecherischen Schauspielers.

Ich stand auf.

Gordon sagte scharf: »Peter, Sie wollen gehen?«

Er hatte diesen Satz nicht im Tonfall der Erleichterung aussprechen wollen, aber sie war doch hörbar.

»So ist es«, sagte ich.

»Aber ... aber wohin?« Er packte meinen Arm – der engste Freund des Scarlet Pimpernel, der ihn vor dem Schinderkarren warnt. »Peter, gehen Sie nicht in Ihre Wohnung zurück! Barnes, er... ich meine, er sagte so was, daß er dorthin wolle, um Sie festzunehmen.«

»Nein«, erwiderte ich, »ich werde nicht in meine Wohnung gehen.«

»Aber... wohin dann?«

Ja, wohin? »Oh, irgendwohin«, sagte ich.

Ich ging zur Tür. Ich kam an dem Foto von Iris vorbei. »Für Gordon. Viel Glück. Iris Duluth.« Gordon kam mir nachgelaufen. Ich kam zu dem Schluß, daß es der raschelnde Saum seines Morgenmantels sein mußte, der ihn wie eine alte Frau wirken ließ.

»Peter, ich werde ihnen nicht sagen, daß Sie hier waren. Ehrlich nicht.«

»Danke, Gordon.«

»Und Sie sind mir nicht böse? Sie verstehen ...? Unter den gegebenen Umständen ...«

»Ja, Gordon, ich versteh' schon.«

18

Ich stand wieder draußen auf der 38. Straße. Meine Unterredung mit Gordon war nicht ganz nutzlos gewesen. Zumindest wußte ich jetzt genau, daß Barnes – so wie ich – glaubte, Nanny sei von ihrem Geliebten getötet worden. Der einzige Unterschied zwischen uns bestand darin, daß nach Barnes' Überzeugung ich dieser Geliebte gewesen war.

Ich ging die Madison Avenue hinunter. Ich kam an einem Drugstore vorbei und ging hinein. Auch ein flüchtiger Rechtsbrecher muß mal etwas essen. Ich setzte mich an den Tresen und bestellte Kaffee und ein Sandwich. Ein paar Mädchen im Teenageralter aßen Eis und schwatz miteinander. »Aber wirklich, das ist vielleicht ein Spinner! Ein echter Blödmann!« Eine Frau mit einem Pudel zog Briefmarken aus einem Automaten. Niemand beachtete mich. Warum sollten sie auch – jedenfalls vorläufig? Ich sah aus wie jeder andere auch.

Beweise, dachte ich. Barnes hatte alle Beweise für sich. Ich hatte keinen. Ich wußte, daß Nanny ihren Geliebten in die Wohnung ihres Onkels mitgenommen hatte. Aber wie sollte ich beweisen, daß ich nicht dieser Geliebte gewesen war? Gordon konnte mir trotz all seiner Bekundungen des Mitgefühls nicht helfen. Er war auf die Tatsache, daß jemand seine Wohnung benutzt hatte, erst nach der Party bei Lottie aufmerksam geworden, also erst nachdem ich Nanny Ordway kennengelernt hatte. Wenn er es doch bloß ein bißchen früher gemerkt hätte! Dann hätte es wenigstens etwas bewiesen. Aber leider hatte er nicht.

Letztlich lief alles auf die Zeitfrage hinaus.

Die Teenager verließen untergehakt den Drugstore. »Bescheuert! Ist der Typ bekloppt?«

Bei ihrem Tod war Nanny fünf oder sechs Wochen schwanger gewesen. Wie lange hatte ich sie eigentlich gekannt? Die Frage war leicht zu beantworten. Ich hatte sie an dem Tag kennengelernt, an dem Iris nach Jamaica abgereist war. Also am 6. Oktober. Und sie war am 9. November umgebracht worden. Wie lange lag das zurück? Vier Wochen und sechs Tage. Die winzige Zeitspanne von nur einem Tag! Das war nicht genug, um irgend jemandem irgend etwas zu beweisen. Wenn es doch bloß noch irgendein anderes Datum gäbe – einen Zeitpunkt vor dem 6. Oktober, zu dem Nanny zweifelsfrei mit einem Liebhaber zusammengewesen war.

Ganz plötzlich – ich trank gerade einen Schluck Kaffee – fiel mir John Amberley ein. Er hatte mir doch erzählt, daß er Nanny an seinem Geburtstag einen Heiratsantrag gemacht hatte. Und Claire Amberley, hatte sie nicht unmittelbar, nachdem er mir das offenbart hatte, gemeint: ›Das war der Zeitpunkt, wo ich sie dazu brachte, sich mir anzuvertrauen, der Tag, an dem sie John sagte, er solle noch warten. Ich wußte, daß es da noch einen anderen Mann gab. Den Verdacht hatte ich schon eine ganze Weile gehabt.‹

Einige Zeit vor dem Geburtstag ihres Bruders! Wenn John Amberley vor dem 6. Oktober Geburstag hatte, dann wäre das ein Beweis.

Ich stand auf und bezahlte meine Rechnung an der Kasse, wobei ich mich in der Leine des Pudels verhedderte, dessen Frauchen gerade bei dem Regal mit den Handtaschen herumlungerte. Neue Hoffnung keimte auf. Vielleicht würde sich ja ausgerechnet Miss Amberley, meine erbarmungsloseste Feindin, als meine Retterin erweisen. Ich winkte mir draußen auf der Madison Avenue ein Taxi heran. Ich sagte zum Fahrer: »Charlton Street, Nummer 31.«

Inzwischen kannte ich Miss Amberley gut genug, um kein Risiko einzugehen. In dem kleinen, unterhalb der Straßenebene gelegenen Vorflur von Nummer 31 drückte ich auf den Klingelknopf über ihrem Namen. Das Klicken in der Tür wurde hörbar. Ich lief schnell die Treppe hinauf und zu ihrer Wohnungstür, klopfte an. Ich war jetzt so sicher, daß mir mein Glück treu bleiben würde, daß ich gar nicht auf den Gedanken kam, sie könnte etwa nicht zu Hause sein. Als ich ihre Stimme drinnen in der Wohnung hörte, war ich weder überrascht noch erleichtert. Sie fragte: »Wer ist dort?«

»Barnes«, sagte ich mit der Stimme, die mir an diesem Tage schon einmal gute Dienste geleistet hatte. »Inspektor Barnes.«

Die Tür ging langsam auf. Bevor sie sich noch ein Viertel geöffnet hatte, schob ich mich schon ganz schnell hinein und schloß sie hinter mir.

Miss Amberley stand direkt vor mir. Sie trug wieder ihren alten, farbenbekleckerten Kittel. Ob sie das Ding wohl jemals ablegt? dachte ich. Ihre vorstehenden grünen Augen, die hart wie Metall waren, starrten mich mit einem Blick an, in dem sich Empörung und Unruhe mischten.

»Sie haben mich aufgefordert, bei Ihnen vorbeizuschauen, wann immer ich in die Gegend käme.«

»Ich... ich dachte, es sei Inspektor Barnes.«

»Ich habe gesagt, ich sei Inspektor Barnes.« Ich trat noch dichter an sie heran. »Ich möchte, daß Sie mir helfen.«

»Ihnen helfen?« Sie lachte laut auf. »Wenn wir in der Wüste wären und wenn es nur eine Flasche Wasser...«

»Dann würden Sie mich verdursten lassen?«

»Ja«, erwiderte sie.

Ich sah sie an. Ich fragte mich, wie das wohl sein mochte – all diesen Haß in sich zu tragen. Was Miss Amberley brauchte, dachte ich, war ein gehörig großer Schock.

Ich sagte: »Sie wissen natürlich, daß Nanny ermordet worden ist?«

»Ermordet?« Sie wiederholte das Wort mit einem seltsam piepsenden Laut des Erschreckens. Ganz instinktiv beugte sie sich nach hinten, von mir fort. Das nutzte ich aus.

»Sie ist ermordet worden, und Barnes wird mich festnehmen. Er sucht bereits nach mir. Ich kann mir statt eines Mordes genausogut auch zwei an meine Fahnen heften.«

Ich sagte das in einem offenkundig spöttischen Tonfall, aber sie verstand es tatsächlich als Drohung. Ihr Gesicht löste sich in ein Muster sinnloser Angst auf.

In einer blitzschnellen Bewegung, mit der sie mich fast überrumpelt hätte, fuhr sie herum und wollte zum Telefon greifen. Ich sprang vor und schnappte ihre Hände am Gelenk. Bei der Berührung fingen ihre Arme an zu zittern, als wäre ich ein Aussätziger.

»Nein... nein... nein!«

»Wollen Sie mir helfen?«

»Tun Sie mir nicht weh. Bitte! Tun Sie mir nichts.«

»Wollen Sie mir sagen, was ich wissen möchte?«

»Alles.«

»Ihr Bruder hat Nanny an seinem Geburtstag einen Heiratsantrag gemacht, stimmt's?«

»Ja. Ja, das wissen Sie doch. Er hat es Ihnen selbst gesagt.«

»Aber Sie hatten vorher schon den Verdacht, sie hätte einen Geliebten. Das haben Sie doch gesagt? Vor dem Geburtstag.«

»Ja, natürlich. Wochen vorher. Ich wußte es. Jeder kann so etwas merken.«

»Wann hat Ihr Bruder Geburtstag?«

Sie zappelte jetzt und versuchte ziellos und schwach, ihre Handgelenke freizubekommen, war wie ein Huhn, das noch herumflattert, nachdem ihm schon der Kopf abgehauen worden ist.

»Wann«, wiederholte ich, »hat Ihr Bruder Geburtstag?«

»Im Oktober«, antwortete sie. »Am 2. Oktober.«

Am 2. Oktober! Und ich hatte Nanny Ordway erst

am 6. Oktober kennengelernt. Das war's. Ich hatte es geschafft!

Ich sagte: »Und unmittelbar danach, noch am selben Tag, nämlich noch am 2. Oktober, haben Sie sie dazu gebracht zuzugeben, daß sie einen Geliebten hatte?«

»Ja, das ist richtig. Das habe ich Ihnen doch schon erzählt.«

»Aber da hat sie meinen Namen noch nicht genannt, sondern erst sehr viel später?«

»Stimmt. Auch das habe ich Ihnen schon gesagt.« Für einen Augenblick gewann der Haß die Oberhand über ihre Angst. »Aber Sie waren es. Natürlich waren Sie's. Sie hat Ihren Namen zwar nicht erwähnt, aber was macht das schon? Wo sie Sie doch beschrieben hat.«

»Mich beschrieben?«

»Ja«, sagte Miss Amberley. »Der Mann einer berühmten Schauspielerin.«

Von allen überraschenden Augenblicken jenes Tages ist mir dieser eine bis heute höchst lebhaft in Erinnerung geblieben.

Denn ganz plötzlich, wie aus heiterem Himmel, gab es eine Lösung. Sie traf mich mit niederschmetternder Wucht. Ich ließ Miss Amberleys Handgelenke los. Sie stieß die Luft aus und lief rückwärts von mir fort, stolperte und fiel auf eines der mit Sachen vollgehäuften Sofas.

Ich stand einen Moment lang da und bemühte mich, meine Erregung unter Kontrolle zu bekommen. Plötzlich sprang Miss Amberley auf und zum Telefon.

»Schnell«, schrie sie in die Sprechmuschel. »Rufen Sie die Polizei. Schnell!«

Ich rannte aus der Wohnung. Als ich die Treppe hinunterlief, konnte ich immer noch ihre Stimme hören, heiser, jetzt aber auch triumphierend: »Die Polizei... Rufen Sie die Polizei...«

Es galt ein Dutzend verschiedener Dinge zu bedenken, aber alles wurde von dem Bild Iris' überragt und erschien nebensächlich. In den zurückliegenden, überaus hektischen Stunden war mir keine Zeit geblieben, mich der Verzweiflung über den Verlust meiner Frau hinzugeben. Aber jetzt, wo ich auf so wunderbare Weise entlastet worden war, konnte ich nur noch an Iris denken. Sie war bei Alecs Party gewesen. Sicher hatte Alec sie wegen seines in England zur Aufführung kommenden Stückes angesprochen. Vielleicht hatte sie in der Abneigung gegen mich, die sich bei ihr zusammengebraut hatte, schon zugestimmt, mit Alec nach London zu gehen. Der Gedanke ließ mich erschauern. Ich rannte in einen Süßwarenladen und rief in ihrem Hotel an. Man sagte mir, sie sei nicht im Haus. Dann war sie also noch bei Alec. Alec wohnte im *Pierre*. Ich fand die Nummer. Man verband mich mit Alecs Suite. Seine ruhige, liebenswürdige Stimme sagte: »Hallo.«

»Alec«, sagte ich, »hier ist Peter. Ist Iris noch bei Ihnen?«

Er schwieg einen Augenblick. Dann sagte er: »Tut mir leid, Peter, sie ist gerade gegangen.«

Die kleine Pause hatte ihn verraten. »Sie ist noch da«, sagte ich.

»Nein, ist sie nicht.«

»Alec, ich muß sie sehr dringend sprechen. Es ist wahnsinnig wichtig. Ich...«

»Einen Augenblick.«

Wieder trat Stille ein. Dann ließ sich Iris' Stimme vernehmen, kühl und bemüht feindselig. »Also wirklich, Peter! Alec liest mir gerade sein Stück vor.«

»Ich muß mit dir sprechen.«

»Aber es gibt nichts, worüber wir sprechen könnten. Hättest du es mir nicht auch beim Lunch sagen können?«

Wußte sie es denn nicht? Wußten es inzwischen nicht schon alle?

Ich sagte: »Nanny ist ermordet worden.«

Ich konnte hören, wie sie schnell tief Luft holte. »Nein!«

»Barnes hat alle Beweise, die er benötigt. Er wird mich festnehmen lassen.«

»Peter!«

»Ich muß dich sprechen.«

»Selbstverständlich.« Es war wunderbar, die alte, natürliche Stimme, das nicht vorbedachte Mitgefühl in ihr zu hören. »Aber selbstverständlich, Peter. Ich komme sofort. Wo bist du? In der Wohnung?«

»Nein. Und wir können auch nicht dorthin. Wahrscheinlich wird sie von der Polizei observiert.«

»Dann wo?« Sie schwieg eine Weile, fragte dann: »Wie wär's mit Mutters Wohnung? Ich hab' einen Schlüssel.«

»Das ist gut.«

»Dann ... dann sage ich gerade Alec Bescheid, was los ist, und komme. Ist das in Ordnung ... ich meine, daß ich's Alec sage?«

»Warum nicht?«

»Dann bin ich gleich da.«

Sie legte auf. Ich trat wieder auf die Straße hinaus. Absurderweise hatte ich so halb erwartet, daß sich das gesamte Erscheinungsbild des Village durch die ›Schnell, die Polizei...!‹ schreiende Stimme Miss Amberleys verändert haben würde. Aber nichts dergleichen. Es war keinerlei Unruhe zu spüren. Ich ging schnell zur Sixth Avenue. Dort winkte ich mir ein Taxi heran und sagte dem Fahrer, er solle mit Bleifuß in die 84. Straße fahren, wo sich die Wohnung von Iris' Mutter befand.

Ich wußte, daß Iris vor mir dort sein würde. Sie hatte es nicht so weit. Ich fuhr mit dem Lift in die zwölfte Etage hinauf. Ich klopfte an die Tür. Iris öffnete auf der Stelle. Sie trug ein sehr elegantes Cocktailkleid. Sie hatte sich für Alecs Party schön gemacht.

»Peter!«

Sie schloß die Tür und ging mir voran ins Wohnzimmer, das auf pingelige und schaurige Weise bis zur Rückkehr der Mutter aus Jamaica mit Schonbezügen verhüllt worden war.

Iris hatte Zeit zum Nachdenken gehabt. Sie war ein bißchen argwöhnisch. »Peter, du hast das doch nicht erfunden? Wenn ja, dann...«

»Nein, ich hab's nicht erfunden.«

Ich setzte mich auf die Lehne eines der schauerlichen Sofas.

»Sie ist also ermordet worden?«

»Ja.«

»Und Barnes glaubt, du hättest es getan?«

»Er weiß es.«

»Der Dummkopf!«

Die Spontaneität, mit der sie dies sagte, verscheuchte meine letzten noch vorhandenen Befürchtungen.

»Du glaubst nicht, daß ich sie umgebracht habe?« fragte ich.

»Du und einen Mord begehen? Sei nicht albern.« Sie kam herüber und blieb vor mir stehen. Auf ihrem Gesicht war die Andeutung eines Lächelns zu erkennen. »Außerdem wärst du nie so blöd, jemanden in deiner eigenen Wohnung abzumurksen und ihn an deinen eigenen Kronleuchter zu hängen.«

Das war sie, die große Versöhnungsszene – nur durch ein paar Zeilen Dialog zustande gekommen. Ich erzählte ihr, was ich seit den Mitteilungen von Miss Mills getan hatte. Ich schloß mit Miss Amberley.

»Verstehst du? Am 2. Oktober hat Nanny zugegeben, einen Geliebten zu haben. Ich habe sie aber erst am 6. Oktober kennengelernt, am Tag deiner Abreise. Das ist der Beweis, es sei denn, du glaubtest, ich hätte bereits vor deiner Abreise eine heimliche Affäre mit ihr gehabt.«

»Ohne daß ich es gemerkt hätte? Es gibt auf der ganzen Welt keine Frau, die es nicht mitbekommt, wenn ihr Mann direkt vor ihrer Nase eine Affäre hat.«

»Bestimmt nicht?«

»Natürlich nicht.«

Daß es schwer sein würde, Iris zu überzeugen, hatte ich nie geglaubt. Der leichte Teil war geschafft. Jetzt kam der schwierigere. Ich stand von der Sofalehne auf.

Ich sagte: »Iris, Baby, ich weiß auch, wer es ist. Nannys Geliebter. Der Mann, der sie umgebracht hat.«

Ihre Lippen öffneten sich vor Erstaunen.

»Es steht hundertprozentig fest«, sagte ich. »Es gibt zwar keinen Beweis dafür, aber es läßt sich auch nicht daran rütteln. Nachdem ›Star Rising‹ herausgekommen war, tauchte Nanny des öfteren auf und besuchte Gordon in der Garderobe. Das hat mir Gordon erzählt. Wir wissen jetzt auch, wie sie war, nämlich ständig auf der Jagd, ständig um Aufstieg bemüht, auf berühmte Leute fixiert. Gordon hat sie nicht zu Lotties Party mitgebracht. Wie anders kann sie dorthin gekommen sein als durch ein Mitglied der Truppe? Als Nanny Miss Amberley gestand, einen Geliebten zu haben, und das vier Tage, bevor sie mich kennenlernte, gab sie das Stichwort. Sie sagte nämlich, ihr Geliebter sei der Mann einer berühmten Schauspielerin.«

Iris sah mich an, halb ungläubig, halb entsetzt. »Du willst damit doch nicht sagen, Peter... doch nicht Brian?«

»Brian. Natürlich.«

»Nein, Peter. Brian kann es nicht gewesen sein.«

»Wer denn sonst?«

»Aber er ist doch so lieb. Er... er hat die ganze Zeit versucht, uns zu helfen.«

»Ein schlechtes Gewissen, möglicherweise?«

Iris legte die Hand auf meinen Arm. »Was willst du tun? Es Barnes sagen?«

»Mit so wenig Beweismaterial? Ein paar beiläufig geäußerte Sätze, die niemand sonst gehört hat? Meinst du, Barnes würde mir Glauben schenken, wo er mich doch als den größten Lügner, Feigling und Lustmolch seit Heliogabal eingestuft hat? Und wenn es zum Prozeß käme...

denk nur an die Schlagzeilen, die Fotografen, vor allem mit dir als dem Herzstück eines saftigen Skandals. Nein, es ist wohl ratsamer, zu Brian zu gehen und zu versuchen, ihn weichzukriegen.«

»Glaubst du, du schaffst das?«

»Ich muß. Ruf du Lottie an. Hol sie aus der Wohnung raus. Sag, daß du sie brauchst. Sag, du wärst unglücklich. Sie wird sofort angerannt kommen!«

»Jetzt gleich?«

»Ja.«

Sie ging zum Telefon. Sie sprach eine Weile und legte wieder auf.

»Es hat geklappt. Die arme Lottie, sie war Feuer und Flamme. ›Ich wußte, du würdest mich brauchen!‹ Das hat sie immer wieder gesagt. Und Brian ist zu Hause. Sie fährt sofort zu meinem Hotel. Ich muß also los.«

»Ich auch.«

»Aber vielleicht sitzt Barnes in der Wohnung und wartet auf dich.«

»Das Risiko muß ich eingehen.«

Sie kam plötzlich zu mir und legte die Arme um mich. »Darling, wirst du mir je verzeihen können?«

»Was verzeihen?«

»Die Dinge, die ich gesagt, die ich gedacht habe. Daß ich so ein Ekel war, Peter. Ich wollte es nicht. Ich habe mir alle erdenkliche Mühe gegeben, kein Ekel zu sein. Und... am Ende war ich noch schlimmer als Lottie. Viel schlimmer. Es tut mir leid, Liebling. Es tut mir so schrecklich leid...«

Ich küßte sie auf die Schulter, auf den Hals und auf den

Mund. Ich dachte: Das Unglücklichsein hat doch auch seine Vorzüge. Es ist so schön, wenn es aufhört.

»Beeil dich, Baby«, sagte ich. »Du willst doch nicht, daß Lottie vor dir im Hotel ist.«

19

Ich fuhr zu unserem Wohnhaus zurück. Ich hatte erwartet, daß die Polizei es beobachten würde, aber es war nichts von ihr zu sehen. Bill, den ich für ziemlich einfältig hielt, versah den Liftdienst.

Ich sagte: »Bringen Sie mich doch bitte zu Miss Marins Wohnung hinauf.«

Im Haus sprachen alle immer von Miss Marins Wohnung. Wahrscheinlich wußte nicht einmal die Hälfte aller Angestellten, daß Brian mit Nachnamen Mullen hieß. Es war seltsam, daß ich mich jetzt, wo ich dabei war, mich aus der Falle herauszukämpfen, deprimiert fühlte. Aber der Wechsel war zu schnell gekommen. Von Anfang an war immer Nanny der Gegner gewesen – Nanny, die intrigante, schlaue kleine Zerstörerin. Ich hatte nicht aufgehört, sie so zu sehen. Und ich hatte auch noch nicht aufgehört, an Brian als an meinen Freund zu denken.

Das war natürlich eine absurd anachronistische Haltung. Er war nicht mehr mein Freund. Er war ein Mörder, der mir die Schuld an seinem Verbrechen in die Schuhe geschoben hatte. So mußte ich ihn sehen. Ich hatte mich jetzt darauf festgelegt.

Er öffnete mir mit seinem gewohnt fröhlichen Grinsen die Tür. Das Haar hing ihm in die Stirn. Er hatte die Ärmel hochgekrempelt und eine weiße Schürze vor Hemd und Hose gebunden.

»Hi, Peter. Ich mache gerade das Bad sauber. Lottie kann in fünf Minuten mehr Unordnung schaffen... Sie ist übrigens nicht da. Iris hat angerufen. Da hat sie ihren Nervenzusammenbruch vergessen und ist los.«

»Ich weiß«, sagte ich. »Ich habe Iris gebeten, Lottie anzurufen. Ich wollte mal unter vier Augen mit dir reden.«

»Schön.« Sein Grinsen wurde breiter. »Gute Nachrichten, wie ich hoffe. Ich habe heute morgen bei Iris mein Bestes gegeben. Bin wohl nicht sehr weit damit gekommen, aber ich hab's wenigstens versucht.« Er legte mir den Arm schwer auf die Schulter und zog mich ins Wohnzimmer. »Was soll's sein? Scotch? Whisky? Scotch natürlich.«

Er schlenderte zu Lotties grauenvoller verchromter Hausbar und goß uns beiden einen Drink ein.

»Bitte sehr, Peter.« Er setzte sich mir gegenüber in einen Sessel und schlug die Beine übereinander. Brian gehörte zu den Männern, die jungenhaft aussehen können, ohne dabei albern zu wirken. »Okay, was hast du auf dem Herzen?«

Das war ganz und gar nicht die Art, wie die Szene hätte eröffnet werden sollen. Ich sah ihn an und stellte fest, daß ein Teil meiner Selbstsicherheit von der Atmosphäre anheimelnder Häuslichkeit, die er zu schaffen gewußt hatte, untergraben worden war. Konnte er wirklich derart nett sein und trotzdem schuldig? Natürlich konnte er. Es ist ein Irrglaube anzunehmen, Mördern würde man ihr schlechtes Gewissen ansehen. Sie sind unempfindlich. Das ist ja einer der Gründe dafür, daß sie Mörder sein können.

Es war diese Unempfindlichkeit, diese grandiose Selbstsicherheit, bei der ich ansetzen mußte. Mein Gefühl sagte mir, daß es besser sei, den Mord gar nicht zur Sprache zu bringen. Es bestand durchaus die Möglichkeit, daß er noch nicht wußte, daß Barnes seine Selbstmordtheorie aufgegeben hatte. Ich mußte so verbindlich sein wie er. Noch verbindlicher.

Ich sagte: »Ich habe gerade mit Gordon gesprochen.«

»Gordon? Gordon Ling?«

»Er weiß über dich und Nanny Bescheid, Brian.« Das war ganz offensichtlich die wirkungsvollste aller Lügen. »Er hat herausbekommen, daß du es gewesen bist, den sie in seine Wohnung mitgenommen hat.«

Ich nehme an, ich hatte erwartet, daß er es abstreiten oder daß er zumindest verblüfft sein würde. Ich war erstaunt, als er nur mit einem spöttischen kleinen Lächeln die Hände hob und sagte: »Da ist er also drüber gestolpert, wie? Ich war sicher, daß er drauf kommen würde... früher oder später.« Er schwieg eine Weile und setzte dann hinzu: »Er hat es doch nicht Lottie erzählt, oder?«

»Nein.«

»Gott sei Dank.« Und dann: »Ich bin froh, daß du es weißt. Ich hätte es dir schon lange sagen sollen.«

»Hättest du?«

»Selbstverständlich. Aber es war wegen Lottie, Peter. Ich hatte eine Todesangst davor, daß sie Wind davon bekommen könnte. Und als dann der Selbstmord und alles andere festgestellt worden war, da dachte ich bei mir: Der Peter hängt jetzt eh schon drin. Was nützt es ihm, wenn ich mich auch noch da reinmische? Besser für alle, wenn ich den Mund halte. Das war der Schluß, zu dem ich gekommen bin. Das verstehst du doch? Du hältst mich doch jetzt nicht für einen Scheißkerl?«

Sein Gesichtsausdruck zeigte gerade das richtige Maß an Reue und Charme. Er war noch viel glatter, als ich gedacht hatte. Ich verstand das alles, natürlich. Ich hatte, was seine Selbstsicherheit und seine Unterschätzung von Barnes anging, recht gehabt. Brian meinte, ich und alle Welt glaubten noch an die Selbstmordtheorie – wozu sich also aufregen? Gordon und ich hatten herausbekommen, daß er was mit Nanny gehabt hatte. Aber das war lediglich ein weiterer Aspekt ihres Selbstmordes. Er ging in aller Seelenruhe davon aus, daß Gordon und ich ihn angesichts der Tatsache, daß der Fall schon abgeschlossen war, nie um der reinen Bloßstellung willen verraten würden.

Ich würde ein sauberes Geständnis kriegen, so ganz unter Männern. ›Das arme Kind, vielleicht war ich nicht ganz schuldlos daran.‹

Und damit wäre die Sache dann erledigt.

Ich sagte: »Du erzählst es mir besser mal.«

»Alles, Peter? Von Anfang an?«

»Ja.«

»Ehrlich, hätte ich gewußt, daß es dir eine Hilfe gewesen wäre, wenn ich es dir eher gesagt hätte...«

»Schon gut.«

»Dann bist du also nicht sauer auf mich.«

Er lächelte dankbar, beugte sich vor und tätschelte mein Knie.

Und Lottie, dachte ich, hatte ihn nie als Schauspieler arbeiten lassen!

»Also, wann habe ich sie kennengelernt?« Er zog die Stirn in Falten. »Kann mich nicht mehr genau erinnern, aber es war kurz nachdem die Aufführungen von ›Star Rising‹ begonnen hatten, eines Abends nach Vorstellungsbeginn. Ich hatte Lottie ins Theater gebracht und wollte wieder nach Hause gehen. Ich kam aus dem Bühneneingang heraus... und mit mir zusammen dieses Mädchen. Wir gingen die kleine Zufahrt hinunter. Ich bemerkte sie eigentlich gar nicht richtig. Dann spürte ich plötzlich ihre Hand auf meinem Ärmel. ›Entschuldigen Sie‹, sagte sie, ›aber sind Sie nicht der Mann von Charlotte Marin?‹ Ich sagte: ›Ja, das bin ich.‹ Sie sagte: ›Dachte ich's mir doch. Charlotte Marins Mann! Wie wunderbar muß das sein!‹ Wir fingen an, uns beim Gehen miteinander zu unterhalten. Sie sagte mir, daß sie Gordons Nichte sei. Ich hatte an jenem Abend nichts vor. Noch ehe es mir so richtig bewußt geworden war, fragte ich sie schon, ob ihr vielleicht nach einem Abendessen zumute sei. Sie sagte daraufhin: ›Oh, das wäre toll. Ich könnte einen ganzen Bären verschlingen!‹«

Trotz der gegebenen Umstände beschlich mich jene Faszination, die für mich mit jedem neuen Einblick in Nanny Ordways Leben verbunden war. Die Ähnlichkeit zwischen Brians und meiner eigenen ersten Bekanntschaft mit ihr war erschreckend groß. Die leichte Hand auf dem Ärmel – das indirekte Lob... Und dann: ›O nein, ich möchte keinen Drink, aber ich komme um vor Hunger...‹

Brian setzte inzwischen seinen Bericht fort. Sie waren ins Kino gegangen. Sie hatten sich unweigerlich ein zweites Mal verabredet, ganz zwanglos, dann ein drittes Mal.

Er sah ernst von seinem Glas auf und mich an. »Verstehst du, Peter? Ich nehme an, du hältst es für unloyal, das zu sagen, aber mit Lottie verheiratet zu sein... Das ist toll, natürlich. Ich könnte gar nicht glücklicher sein. Aber ... nun ja, wenn sie spielt, bin ich manchmal irgendwie ganz schön einsam. Natürlich haben wir eine Menge Freunde, aber sie kommen alle von Lotties Seite. Manchmal denke ich, sie finden sich bloß mit mir ab, weil ich Lotties Mann bin. Deshalb tat es gut, so ein Mädchen gefunden zu haben, jemanden, mit dem ich mich beschäftigen konnte, wenn Lottie im Theater war.«

Sie hatten sich immer häufiger getroffen. Obwohl sich Brian große Mühe gegeben hatte, die Sache vor Lottie verborgen zu halten, war es eine vollkommen unschuldige Beziehung gewesen. Und dann hatte ihn Nanny eines Tages zum Tee in Gordons Wohnung eingeladen.

Zum ersten Mal überzog eine schwache Röte sein Gesicht. »Und da ... na ja, da hat dann die andere Sache angefangen, Peter. Noch heute weiß ich nicht genau, wie's eigentlich passiert ist. Aber passiert ist es. Und dann, als es geschehen war ... du kannst dir gar nicht vorstellen, welche Folgen das hatte. Ich meine, die Veränderung bei ihr. Sie wurde ganz wild. Sie liebe mich, sagte sie. Sie sei von dem Augenblick an, wo sie mich zum ersten Mal gesehen habe, ganz verrückt nach mir gewesen. Sie werde mich ewig lieben, werde für mich sterben.«

Er stand aus seinem Sessel auf. »Ich war in heller Aufregung. Du brauchst mir das nicht zu glauben, aber es stimmt. Ich war Lottie noch nie untreu geworden. Ich hatte es auch gar nicht sein wollen. Ich war völlig durcheinander und hattc, was Lottie anging, eine Todesangst. Denn wenn sie das herausbekam ... Du kennst Lottie ja, Peter. Du weißt, wie sie ist.«

Ich kannte Lottie, ja. Und allmählich lernte ich auch Brian kennen. Aber vor allem kannte ich jetzt Nanny Ordway überaus gut. Die Nanny-Spinne hatte nicht nur die eine Methode gekannt, um Fliegen zu fangen. Da hatte es eine ernste Methode für den schüchternen John Amberley gegeben; das elfenhafte Gehabe für den glücklich verheirateten Peter Duluth; und das sexuell einschmeichelnde Verfahren für Lotties ausgelaugten Lieblingsgatten.

»Ich wollte ja sofort damit aufhören, Peter. Aber irgendwie kam es zu keinem Ende, alles ging weiter und immer weiter. Und die ganze Zeit wurde sie immer verrückter nach mir. Aber dann kam es eines Tages zur Krise. Sie sagte, sie könne nicht so weitermachen. Es mache sie kaputt, daß sie mich mit einer anderen teilen müsse. Ich müsse es Lottie sagen und mich von ihr scheiden lassen.«

Theoretisch tat er mir leid, nehme ich an. Mit seiner Eitelkeit und seinem törichten Optimismus war er ein so leichtes Opfer der Nanny-Spinne geworden – ein hilfloses Spinnenmännchen, das in echter Spinnenmanier dazu bestimmt war, von seinem Weibchen verschlungen zu werden. Mein Mitgefühl hatte jedoch den Beigeschmack der Verachtung. Ein Mörder, und sei er noch so jungenhaft und charmant, der aus Schwäche tötet und sich dann hinter seinem besten Freund versteckt, ist nun einmal nicht gerade das anziehendste Wesen auf Erden! Nein, wenn die Zeit dafür reif war, die Karten auf den Tisch zu legen und ihn zu Fall zu bringen, würde mir das keine Probleme bereiten.

»... ich war entsetzt, Peter. Ich meine, von wegen der Scheidung. Ich... ich versuchte ihr klarzumachen, wie unmöglich das sei. Ich verdankte Lottie alles, sagte ich. Und nicht nur das. Ohne Lottie hätte ich keinen einzigen Cent zur Verfügung. Sie würde mich schlicht rausschmeißen, sagte ich. Wie zum Teufel sollten denn sie, Nanny, und ich von nichts leben können?«

Er ging jetzt im Zimmer auf und ab, erzählte, wie er mit Nanny gestritten und wie er sie angefleht hatte. So, wie er es berichtete, war seine arglose Annahme, alles werde in Ordnung kommen, bloß weil er es so haben wollte, schier unglaublich. Er hatte tatsächlich gedacht, Nanny so bezaubert zu haben, daß sie seinen bequemen Ankerplatz bei Lottie respektieren und sich die Sache mit der Scheidung aus dem Kopf schlagen würde. Er hatte keinerlei Hintergedanken geargwöhnt, als ihn Nanny gebeten hatte, sie bei Lotties Party einzuschmuggeln. Er war sogar so naiv gewesen, auch dann noch nicht über ihre Motive nachzudenken, als er erfahren hatte, daß sie den freundschaftlichen Verkehr mit mir suchte.

»Nach der Party traf ich mich mit ihr nach wie vor bei Gordon, Peter. Und sie sprach von irgendeinem Plan, den sie hatte. Aber... irgendwie war ich wohl total vernagelt, denn ich brachte ihren Plan niemals mit dir in Verbindung. Ich nehme an, daß ich im geheimen die stille Hoffnung hegte, sie würde sich dir zuwenden und mir den Abschied geben. Eine Weile redete ich mir ein, es würde auch so ablaufen.« Er fuhr sich mit der Zunge über die

Lippen. »Aber natürlich war das der größte Irrtum meines Lebens.«

Ich war jetzt stark angespannt, denn plötzlich dämmerte mir, daß seine Geschichte gar nicht den Gang nehmen würde, den ich erwartet hatte. Wenn er mir nur eine Version seiner Beziehung zu Nanny hatte liefern wollen, die überzeugend genug war, um die Benutzung von Gordons Wohnung zu erklären, war er dann nicht schon zu weit gegangen? Kam er nicht dem Punkt gefährlich nahe, wo er sich ohne jedes Zutun meinerseits selbst belasten würde? Hatte ich ihn also vollkommen mißverstanden? Hatte er von Anfang an vorgehabt, ein volles Geständnis abzulegen?

»Soll ich« – seine Stimme war jetzt verlegen – »fortfahren, Peter?«

»Warum nicht, Brian?«

»Ich meine, das alles bleibt doch absolut unter uns. Das verstehst du doch, nicht wahr?«

Sein Gesichtsausdruck zeigte Herzlichkeit, den fast törichten Glauben an die uns verbindende Sympathie, an das zwischen uns herrschende Vertrauen. Da wurde mir alles klar. Natürlich hatte ich ihn falsch verstanden! Er war noch sehr viel dümmer und eitler, als ich gedacht hatte. Er hatte es als quälend empfunden, die Tatsache für sich behalten zu müssen, daß er Nanny umgebracht hatte. Er begrüßte die Gelegenheit, sich das alles von der Seele reden zu können. Und ich war ganz offenkundig sein Beichtvater – weil ich ein Kumpel war, ein Kumpel, der so sehr unter Nanny Ordway gelitten hatte wie er, ein Kumpel, der in aller Unbekümmertheit und aus Freundschaft bereit sein würde, ihm zuzuhören, der ›Aber, aber, Brian!‹ sagen und dadurch, daß er den Mund hielt, zum Mitschuldigen werden würde.

Einen Augenblick lang war ich sprachlos, dann erfreut. Es würde alles sehr viel einfacher sein, als ich es mir vorgestellt hatte. Ich würde ihn nicht übertölpeln müssen. Ich brauchte nur dazusitzen und ihn sich selbst überführen zu lassen.

»Gewiß, Brian«, sagte ich. »Natürlich verstehe ich das. Das bleibt alles unter uns. Erzähl weiter.«

Auf seinem Gesicht machte sich ein erleichtertes Lächeln breit. »Okay, Peter. Ich werde mich sehr viel besser fühlen, wenn das alles raus ist. Siehst du, an dem Tag, an dem sie starb, trieb alles dem Höhepunkt zu. An diesem Tag rief sie mich gegen Mittag aus deiner Wohnung an. Es war das erste Mal, daß sie das tat. Ich hatte immer eine Heidenangst wegen Lottie, aber glücklicherweise war sie gerade beim Fotografen. Nanny sagte, sie habe eine wunderbare Neuigkeit für mich. Ich solle sofort herunterkommen. Als ich zu ihr kam, strahlte sie. So hatte ich sie noch nie gesehen. Sie schlang die Arme um meinen Hals. Sie sagte: ›Es ist alles in Ordnung, Liebling. Alle unsere Probleme sind gelöst. Mein Plan hat funktioniert. Ich hab' alles geregelt.‹ Ich hatte nicht den blassesten Schimmer, wovon sie sprach, Peter. Das schwöre ich. Und als sie es mir dann erklärte, konnte ich es kaum glauben. Ich meine, ich hatte mir nie träumen lassen, daß ein Mädchen so sein könnte. Du... du weißt natürlich Bescheid?«

Ich sagte: »Sie erzählte dir, wie sie mich verschaukelt hatte?«

Er nickte. »Das und... und daß sie schwanger war. Sie sagte mir das als erstes, und es haute mich glatt um. Ein Test beim Arzt sei positiv ausgefallen. Wir würden ein Kind haben, sagte sie. Wäre das nicht herrlich? Sie säuselte noch eine Weile von unserem Baby herum, bevor sie mir die andere Sache erzählte. Da kriegte ich alles zu hören... wie sie zusammen mit ihrer Zimmergenossin und mit Hilfe von Gordon, Lucia und Iris alles dir untergeschoben hatte... alles. ›Es ist ein Klacks‹, sagte sie. ›Wenn's soweit ist, drohe ich ihm mit einer Vaterschaftsklage. Bei dem Beweismaterial wird er nie und nimmer vor Gericht gehen. Ich kriege eine große, fette Abfindung von ihm. Wir brauchen nur ein Weilchen zu warten. Wenn ich dann abkassiert habe, kannst du dich von Lottie scheiden lassen. Wir werden genug Geld haben. Wir werden zusammen mit unserem Baby leben können.‹«

Nach kurzem Schweigen fuhr er sehr ruhig fort: »Als ich das hörte, Peter, dachte ich, sie hätte den Verstand verloren. Nein, das tat ich nicht. Nicht wirklich. Ich erkannte bloß, daß ich in der Falle saß, daß sie sogar noch stärker war als Lottie, daß sie mich niemals freigeben würde. Ich wollte sie nicht haben, Gott weiß es. Kein Stück von ihr. Ich versuchte, mit ihr zu diskutieren. Ich sagte, das sei dir gegenüber nicht fair. Sie lachte nur. Dann sagte ich, es sei auch Lottie gegenüber nicht fair, und sie lachte wieder. ›Diese alte Schlampe‹, sagte sie. ›Wen schert denn diese alte Schlampe?‹ Das machte mich rasend. Ich sagte, ich würde auf keinen Fall bei einer so miesen Intrige gegen meinen besten Freund mitmachen. Da wurde auch sie wütend. Sie schrie mich an. ›Okay‹, sagte sie, ›wenn du nicht dankbar bist für alles, was ich getan habe, wenn du nicht den Anstand hast, dich zu deinem Kind zu bekennen, dann laß uns halt deine hübsche Freundschaft mit Peter Duluth respektieren. Laß uns bei der wahren Geschichte bleiben. Laß uns alles in die Schlagzeilen knallen. CHARLOTTE MARINS MANN MACHT JUNGES MÄDCHEN ZUR MUTTER. Würde sich gut machen, nicht wahr? Es würde Lottie sehr gefallen, was?‹«

Er verstummte. Ich konnte alles so vor mir sehen, als wäre ich dabeigewesen. Die Nanny-Spinne war am Ende aus ihrem Versteck hervorgekommen – bereit, ihr Männchen zu verschlingen. Widerwillig dachte ich: Der arme Teufel! Wenigstens hatte Nanny Ordway mich nicht geliebt. Das war mir erspart geblieben.

»Irgendwie spielte ich weiter auf Zeit, Peter. Ich bat sie, mir wenigstens ein bißchen Zeit zum Nachdenken zu geben. Schließlich erklärte sie sich einverstanden und sagte, sie gebe mir bis drei. Um drei solle ich wieder zu ihr herunterkommen. Und wenn ich dann nicht zustimmte ...«

Im Flur draußen war plötzlich Lärm zu hören. Brian brach seinen Bericht ab. Wir sprangen beide auf. Lottie kam ins Wohnzimmer gestürmt, gefolgt von Iris.

»Peter Duluth, was soll das alles? Was hast du vor?«

Sie trug einen schwarzen Hut mit Augenschleier. Es war ein absurder Hut, der bei einer anderen Trägerin elegant gewirkt hätte, aber nicht bei Lottie. Als sie, weiterredend, auf uns zustürzte, blähte der bei jedem Wort ausgestoßene Atem den kleinen Schleier wie ein Segel im Sturm.

»Die Idee! Zu versuchen, mich zum Narren zu halten!

In dem Augenblick, in dem ich Iris sah, wußte ich schon, daß sie mir etwas verheimlichte. Intrigieren! Pläne schmieden, mit Brian unter vier Augen sprechen! Worum geht's? Was hast du Brian zu sagen?«

Iris trat blaß und unglücklich zu mir. »Es tut mir leid, Peter. Es hat nicht geklappt.«

»Geklappt! Nein, das hat's ganz und gar nicht.«

Lottie hatte sich direkt vor Brian aufgebaut und starrte mich anklagend an. Ich war angesichts dieser verheerenden Unterbrechung wütend und frustriert. Gleichwohl dachte ich: Was mache ich mit ihr? Meine eine Hälfte war noch immer empört über sie. Sie war eine unmögliche Frau – sie hatte alles nur Erdenkliche getan, um mich kaputtzumachen, und hatte dabei – was mich nicht minder nervte – weiterhin behauptet, meine beste Freundin zu sein. Es sollte mir jetzt eigentlich vollkommen egal sein, was aus ihr wurde. Sie fiel ihrer Neigung, sich immer in alles einzumischen, zum Opfer.

Aber irgendwie war Lottie eben auch Lottie. Man erwartete nichts anderes von ihr. Ich mußte die Sache mit Brian zu Ende bringen, davon hing doch alles ab. Aber ich konnte mich nicht dazu überwinden, solange Lottie im Zimmer war und mich kampfbereit anstarrte wie eine Glucke.

Ich sagte: »Lottie, würdest du wohl so gut sein und gehen?«

»Gehen? Und wessen Wohnung ist das hier wohl?«

»Doch, Lottie«, sagte Iris, »bitte...«

»Was ist los?« Lottie fuhr zu Brian herum. »Brian, was geht hier vor?«

Brian blickte so unbehaglich drein, wie ich mich fühlte.

»Es ist nichts. Es...«

An der Wohnungstür ertönte der Summer. Das kam fast als eine Erleichterung. Zumindest lenkte es ab.

Iris sagte: »Ich mache auf.«

Sie ging in den Flur hinaus. Lottie, Brian und ich standen herum wie sehr schlechte Schauspieler in einem sehr schlechten Stück, bei dem es noch dazu an jeglicher Regie fehlte.

Ich konnte im Flur Stimmen hören. Dann kam Iris wieder herein.

»Es ist...«, setzte sie an.

Aber es bestand keine Notwendigkeit weiterzusprechen. Hinter ihr kam Inspektor Barnes ins Zimmer spaziert.

20

Er lächelte sein ernstes, unheilschwangeres Lächeln. Er sah genauso aus, wie ich mir vorgestellt hatte, daß er aussehen würde, wenn er käme, um mich festzunehmen. Mich überfiel plötzlich eine rasende Wut auf Lottie. Zur Hölle mit ihr! dachte ich. Wenn sie nicht dazwischengeplatzt wäre, dann hätte ich Brians Geständnis gehabt!

Jetzt würde Brian natürlich keinen Ton mehr von sich geben. Und ich hatte gar nichts in der Hand.

In der Tür stehend, sah Inspektor Barnes immer noch irritierend wenig nach Polizist aus. Er wirkte wie ein recht ernster, recht elegant gekleideter Gast, der einen Höflichkeitsbesuch macht. Er sollte sich Karten drucken und sie vom Butler auf silbernem Tablett vor sich hertragen lassen, dachte ich.

INSPEKTOR BARNES – SCHARFRICHTER.

»Guten Abend«, sagte er.

Wir sahen ihn alle mit unterschiedlich großem Unbehagen an. Am Ende war es Lottie, die die Initiative ergriff.

»Was um Himmels willen machen Sie denn hier?«

»Es tut mir leid, aber ich fürchte, ich bringe keine guten Nachrichten. Für einen von Ihnen werden sie mit Sicherheit einigermaßen erschreckend sein.« Er machte eine Pause. Er ignorierte mich, wie mir schien, mit Absicht. Schließlich fuhr er fort: »Nanny Ordway hat sich nicht das Leben genommen, Miss Marin. Sie ist ermordet worden.«

Ich warf Brian einen Blick zu. Es war keine große Veränderung zu erkennen. Er sah bloß ein bißchen blasser und angespannter aus. Irgendwie wirkte jetzt seine große weiße Schürze, die vorher wie etwas ganz Normales erschienen war, plötzlich albern und einigermaßen peinlich.

Wieder war es Lottie, die sich der Lage gewachsen zeigte.

»Mord!« rief sie aus. »Was für ein Unsinn. Was reden heute abend eigentlich alle für einen Blödsinn.«

»Tut mir leid, Miss Marin. Es ist kein Blödsinn.«

Barnes beobachtete jetzt Brian. Langsam, fast gemächlich, ging er auf ihn zu. »Ich bitte, mir meine schlechten Angewohnheiten zu verzeihen, Mr. Mullen, aber als Sie und Ihre Gattin heute zum Essen fort waren, habe ich ein

Mikrophon installieren lassen« – er deutete auf ein halb abstraktes Porträt Lotties –, »und zwar hinter diesem Bild dort. Das Aufnahmegerät steht in Mr. Duluths Wohnung. Ich habe dort gesessen und alles mitangehört, was Sie ihm erzählt haben.«

Ich war völlig verwirrt. Ein Mikrofon in Brians Wohnung? Warum nicht in meiner? War es denkbar, daß Barnes sein Opfer ausgewechselt hatte, daß während der ganzen Zeit, in der ich der Meinung war, das Gesetz sei hinter mir her...? Nein, dachte ich, so einfach konnte die Sache nicht sein. Nicht bei Barnes. Das war irgendeine Falle.

Lottie sah ihn an. Sie war jetzt sehr still, aber es war die Art von Stille, mit der sie auf der Bühne eine große Szene einzuleiten pflegte. Wie ich wohl wußte, würde sie sich jeden Augenblick zu Wort melden. Und sie würde Barnes, wenn sie mit ihm fertig war, in der Luft zerrissen haben.

Barnes bewegte sich immer noch auf Brian zu. »Sie haben mir die meisten Fragen, die für mich noch offen waren, beantwortet, Mr. Mullen. Aber auf Grund der Unterbrechung durch Ihre Frau konnten Sie Ihre Geschichte noch nicht ganz zu Ende erzählen, nicht wahr? Sie berichteten gerade von ihrer morgendlichen Konferenz in Mr. Duluths Wohnung. Sie räumten ein, daß Nanny Ihnen gesagt hatte, Sie sollten sich um drei Uhr mit Ihrer endgültigen Entscheidung unten bei ihr melden. Das ist der Punkt, an dem Ihr Bericht endet. Sie sollten Ihre Geschichte jedoch zu Ende erzählen. Sie sollten Mr. Duluth erzählen, wie Sie um drei hinuntergegangen sind, wie Nanny Ordway erneut damit gedroht hat, Ihnen Ihr Leben zur Hölle zu machen, wenn Sie ihren Plänen nicht zustimmen würden. Sie sollten ihm erzählen, wie Sie sie umgebracht haben... war das doch die einzige Möglichkeit, Ihre Ehe zu retten.«

Ich hörte mit einer merkwürdigen Mischung aus Verwirrung und Erleichterung zu. Also war Barnes aus irgendeinem unerfindlichen Grund tatsächlich nicht mehr hinter mir her. Er hatte die Lösung. Meine akrobatischen Versuche, mich selbst zu retten, waren gänzlich unnötig gewesen.

Iris hatte die ganze Zeit neben mir gestanden. Jetzt ging sie schnell zu Lottie hinüber. Dadurch wurde auch ich mit plötzlicher Unruhe wieder auf Lottie aufmerksam. Ich sah zu ihr hin. Ihr Gesicht sah entsetzlich aus, es wirkte mit einem Male eingefallen und alt. Ironischerweise wäre es, wie mir bewußt wurde, besser für sie gewesen, wenn ich ihr das alles vor dem Erscheinen von Barnes hätte berichten können. So mußte sie die sehr bittere Pille ohne jeden Zuckerüberzug schlucken.

Aber Iris hatte den Arm um sie gelegt. Mein Blick wanderte zu Brian. Auch er sah fürchterlich mitgenommen aus. Sein Gesicht zeigte den benommenen, fast seligen Ausdruck eines soeben vom K.o.-Schlag getroffenen, nur noch schwankend auf den Beinen stehenden Boxers.

Barnes' ruhige, eindringliche Stimme ließ sich wieder vernehmen: »Natürlich, Mr. Mullen, wäre es, wenn Sie Mr. Duluth die ganze Geschichte erzählt hätten, peinlich geworden, denn Sie hätten ihm ja erklären müssen, warum Sie die Leiche in seiner Wohnung zurückgelassen hatten, was ihn doch unweigerlich mit in das Verbrechen hineinziehen mußte. Aber Mr. Duluth ist ja letztendlich ein gescheiter Mann und hätte Verständnis für Ihr Problem gehabt. Die Leiche war nun mal da. Sie konnten sie kaum wegschaffen. Jedenfalls taten Sie Ihr Bestes, es wie Selbstmord aussehen zu lassen ... mit dem Kronleuchter, mit dem gefälschten Abschiedsbrief...«

»Aber«, stieß Brian hervor, »aber so war es doch überhaupt nicht. Das... das stimmt doch alles gar nicht!«

»Nicht?« erwiderte Barnes scharf. »Sie sind nicht um drei wieder in Mr. Duluths Wohnung hinuntergegangen?«

»Nein.«

»Wieso nicht? Sie hatte Ihnen doch aufgetragen, wieder zu ihr runterzukommen, oder nicht?«

»J... ja.«

»Aber Sie sind nicht gegangen?«

»Nein, bin ich nicht.«

»Dann hat Nanny Ordway Sie doch aber zumindest angerufen. Als Sie nicht bei ihr erschienen, hat sie doch sicher zum Telefon gegriffen.«

»O ja.« Brian schien seine Beherrschung ein wenig wiederzugewinnen. »Sie rief mich an... ungefähr um Viertel nach drei.«

»Und was meinte sie?«

»Sie erkundigte sich, warum ich nicht runtergekommen war. Sie... sie sagte, sie hoffe, ich sei zur Vernunft gekommen, hätte« – Brians kläglicher Blick wanderte zu Lottie und dann wieder zurück zu Barnes – »eingesehen, daß mein Platz bei ihr und meinem Kind sei, und...«

»Und... was?«

Brian ging zu Lottie. Er nahm ihre Hände in die seinen,

während sie verständnislos zu ihm aufblickte. »Lottie, wenn ich es dir doch nur eher gesagt hätte! Ich hätte es dir erklären können. Ich hätte dich dazu bewegen können, mich zu verstehen. Jetzt werd bitte nicht böse, jedenfalls nicht, bevor ich die Möglichkeit gehabt habe, alles aufzuklären.«

»Mr. Mullen«, fuhr Barnes dazwischen, »ich möchte gern erfahren, was weiter geschehen ist. Sie hat Sie angerufen, Sie erneut bedroht... und was dann?«

Brian wandte sich wieder von Lottie ab. Sein Gesicht war jetzt tiefrot. »Ich wollte ihr sagen, sie solle sich zum Teufel scheren. Fürs Leben gern hätte ich ihr das gesagt. Aber ich hatte den ganzen Nachmittag hier gesessen und nachgedacht, und am Ende hatte sich mir die Frage gestellt: Was hatte es für einen Sinn, mich ihr zu widersetzen? Wenn ich das täte, würde sie Lottie alles sagen.« Er deutete hilflos auf seine Frau. »Sobald Lottie es erführe, würde sie mich an die Luft setzen. Ich wußte, daß ich, wenn ich mich gegen Nanny stellte, alles verlieren würde. Ich nehme an, ich bin ein ziemlich großer Feigling. Wenn ich Mumm gehabt hätte, hätte ich irgend etwas unternommen, aber... ich tat's nicht. Ich nahm den Kampf mit ihr nicht auf. Ich versuchte es nicht einmal. Ich dachte, wenn... wenn ich auf sie einginge, würde ich wenigstens ein paar Monate Zeit gewinnen. Irgend etwas könnte sich immer ergeben, dachte ich. Und das sagte ich ihr am Telefon. Ich sagte, sie solle halt vorgehen wie geplant und Anzeige gegen Peter erstatten, ich würde zu ihr stehen und, wenn es dann soweit sei, die Scheidung einreichen... Ich ging auf alle Vorschläge ein. Und das stellte sie zufrieden.

Sie sagte, ich würde niemals bereuen, daß ... daß sie mich liebe. Und dann legte sie auf.«

Er sah auf den Teppich hinab. »Das war alles, Inspektor. Sie sind verrückt, wenn Sie behaupten, ich hätte sie umgebracht. Sie legte auf, und ich sah sie nie wieder. Wenn Sie mir nicht glauben, fragen Sie doch Lottie. Sie kam kurz danach herein ... ungefähr zehn Minuten später. Ich war noch hier. Sie kann das bestätigen.«

Barnes hatte ihm mit seiner ganz speziellen Art des Schweigens zugehört, mit der es ihm gelang, jede Aussage in Frage zu stellen und irgendwie unwahrscheinlich und falsch erscheinen zu lassen. Seine Stimme war jetzt unnachsichtig.

»Sie wollen also behaupten, daß die Geschichte so abgelaufen ist?«

»So und nicht anders.«

»Das ist aber nicht sehr einleuchtend, nicht wahr? Da saß unten in der Wohnung ein Mädchen und drohte Ihnen damit, Sie zu ruinieren. Sie saßen hier oben. Und ein paar Minuten später war sie tot.« Er trat plötzlich einen Schritt vor. »Wenn Sie sie nicht umgebracht haben, wer dann?«

Da sah Brian mich an. Er sagte nichts, aber sein Gesichtsausdruck, ebenso verwirrt wie vorwurfsvoll, sagte alles.

»Also bitte«, wiederholte Barnes, »wenn Sie sie nicht umgebracht haben, wer dann?«

Jetzt bewegte sich Lottie. Es war eine kaum wahrnehmbare Bewegung, aber ich kannte den Trick zu gut von ihrer Schauspielerei her. Es war die erste, absichtsvolle kleine Bewegung nach vollkommener Bewegungslosigkeit – und es funktionierte immer. So auch jetzt. Wir alle hatten uns, fast noch ehe es uns bewußt war, ihr zugewandt.

Sie hatte ihr Gesicht wieder unter Kontrolle. Sie sah immer noch zu herausgeputzt und aufgetakelt aus mit diesem schrecklichen Hut, aber hinter dem Schleier war der Blick ihrer Augen so klar und durchdringend wie stets. Selbst das Lächeln, das ich so gut kannte, umspielte ihre Lippen. Die Theaterleute nannten es ihr ›Paß-du-nur-auf-Lächeln‹.

Einen Augenblick lang ruhte der durchbohrende Blick auf mir. Dann richtete sie ihn ganz langsam auf Barnes.

»Das entspricht alles der Wahrheit, Inspektor? Sie sind sicher, daß... daß dieses kleine Mädchen ermordet worden ist?«

Barnes schien ebenso gebannt von ihr zu sein wie wir anderen.

»Es gibt keinen Zweifel, Miss Marin.«

»Und Sie haben wirklich die Stirn, meinen Mann zu beschuldigen?«

»Es gibt eine Fülle von Beweisen.«

»Beweise! Was für Beweise? Welche... mal ehrlich?«

Plötzlich fuhr sie zu mir herum. Ihre Hand schnellte vor, zeigte auf mich. Es war dies nicht einfach nur eine zeigende Frau. Es war die Mutter aus *Thérèse Raquin*, die auf den Vernichter ihres Sohnes deutet; es war Elektra, die Orest die Stufen hinauf zu Cassandra weist.

»Da steht er!« rief sie. »Da steht der Mörder von Nanny Ordway.«

Der Finger war noch auf mich gerichtet, als sie sich Barnes wieder zuwandte. »Von Anfang an habe ich's gewußt, aber Närrin, die ich war, habe ich versucht, ihn zu schützen, weil er mein Freund war. An jenem Tag kam ich gegen Viertel nach drei vom Fotografen zurück. Meine neuen Bilder waren fertig. Ich wollte, daß sie noch am Abend im Theater aufgehängt würden. Ich stieg auf Peters Etage aus dem Lift, weil ich ihm das sagen wollte. Ich ging zur Wohnungstür. Ich wollte gerade klopfen. Da hörte ich Stimmen... Peters Stimme... die Stimme eines Mädchens...«

Sie hielt für den Bruchteil einer Sekunde inne, dann tönte ihre schöne Stimme in all ihrer reichen Klangfülle fort: »Ich hörte das Mädchen sagen: ›Nein... nein... nein... bitte!‹ Ich stand da, die Hand auf dem Knauf. Was ist das denn? dachte ich. Was ist da los? Dann hörte ich Peters Stimme. Er redete laut, wütend. ›Ich werd's dir heimzahlen‹, sagte er. Das hat er gesagt. ›Ich werd's dir heimzahlen.‹ Da dachte ich: Das geht mich wohl nichts an. Ich ging die Treppe hinauf und in unsere Wohnung. Brian war da. Ich fand ihn hier in diesem Zimmer. Er las Zeitung.«

Sie trat zu Brian und legte ihm beschützend die Hand auf den Arm.

»Also, Inspektor, so war es. Das ist alles, was ich zu sagen habe.«

21

»Peter!«

Iris kam zu mir gelaufen. Ich starrte mit entsetzter Ungläubigkeit auf Lottie. Das Luder! dachte ich. Sie war jetzt vollkommen gefaßt, stand, die Hand auf dem Arm ihres entlasteten Mannes, ein wenig stolz da, als hätte sie ihr Verslein aufgesagt und sei hoch erhaben über alle geringfügigen Einzelheiten, die es vielleicht noch zu klären galt.

Barnes' Lippen umspielte die Andeutung eines Lächelns, als er zu ihr hinsah. Er war glücklich, keine Frage. Er hatte Erfolg gehabt mit seiner List: Peter Duluth, der Verführer, Lügner und feige Mörder, saß endlich in der Falle.

Er fragte: »Miss Marin, sind Sie bereit, mit zum Polizeirevier zu kommen und unter Eid zu wiederholen, was Sie gerade gesagt haben?«

»Selbstverständlich.« Lottie, die große Dame, zuckte die Achseln. »Wenn es erforderlich ist.«

Sehr ruhig erwiderte Barnes: »Das würde ich Ihnen aber nicht raten, Miss Marin.«

»Nicht raten? Warum eigentlich nicht?«

Barnes' Lächeln war jetzt echt, nicht nur die Andeutung eines solchen. »Weil ich nie zum Meineid rate.«

»Meineid!« rief Lottie aus.

»Ja, Miss Marin. Ihre Geschichte klang ja sehr überzeugend, aber sie hat unseligerweise einen Haken. Sie können Mr. Duluth gar nicht um drei in seiner Wohnung gehört haben, weil Mr. Duluth nämlich um drei im Kino war.«

»Ba!« Lottie machte ein wegwerfende Handbewegung. »Das behauptet er nur.«

»Das dachte ich auch, Miss Marin. Aber ich fürchte, ich habe mich ebenso zum Narren gemacht wie Sie. Vor zwei Stunden hat einer meiner Leute einen jungen Mann angebracht, der an jenem Nachmittag die Eintrittskarten abgerissen hat. Er war krank geworden, und wir hatten einige Schwierigkeiten, ihn ausfindig zu machen. Aber schließlich brachten sie ihn an.«

Barnes warf mir aus dem Augenwinkel einen schnellen Blick zu. Es war das erste Mal seit seinem Eintreffen, daß er mir Beachtung schenkte.

»Wie's sich so fügt, ist dieser junge Mann, der die Karten abreißt, ein Schauspieler in spe. Er hat die Büros aller Produzenten schon viele Male abgeklappert. Als ihm Mr. Duluth um halb drei seine Eintrittskarte hinhielt, erkannte er ihn sofort. Er erkannte ihn auch, als er um halb fünf das Kino wieder verließ. Der Tag steht ebenfalls eindeutig fest. Mr. Duluth hat ein Alibi, an dem es wirklich nichts zu rütteln gibt.«

Da erst brach Lotties göttinnengleiche Gelassenheit in sich zusammen. Obwohl ich von dem Wunder namens Barnes gefesselt war – hatte sich der Inspektor doch wider alle Erwartung zu meinem Parteigänger gewandelt –, bemerkte ich es doch mit grimmiger Genugtuung. Sie hatte sich von Brian gelöst und vollführte mit der Hand eine schwächliche kleine Geste, die nicht das geringste zu bedeuten hatte. Einen Augenblick lang herrschte vollkommene Stille. Es war Iris, die sie durchbrach. Ihr Gesicht drückte Erstaunen und Entsetzen aus.

»Inspektor«, rief sie, »hat sie etwa alle diese Geschichten über Peter nur erfunden?«

»Ich fürchte, ja.«

»Von allen gemeinen, widerlichen...«

Meine Frau ging auf Lottie los. Barnes griff nach ihrem Arm.

»Aber Mrs. Duluth, bitte...«

Seine Stimme war sanft, fast väterlich. Iris drehte sich zu mir um.

Ich sagte: »Laß gut sein, Baby.«

»Aber Peter...«

»Laß es gut sein.«

Sie kam zu mir zurück, noch immer vor Wut kochend. Barnes sagte zu Brian: »Okay, Mr. Mullen, hiermit sind Sie festgenommen.«

»Nein!« schrie Lottie.

Barnes beachtete sie nicht. Er zeigte eine ganz neue Härte, eine melodramatische Qualität, die ich noch nicht an ihm kannte. Er war jetzt der Theaterpolizist, ein Wesen aus dem Film, und nicht mehr der Inspektor Barnes, mit dem ich bislang zu tun gehabt hatte.

»Sie kommen mit mir, Mr. Mullen. Und ich rate Ihnen, keine Schwierigkeiten zu machen. Ich habe Leute draußen. Sie sind bewaffnet. Und...«

Er langte in seine Tasche und zog Handschellen heraus. Wieder entging mir nicht, daß diese Bewegung etwas Unechtes, Übertriebenes an sich hatte. Er schnappte sich Brians widerstandsloses Handgelenk. Die Handschellen blitzten auf, als er sie Brian anlegen wollte.

Lottie stürzte zu ihm hin. »Nicht! Tun Sie's nicht!«

»Warum nicht?«

»Sie dürfen es nicht tun.«

»Er ist festgenommen. Sie haben sich schon oft genug eingemischt.«

»Nein.«

Zum Erstaunen aller fuhr Barnes herum und packte jetzt sie an den Armen. »Warum nicht? Warum soll ich ihn nicht festnehmen?«

»Weil...«

»Weil er's nicht gewesen ist?«

»Nein, nein! Er hat es nicht getan.«

Ich hatte Lottie noch nie so gesehen. Ihr fehlte jede Würde, jede Präsenz. Sie kämpfte nur noch blindwütig, glich Miss Amberley, als sie in meinem Griff vor Angst gezittert hatte.

Barnes' Stimme war unnachgiebig, metallisch. »Warum sollte er es denn nicht getan haben, Miss Marin? Woher wollen Sie das wissen?«

»Ich weiß...«

»Weil Sie selbst Nanny Ordway umgebracht haben! Deshalb, nicht wahr? Sie kamen gegen Viertel nach drei nach Hause. Sie betraten den Flur. Sie hörten, wie Ihr Mann hier drinnen telefonierte. Sie hörten genug von dem, was er sprach, um neugierig zu werden. Sie gingen auf Zehenspitzen in die Küche. Sie nahmen den Hörer des Nebenstellenapparats ab. Und da hörten Sie sie, Sie hörten Nanny Ordway unten in der Wohnung. Sie hörten sie sagen: ›Dein Platz ist bei mir und meinem Kind.‹ Und Sie hörten Ihren Mann sagen: ›Ja, ich gebe es zu. Ich werde mich um die Scheidung bemühen.‹«

Lottie, von Barnes noch immer an den Armen festgehalten, hatte den Kampf aufgegeben. Aber ihre Passivität war fast noch schlimmer als die hysterische Heftigkeit, die ihr vorausgegangen war. Sie sah Barnes mit schräg geneigtem Kopf an. Ihre Lippen waren halb geöffnet. Sie schien wie hypnotisiert zu sein, unfähig, sich zu bewegen, zu denken, etwas anderes zu tun als zuzuhören.

»Ja«, sagte Barnes, »so hat es sich abgespielt. Sie lauschten, legten den Hörer wieder auf. Sie gingen über die Hintertreppe nach unten. Ihr Mann! dachten Sie. Der Mann, der Ihnen gehörte! Ihr Mann! Dieses Mädchen versuchte, Ihnen Ihren Mann wegzunehmen. Dieses Mädchen erwartete von ihm ein Kind. Sie klopften. Nanny Ordway ließ Sie ein. Sie sagten: ›Ich weiß alles über Sie. Ich weiß Bescheid. Sie werden meinen Mann in Ruhe lassen. Das sagten Sie.‹ Und sie sah Sie an, nicht wahr? Sah Sie an und lachte. ›Was glauben Sie wohl, was Sie dagegen tun können?‹ sagte sie. Er gehört mir. Ich trage sein Kind aus. Sie glauben, Sie können sich mit mir messen ... so eine alte Schachtel wie Sie?«

Er schleuderte ihr die Worte in ihr blasses, verzweifeltes Gesicht. Es war schrecklich, aber zugleich so schrecklich lebendig, als hätte er uns alle mit Hilfe irgendeines unheimlichen Tricks in jenes Zimmer zurückversetzt.

»Nannys Halstuch lag dort, nicht wahr, Miss Marin? Es lag dort, vielleicht auf der Lehne eines Sessels. Vielleicht wandte sie sich von Ihnen ab, um Ihnen ihre Verachtung zu zeigen. Sie sahen das Halstuch ... Sie waren wütend ... wütend, verwirrt, erschrocken, verletzt. Sie nahmen das Halstuch auf, Sie ...«

»Nein!« schrie Lottie plötzlich. »Nein, nein!«

Barnes' Hände hielten ihre Arme noch umfaßt. »Sie leugnen es? Sie streiten ab, daß es sich so zugetragen hat? Dann wandert Ihr Mann ins Zuchthaus. Man wird ihm den Prozeß machen, ihn aburteilen. Er wird hingerichtet werden, Miss Marin. Der Mann, um dessentwillen Sie einen Mord begangen haben, wird hingerichtet werden!«

»Hören Sie auf!« stieß Lottie hervor. »Hören Sie auf, sage ich!«

Sie entwand sich seinem Griff und lief zu Brian, warf sich an seinen Hals.

»Ich habe es gewußt«, rief sie. »Wochenlang habe ich gewußt, daß es da jemanden gab. Aber ich hatte keine Ahnung, daß sie es war... dieses kleine Miststück, diese intrigante, durchtriebene, blasse kleine Nutte... Sie sollte dich mir nicht wegnehmen.«

Die Worte erstickten in einem Schluchzen. Ich sah mit einer Art instinktiver, beruflich bedingter Distanziertheit, daß dieses Schluchzen genau wie ihr Bühnenschluchzen war – widerwärtig und quälend.

Barnes' Gesicht war jetzt fast grau. Er folgte ihr zu Brian.

»In Ordnung, Miss Marin? Kommen Sie mit?«

»Du gehörst mir«, stammelte Lottie. »Du gehörst mir, Brian. Du bist alles, was ich habe.«

»Miss Marin, begleiten Sie mich jetzt zum Polizeirevier?«

Sie drehte den Kopf so, daß sie zu Barnes hochsehen konnte. Sie nickte kaum wahrnehmbar.

Barnes sagte zu Brian: »Sie gehen besser mit ihr ins

Schlafzimmer und sorgen dafür, daß sie ein paar Sachen zusammenpackt.«

»Aber...«

»Bitte.«

Brian legte den Arm um die Taille seiner Frau und führte sie ins Nebenzimmer. Barnes sah ihnen nach und ließ sich dann auf die Lehne eines Sessels fallen. Ich bemerkte, daß seine Hände zitterten.

Alles war so schnell, so unerwartet vor sich gegangen, daß meine Gedanken völlig durcheinandergeraten waren. Ich konnte aber bereits das Zwingende des Motivs erkennen. ›Lottie besitzt Brian.‹ Miss Mills hatte das gesagt. Und es war der Schlüssel zu allem. Man durfte Lottie nichts wegnehmen. Niemand durfte das. Selbst Nanny Ordway nicht.

Ich sah Barnes an. Ich durchschaute jetzt seine List und empfand so etwas wie ehrfürchtige Bewunderung.

»Sie haben Brian von Anfang an nur beschuldigt, um sie dadurch zu einem Geständnis zu zwingen?«

Er sah auf und nickte unbestimmt.

»Und ich dachte...«

Seine Mundwinkel verzogen sich zu einem schwachen Lächeln. »Daß ich Sie festnehmen wollte. Tut mir leid, Mr. Duluth. Ich muß mich bei Ihnen für einiges entschuldigen.«

»Aber wie sind Sie dahintergekommen?«

»Nachdem Ihr Alibi bestätigt worden war und ich mit Gordon Ling gesprochen hatte, war es nicht mehr allzu schwer, auf Mr. Mullen und die Rolle, die er gespielt hatte, zu kommen. Und dann dachte ich... nun ja, was den Charakter anbelangt, konnte ich mir Mr. Mullen nicht als Killer vorstellen, aber...«

»Lottie?«

»Ja, Miss Marin konnte ich mir als Mörderin vorstellen.«

Und jetzt, wo er das Puzzle fertig zusammengesetzt hatte, konnte ich es mir ebenfalls vorstellen. Das Muster war in fast erschreckender Weise konsistent. Spinnenmännchen töten keine Spinnenweibchen. Und Fliegen töten keine Spinnen. Es hatte eines würdigen Gegners bedurft, um Nanny Ordway zu töten. Und welches sind die Todfeinde der Spinnen? Die Wespen.

Lottie, die Wespe, hatte die Nanny-Spinne vernichtet.

Ich sah immer noch zu Barnes hinüber, und mir ging durch den Kopf, daß ich ihm genauso viele Entschuldigungen schuldig war wie er mir. Ich hatte geglaubt, er sei auf Nanny Ordway reingefallen. Wie hatte ich mich doch geirrt!

»Und das war alles, was Sie hatten?« fragte ich. »Nur diese Ahnung?«

Er machte eine Handbewegung. »Ich fürchte, ich bin kein gar so berühmter Hexenmeister, Mr. Duluth. Nein, ich hatte zwar Beweise, aber ohne ein Geständnis wären sie doch nicht ganz ausreichend gewesen.« Er machte eine Pause, setzte dann hinzu: »Als ich zum ersten Mal hier in der Wohnung war, bemerkte ich auf dem Notizblock beim Telefon eine Menge Strichmännchen. Obwohl zu diesem Zeitpunkt noch Sie mein Mörder waren, übergehe ich nun mal Dinge nicht gern. Ich wußte ja, daß der Abschiedsbrief eine Zeichnung war. Deshalb nahm ich die Kritzeleien an mich und übergab sie dem Experten. Ich habe heute abend seinen Bericht erhalten. Er ist bereit, vor Gericht zu beschwören, daß die Strichmännchen und die Zeichnung des erhängten Mädchens von ein und derselben Person stammen.«

Mir fiel der Tag wieder ein, an dem Lottie Nannys Zeichnung zur Hand genommen hatte. Der durchdringende Blick. ›Was ist das denn?‹

Und alles, was noch durcheinander war, ordnete sich. Lottie Marin hatte als leidenschaftliche, besitzergreifende Frau Nanny Ordway umgebracht, weil sie nicht verlieren wollte, was ihr gehörte. Jemanden umgebracht zu haben ist schrecklich, aber weiterleben zu müssen, nachdem man jemanden umgebracht hat, das ist unerträglich, wenn man nicht auf irgendeine Hilfe zurückgreifen kann. Und Lottie hatte die bestmögliche Hilfe gefunden – sie war Schauspielerin.

Der größte Teil ihres Daseins auf der Bühne und im wirklichen Leben war Schauspielerei gewesen. So war es nur natürlich, daß vom Augenblick des Mordes an die Schauspielerin in ihr das Heft in die Hand genommen hatte. Sie mußte gewußt haben, daß ihre einzige Hoffnung in der Vortäuschung eines Selbstmordes lag, und nachdem das geschafft war, nachdem sie die Titelseite von Nannys Geschichte abgerissen und das erhängte Mädchen hingekritzelt hatte, nachdem es ihr irgendwie gelungen war, die Leiche an den Kronleuchter zu hängen ... da war Lottie Marin, die Schauspielerin, die gelernt hatte, an ihre jeweilige Rolle zu glauben, schon fast davon überzeugt, daß Nanny Ordway Selbstmord begangen hatte.

Wahrscheinlich war es ihr – weil die Rolle, die sie von da an spielen mußte, keine andere war als die der Lottie Marin – nicht schwergefallen, die Lottie Marin zu sein, die herabgerauscht war, um Iris willkommen zu heißen, die die Leiche entdeckt und mich beschuldigt hatte, »das arme kleine Mädchen« in den Selbstmord getrieben zu haben, kurz: die Lottie Marin, die all das tat und sagte, was Lottie Marin getan und gesagt hätte.

Und später die Lottie Marin, die mit der brandheißen Neuigkeit ins Theater gesaust war. Lottie Marin, die zurück in die Wohnung geeilt war, um ihre »armen kleinen Lieblinge« zu bemitleiden, Lottie Marin, die schockiert gewesen war über die Enthüllungen von Lucias Schwester, Lottie Marin, die ihre beste Freundin Iris standhaft gegen ihren schändlichen Ehemann verteidigt hatte. Lottie Marin, die nach wie vor meine beste Freundin war, Lottie, die sich empört hatte, als ich nicht spuren wollte, Lottie Marin, die – eine letzte, geniale schauspielerische Geste – einen Koller gekriegt hatte und aus der Show ausgestiegen war.

Ja, das war alles höchst folgerichtig gewesen. Und in gewisser Weise auch wunderbar – selbst die großartige Schamlosigkeit jenes auf mich zeigenden, anklagenden Fingers.

Mich überkam plötzlich eine ganz unsinnige Traurigkeit. Lottie war die größte Schauspielerin unserer Tage gewesen. Es würde keine andere Lottie geben, jedenfalls nicht mehr zu meiner Zeit.

Barnes hatte sich von der Sessellehne erhoben. Iris stand unsicher neben ihm.

Ich sagte: »Ich nehme an, damit haben Sie sie jetzt, Inspektor. Ein Geständnis vor Zeugen...«

»Ja.« Er sah mich an, und in seinem Blick schien eine Spur des gleichen Bedauerns zu liegen, das ich empfand. »Wenn man weiß, wer Nanny Ordway war...« Er zuckte die Achseln. »Aber ich mag nun mal keine Mörder, und ich gehe davon aus, daß ich diesen habe.«

Mein Denken, das schon in die Zukunft vorauseilte, war bereits voller neuer Überlegungen.

»Da wäre ich nicht so sicher.«

»Nicht sicher, Mr. Duluth?«

»Im Augenblick liegt sie am Boden. Aber warten Sie mal ab, bis sie wieder obenauf ist. Warten Sie ab, bis sie beim Prozeß auftritt. Wenn sie fertig ist, tragen die Geschworenen sie auf den Schultern aus dem Gerichtssaal und jubeln ihr laut zu.«

Lottie und Brian kamen aus dem Schlafzimmer zurück. Brian trug einen kleinen Koffer. Lottie würdigte uns keines Blickes. Sie ging geradewegs zur Tür. Brian und Barnes folgten ihr.

Einen Augenblick lang standen Iris und ich schweigend da. Dann gingen wir in unsere Wohnung hinunter. Ich machte uns was zu trinken. Wir schwiegen beide ziemlich lange. Aber jetzt, wo Lottie fort war und die Ausstrahlungskraft ihrer Persönlichkeit nachließ, kam ich allmählich wieder zu mir. Ich war Peter Duluth und hatte eine Frau – Peter Duluth, der unerwarteterweise vor dem Sturz in den Abgrund gerettet worden war.

Und weil es nun mal in meiner Natur liegt, mir Sorgen zu machen, machte ich mir auch welche. Iris saß auf der

Couch, blaß und abwesend. Ich ging zu ihr hin, setzte mich neben sie.

»Baby«, sagte ich, »du hast doch nicht etwa bei Alec unterschrieben, oder?«

Sie sah auf. »Unterschrieben? Daß ich nach England gehe? Natürlich nicht. Ich mochte ja das Stück überhaupt nicht.«

Langsam kehrte es in mich zurück – dieses wunderbare, halb vergessene Gefühl, daß das Leben etwas ganz Gewöhnliches, ein Tag nichts anderes als ein Tag war, daß man am Morgen erwachte, und da war die Frau, und man frühstückte, und...

»Peter.« Iris rutschte verlegen auf der Couch herum. Ihr Gesichtsausdruck war immer noch ernst und nachdenklich. »Ich habe nachgedacht.«

»Ja?«

»Miss Mills meint, die Rolle in ›Let Live‹ sei etwas für mich.«

Das Gefühl des wieder geordneten Lebens wallte auf, wuchs. Es war wundervoll.

»Spiel die Rolle«, sagte ich. »Spiel sie, Baby. Sie ist wie für dich geschaffen. Und Thomas Wood wäre entzückt.«

Sie lag in meinen Armen, schmiegte sich an mich. Swedenborg und seine zwei Hälften ein und derselben Seele.

»Das ist doch genau das, was wir wollen, Peter. Ist es nicht so? Wir wollen Thomas Wood entzücken.«

Patrick Quentin im Diogenes Verlag

»Quentin zeigt anschaulich, worauf Ernst Bloch einmal in einer Verteidigung des Kriminalromans aufmerksam gemacht hat: Der Kriminalroman auf einer gewissen Ebene kann, ohne die Spannung vernachlässigen zu müssen, private und gesellschaftliche Syndrome sichtbar machen, und zwar in einem Verfahren, das mit der Psychoanalyse auffallend parallel läuft... was Patrick Quentin eindrucksvoll bestätigt.«
Hessischer Rundfunk, Frankfurt

»Patrick Quentins Geschichten sind unübertrefflich.«
The New York Times

»Für mich ist Patrick Quentin die Nummer Eins der amerikanischen Kriminalautoren.« *Francis Iles*

Bächleins Rauschen tönt so bang...
Kriminalgeschichten. Aus dem Amerikanischen von Günter Eichel

Familienschande
Roman. Deutsch von Helmut Degner

Puzzle für Spinner
Roman. Deutsch von Alfred Dunkel

Puzzle für Spieler
Roman. Deutsch von Matthias Fienbork

Puzzle für Söhnchen
Roman. Deutsch von Uwe Anton

Puzzle für Sünder
Roman. Deutsch von Ulrike Wasel und Klaus Timmermann

Puzzle für Puppen
Roman. Deutsch von Ulrike Wasel und Klaus Timmermann

Puzzle für Schwindler
Roman. Deutsch von Ulrike Wasel und Klaus Timmermann

Das Mädchenopfer
Roman. Deutsch von Peter Naujack

Fatal Woman
Roman. Deutsch von Jobst-Christian Rojahn

Raymond Chandler im Diogenes Verlag

»Mit Philip Marlowe schuf Chandler eine Gestalt, die noch heute weltweit als der Prototyp des Privatdetektivs gilt. Humphrey Bogart in der Rolle des Philip Marlowe hat diesen Typus auch optisch bis heute unverdrängbar festgeschrieben.«
Kindlers Literatur Lexikon

»Ich halte es für möglich, daß der Ruhm des Autors Raymond Chandler den des Autors Ernest Hemingway überdauert.« *Helmut Heißenbüttel*

Gefahr ist mein Geschäft
und andere Detektivstories
Aus dem Amerikanischen von Hans Wollschläger

Der große Schlaf
Roman. Deutsch von Gunar Ortlepp

Die kleine Schwester
Roman. Deutsch von Walter E. Richartz

Der lange Abschied
Roman. Deutsch von Hans Wollschläger

Das hohe Fenster
Roman. Deutsch von Urs Widmer

Die simple Kunst des Mordes
Briefe, Essays, Notizen, eine Geschichte und ein Romanfragment. Herausgegeben von Dorothy Gardiner und Kathrine Sorley Walker. Deutsch von Hans Wollschläger

Die Tote im See
Roman. Deutsch von Hellmuth Karasek

Lebwohl, mein Liebling
Roman. Deutsch von Wulf Teichmann

Playback
Roman. Deutsch von Wulf Teichmann

Mord im Regen
Frühe Stories. Deutsch von Hans Wollschläger. Vorwort von Philip Durham

Erpresser schießen nicht
und andere Detektivstories. Deutsch von Hans Wollschläger. Mit einem Vorwort des Verfassers

Der König in Gelb
und andere Detektivstories. Deutsch von Hans Wollschläger

Englischer Sommer
Drei Geschichten und Parodien, Aufsätze, Skizzen und Notizen aus dem Nachlaß. Mit Zeichnungen von Edward Gorey, einer Erinnerung von John Houseman und einem Vorwort von Patricia Highsmith. Deutsch von Wulf Teichmann, Hans Wollschläger u.a.

Meistererzählungen
Deutsch von Hans Wollschläger

Frank MacShane
Raymond Chandler
Eine Biographie. Deutsch von Christa Hotz, Alfred Probst und Wulf Teichmann. Zweite, ergänzte Auflage 1988

Jack Ritchie im Diogenes Verlag

»Eine Lektüre für Leser, die auch an sehr schwarzem Humor und überraschenden Effekten Genuß finden – beispielsweise Freunde der ARD-Krimistunde.«
Das Neue Buch, München

»An seinen Erzählungen fasziniert die Raffinesse des Vorgehens. Das Blut fließt relativ sparsam, die Fäuste fliegen nicht, es gibt keine Auto-Verfolgungsjagden. Ritchies Täter arbeiten mit dem Kopf, sie denken leise, ihnen ist kein Winkelzug unbekannt; aber auch jene, die sie zu Fall bringen, sind mit allen Wassern gewaschen. So entsteht eine Spannung, die der beim Schach ähnlich ist. Schwarzer Humor, Ironie und Intellekt sind die Substanzen, aus denen der Autor seine süffigen Geschichten braut.«
Walter Gallasch/Nürnberger Nachrichten

Der Mitternachtswürger
Geschichten. Aus dem Amerikanischen von Alfred Probst

Für alle ungezogenen Leute
Geschichten. Deutsch von Dorothee Asendorf

Gedächtnis ade
Geschichten. Deutsch von Elfriede Riegler und Dorothee Asendorf

Bei Anruf Alibi
Geschichten. Deutsch von Jobst-Christian Rojahn

Vor Redaktionsschluß Mord
Geschichten. Deutsch von Monika Elwenspoek

Einzelhaft
Geschichten. Deutsch von Bernhard Robben

Der Sparschwein-Killer
Geschichten. Deutsch von Jobst-Christian Rojahn

Der mordende Philosoph
Geschichten. Deutsch von Monika Elwenspoek

Jim Thompson im Diogenes Verlag

»Thompsons Romane sind so rabenschwarz wie die Seelen seiner Helden. Die Sprache ist dem Inhalt angepaßt: kurz, hart, lakonisch. Pflichtlektüre für Anhänger des Hard-boiled-Krimis.« *Kölner Stadtanzeiger*

»Thompson macht kein Hehl daraus, daß er mit der Weltsicht seiner Helden zutiefst übereinstimmt. Das Land der unendlichen Möglichkeiten: In seinen Romanen ist es ein einziges Nest von beschränkten, gefräßigen, geilen Provinzlern, die Zeit der Depression zur Ewigkeit geworden.« *Der Spiegel, Hamburg*

Der Mörder in mir
Roman. Aus dem Amerikanischen von Ute Tanner und Ulrike Wasel

Getaway
Roman. Deutsch von Günther Panske und Klaus Timmermann

Gefährliche Stadt
Roman. Deutsch von Ute Tanner und Werner Rehbein

After Dark, My Sweet
Roman. Deutsch von Andre Simonoviescz

Eine klasse Frau
Roman. Deutsch von Andre Simonoviescz

Zwölfhundertachtzig schwarze Seelen
Roman. Deutsch von E. R. von Schwarze und Andre Simonoviescz Mit einem Nachwort von Wolfram Knorr

Revanche
Roman. Deutsch von Andre Simonoviescz

Muttersöhnchen
Roman. Deutsch von Andre Simonoviescz

Kill-off
Roman. Deutsch von Andre Simonoviescz

Es war bloß Mord
Roman. Deutsch von Thomas Stegers

Kein ganzer Mann
Roman. Deutsch von Thomas Stegers

Der King-Clan
Roman. Deutsch von Michael Georgi

Ein Satansweib
Roman. Deutsch von Andre Simonoviescz

Cornell Woolrich im Diogenes Verlag

Cornell Woolrich, zusammen mit Chandler und Hammett einer der größten der ›Schwarzen Ära‹, wurde 1903 in New York geboren, wohin er nach einem Aufenthalt in Hollywood, einer kurzen Ehe und ein paar homosexuellen Episoden wieder zurückkehrte, um fortan mit seiner Mutter in billigen Hotels zu wohnen. Sein erster Roman begründete den ›Roman Noir‹ und den ›Film Noir‹. Viele seiner Romane und Erzählungen wurden von berühmten Regisseuren verfilmt, darunter Alfred Hitchcock, Sidney Pollack und François Truffaut. Trotz all dieser Erfolge starb er 1968 mittellos und einsam in einem heruntergekommenen New Yorker Hotel.

Der schwarze Vorhang
Roman. Aus dem Amerikanischen von Signe Rüttgers

Der schwarze Engel
Roman. Deutsch von Harald Beck und Claus Melchior

Der schwarze Pfad
Roman. Deutsch von Daisy Remus

Das Fenster zum Hof
und vier weitere Kriminalstories. Deutsch von Jürgen Bauer und Edith Nerke

Walzer in die Dunkelheit
Roman. Deutsch von Jobst-Christian Rojahn

Die Nacht hat tausend Augen
Roman. Deutsch von Irene Holicki

Ich heiratete einen Toten
Roman. Deutsch von Matthias Müller

Im Dunkel der Nacht
Kriminalstories. Deutsch von Signe Rüttgers

Rendezvous in Schwarz
Roman. Deutsch von Matthias Müller. Mit einem Nachwort von Wolfram Knorr

Die wilde Braut
Roman. Deutsch von Jürgen Bürger

Celia Fremlin im Diogenes Verlag

»Celia Fremlin ist neben Margaret Millar und Patricia Highsmith als wichtigste Vertreterin des modernen Psychothrillers hierzulande noch zu entdecken.«
Frankfurter Rundschau

Klimax
oder Außerordentliches Beispiel von Mutterliebe. Roman. Aus dem Englischen von Dietrich Stössel

Wer hat Angst vorm schwarzen Mann?
Roman. Deutsch von Otto Bayer

Die Stunden vor Morgengrauen
Roman. Deutsch von Isabella Nadolny

Rendezvous mit Gestern
Roman. Deutsch von Karin Polz

Die Spinnen-Orchidee
Roman. Deutsch von Isabella Nadolny

Onkel Paul
Roman. Deutsch von Isabella Nadolny

Ein schöner Tag zum Sterben
Erzählungen. Deutsch von Ursula Kösters-Roth

Gibt's ein Baby, das nicht schreit?
Roman. Deutsch von Isabella Nadolny

Parasiten-Person
Roman. Deutsch von Monika Elwenspoek

Zwielicht
Roman. Deutsch von Ursula Kösters-Roth

Die Eifersüchtige
Roman. Deutsch von Barbara Rojahn-Deyk

Unruhestifter
Roman. Deutsch von Monika Elwenspoek

Der lange Schatten
Roman. Deutsch von Peter Naujack

Wetterumschwung
Geschichten. Deutsch von Barbara Rojahn-Deyk, Ursula Kösters-Roth und Isabella Nadolny

Gefährliche Gedanken
Roman. Deutsch von Irene Holicki

Sieben magere Jahre
Roman. Deutsch von Monika Elwenspoek

Dick Francis im Diogenes Verlag

»Die Bücher von Dick Francis haben die Grenzen des Krimis längst überschritten. Ihr Autor veranschaulicht Menschen, wie er sie kennt, in Verhältnissen, wie er sie noch besser kennt.«
Süddeutsche Zeitung, München

»Dick Francis ist der Meister des Thrillers.«
Der Spiegel, Hamburg

Todsicher
Roman. Aus dem Englischen von Tony Westermayr

Nervensache
Roman. Deutsch von Tony Westermayr

Blindflug
Roman. Deutsch von Tony Westermayr

Hilflos
Roman. Deutsch von Nikolaus Stingl

Peitsche
Roman. Deutsch von Nikolaus Stingl

Knochenbruch
Roman. Deutsch von Michaela Link

Gefilmt
Roman. Deutsch von Malte Krutzsch

Galopp
Roman. Deutsch von Ursula Goldschmidt und Nikolaus Stingl

Handicap
Roman. Deutsch von Jobst-Christian Rojahn

Reflex
Roman. Deutsch von Monika Kamper

Fehlstart
Roman. Deutsch von Malte Krutzsch

Banker
Roman. Deutsch von Malte Krutzsch

Gefahr
Roman. Deutsch von Malte Krutzsch

Weinprobe
Roman. Deutsch von Malte Krutzsch

Ausgestochen
Roman. Deutsch von Malte Krutzsch

Festgenagelt
Roman. Deutsch von Malte Krutzsch

Gegenzug
Roman. Deutsch von Malte Krutzsch

Unbestechlich
Roman. Deutsch von Jobst-Christian Rojahn

Außenseiter
Roman. Deutsch von Gerald Jung

Comeback
Roman. Deutsch von Malte Krutzsch

Sporen
Roman. Deutsch von Malte Krutzsch

Lunte
Roman. Deutsch von Malte Krutzsch

Zügellos
Roman. Deutsch von Malte Krutzsch

Schlittenfahrt
Roman. Deutsch von Jobst-Christian Rojahn

Margaret Millar im Diogenes Verlag

»Margaret Millar beweist in ihren Krimis ein psychologisches Gespür für die Abgründe menschlichen Denkens und Handelns hinter den bürgerlichen Fassaden. Ohne Schnörkel, ohne jemals langatmig zu werden, erzählt sie spannende und beklemmende Geschichten, die den Leser nicht loslassen.« *Radio Bremen*

»Margaret Millars Blick ist so scharf wie der von Patricia Highsmith; noch entschiedener enthält sie sich jeden Effektes, jeder Extravaganz.«
Die Zeit, Hamburg

Die Feindin
Roman. Aus dem Amerikanischen von Elizabeth Gilbert

Liebe Mutter, es geht mir gut...
Roman. Deutsch von Elizabeth Gilbert

Ein Fremder liegt in meinem Grab
Roman. Deutsch von Elizabeth Gilbert

Die Süßholzraspler
Roman. Deutsch von Georg Kahn-Ackermann und Susanne Feigl

Von hier an wird's gefährlich
Roman. Deutsch von Fritz Güttinger

Fragt morgen nach mir
Roman. Deutsch von Anne Uhde

Der Mord von Miranda
Roman. Deutsch von Hans Hermann

Das eiserne Tor
Roman. Deutsch von Karin Reese und Michel Bodmer

Nymphen gehören ins Meer!
Roman. Deutsch von Otto Bayer

Fast wie ein Engel
Roman. Deutsch von Luise Däbritz

Die lauschenden Wände
Roman. Deutsch von Karin Polz

Banshee die Todesfee
Roman. Deutsch von Renate Orth-Guttmann

Kannibalen-Herz
Roman. Deutsch von Jobst-Christian Rojahn

Gesetze sind wie Spinnennetze
Roman. Deutsch von Jobst-Christian Rojahn

Blinde Augen sehen mehr
Roman. Deutsch von Renate Orth-Guttmann

Wie du mir
Roman. Deutsch von Renate Orth-Guttmann

Letzter Auftritt von Rose
Roman. Deutsch von Nikolaus Stingl

Stiller Trost
Roman. Deutsch von Klaus Schomburg

Umgarnt
Roman. Deutsch von Monika Elwenspoek

Da waren's nur noch neun
Roman. Deutsch von Ilse Bezzenberger